हिन्द पॉकेट बुक्स

एक नन्ही-सी लौ

उपेन्द्रनाथ अश्क उर्दू एवं हिन्दी के प्रसिद्ध कथाकार तथा उपन्यासकार थे। ये अपनी पुस्तक स्वयं ही प्रकाशित करते थे। उपेन्द्रनाथ अश्क ने साहित्य की प्राय: सभी विधाओं में लिखा है, लेकिन उनकी मुख्य पहचान एक कथाकार के रूप में ही है। बम्बई प्रवास में आपने कई फ़िल्मों की कहानियाँ, पटकथाएँ, सम्वाद और गीत लिखे, तीन फ़िल्मों में काम भी किया, किन्तु चमक-दमक वाली ज़िन्दगी उन्हें रास नहीं आई। 19 जनवरी 1996 को अश्क जी चिर निद्रा में लीन हो गए। उनको 1972 के 'सोवियत लैंड नेहरू पुरस्कार' से भी सम्मानित किया गया।

एक नन्ही-सी लौ

उपेन्द्रनाथ अश्क

हिन्द पॉकेट बुक्स
पेंगुइन रैंडम हाउस इम्प्रिंट

हिन्द पॉकेट बुक्स

यूएसए। कनाडा। यूके। आयरलैंड। ऑस्ट्रेलिया। सिंगापुर
न्यू ज़ीलैंड। भारत। दक्षिण अफ्रीका। चीन

हिन्द पॉकेट बुक्स, पेंगुइन रैंडम हाउस ग्रुप ऑफ़ कम्पनीज़ का हिस्सा है,
जिसका पता global.penguinrandomhouse.com पर मिलेगा

पेंगुइन रैंडम हाउस इंडिया प्रा. लि.,
चौथी मंजिल, कैपिटल टावर -1, एम जी रोड,
गुड़गांव 122 002, हरियाणा, भारत

पेंगुइन
रैंडम हाउस
इंडिया

प्रथम संस्करण हिन्द पॉकेट बुक्स द्वारा 1976 में प्रकाशित
यह हिन्दी संस्करण हिन्द पॉकेट बुक्स में पेंगुइन रैंडम हाउस द्वारा 2022 में प्रकाशित

10 9 8 7 6 5 4 3 2

इस पुस्तक में व्यक्त विचार लेखक के अपने हैं, जिनका यथासंभव तथ्यात्मक सत्यापन किया गया है, और इस संबंध में प्रकाशक एवं सहयोगी प्रकाशक किसी भी रूप में उत्तरदायी नहीं हैं।

ISBN 9789353493219

मुद्रकः रेप्रो इंडिया लिमिटेड

www.penguin.co.in

FSC www.fsc.org
MIX
Paper from responsible sources
FSC® C047271

This is a legitimate digitally printed version of the book and therefore might not have certain extra finishing on the cover.

एक नन्ही-सी लौ

पहला खण्ड

शिमले में कविराज रामदास के चतुराई-भरे शोषण का शिकार होकर और बस्ती गज़ां में अपनी सुन्दर और प्यारी साली नीला को, सुदूर रंगून के एक अधेड़ और विधुर मिलिट्री एकाउण्टेण्ट की जीवनसंगिनी के रूप में विदा कर, मन में दसियों घाव लिए चेतन कल्लोवानी मुहल्ला, जालन्धर में अपने घर आ गया था। तब उसने सोचा था कि वह कुछ दिन के लिए एकदम आराम करेगा। कच्चे घावों को भर जाने देगा और तन-मन से स्वस्थ होकर ही लाहौर जाएगा।

लेकिन मां और पत्नी के तमाम स्नेह के बावजूद जालन्धर में उसका मन नहीं लगा। आखिर एक दिन तंग आकर उसने टिकट कटाया और लाहौर आ गया।

बरसात के दिन थे, तेज़ धूप थी, लाहौर के प्लेटफॉर्म पर बेहद भीड़ और उमस थी, हवा का ज़रा भी स्पर्श नहीं था और जी घुट रहा था। चेतन जल्दी-जल्दी स्टेशन से बाहर निकला। तांगे वालों की छीना-झपटी और मोल-भाव के बाद जब उसने एक ऊंचे पेशावरी तांगे में सामान रखवा दिया और दूसरे क्षण तांगा हवा से बातें करने लगा तो चेतन ने राहत की लम्बी सांस ली।

तांगा जब चंगड़ मुहल्ले में सरदार जगदीशसिंह की हवेली के आगे रुका तो तांगे वाले के सिर पर ही सामान लदवाकर, अटैची हाथ में लिए, चेतन खट-खट सीढ़ियां चढ़ता ऊपर पहुंचा। सामने बरामदे में ढेर-से नंग-धड़ंग सिक्ख बच्चे खेल रहे थे। "हेऽय! यहां क्या शोर मचा रहे हो! भागो नीचे!" उन्हें धमकाते हुए उसने कदम बढ़ाकर ज़ोर से आवाज़ दी, "भाभी!"

बच्चे (चेतन ने समझा था कि पड़ोसियों के हैं और ऊपर खेलने चले आए हैं) सहम गए, लेकिन नीचे की ओर नहीं भागे। तभी रसोईघर से भाभी के बदले केवल कच्छा पहने, नंगे बदन, धुले हुए लम्बे काले और बेहद रूखे केश नाभि तक फैलाए, एक सरदार साहब नमूदार हुए। आंखें तरेरकर उन्होंने उसकी ओर ऐसे देखा कि वह एक कदम पीछे हटकर सीढ़ियों की चौखट में आ गया।

"भाई साहब···मेरा मतलब है, डॉक्टर रामानन्द···।"

"केह् ड़ा डॉक्टर रामानन्द!" उसकी बात काटकर सरदार साहब ने कुछ ऐसे टेढ़े, ठेठ पंजाबी लहजे में प्रश्न किया कि चेतन क्षण-भर को मुटर-मुटर उनकी ओर ताकता रह गया। फिर उनके कंघी, फिक्सो, डोरी और ठाठे की कैद से एकदम आज़ाद बालों में दृष्टि जमाए उसने बताया कि वह अपने भाई के साथ अभी तीन महीने पहले यहीं रहता था।

"जी तुसीं जाके मकान-मालिक तो पुच्छो!" उसकी बात पूरी सुने बिना सरदार साहब ने कहा, "तुहाडे भाई साहब किद्धर गए ने? इह पोर्शन ते खाली सी जद असां आए।"

और वे पहले सीने के घने बालों में, फिर बाई पसली के नीचे खुजलाते हुए अन्दर चले गए।

तभी मालिक-मकान का नौकर उधर से निकला। चेतन ने उससे भाई साहब के बारे में पूछा तो उसे मालूम हुआ कि वे तो उसके शिमले जाने के पन्द्रह दिन बाद ही मकान छोड़ गए थे।

चेतन ने तांगे वाले से कहा, "भई कुछ घपला हो गया है। तुम सामान ले जाकर तांगे में रखो। हम पुरानी अनारकली, बाइबल सोसाइटी के सामने जाएंगे।"

2

पैसा अखबार स्ट्रीट से जब तांगा लॉ कॉलेज की ओर चला तो सहसा अपना वह चिरपरिचित इलाका छोड़ते हुए चेतन का मन उदास हो आया। उसे यकीन नहीं था कि वैसा साफ और हवादार मकान उन्हें कभी फिर मिल सकेगा।

भाई साहब मकान क्यों छोड़ गए, इसका कुछ-कुछ आभास उसे था। उनके सामने सबसे बड़ी मुसीबत दुकान के किराये की थी।

बत्तीस रुपये दुकान का किराया उन्हें देना पड़ता था। प्रैक्टिस से आते दो-दो, चार-चार थे (जो खर्च हो जाते थे) और किराये की रकम इकट्ठी देनी पड़ती। शिमला जाने से पहले चेतन यह करता था कि वेतन मिलते ही, चालीस में से बत्तीस रुपये दुकान के किराये के खाते, भाई साहब को दे देता। खाने-पीने और घर के किराये की व्यवस्था भाई साहब के सिर थी और रोते-झींकते वे अपनी ज़िम्मेदारी निभाए जाते थे। उसके शिमला चले जाने के बाद भाई साहब कठिनाई में पड़ गए थे। शिमला पहुंचे अभी उसे चार-पांच ही दिन हुए थे कि चेतन को भाई साहब का पत्र मिला—'दुकान का किराया देना है, रुपये भिजवाओ।'—चेतन कविराजजी के पास गया था कि वे कृपा कर उसके वेतन से उसे चालीस रुपये पेशगी दे दें···

कविराजजी ने पूछा था कि वह इतने रुपये क्या करेगा। तब उसने बताया था कि उसके भाई का पत्र आया है, उन्हें रुपये भेजने हैं। कविराजजी कुछ सोच में पड़ गए थे तो उसने उन्हें बताया था कि किस प्रकार उसके ये बड़े भाई कुछ वर्ष पहले ताश, शतरंज और चौपड़ में वक्त बरबाद करते थे; कैसे उन्होंने शतरंज के पीछे अपनी लॉण्ड्री चौपट कर दी, कैसे घर में कलह रहने लगी, कैसे उसने एक डेण्टिस्ट मित्र से कहकर उन्हें दन्दानसाज़ी की शिक्षा दिलाई और कैसे अब वह डेढ़-एक वर्ष से उन्हें लाहौर में जमाने का प्रयास कर रहा था।···

तब कविराजजी ने पूछा था, "तुम सचमुच चाहते हो कि तुम्हारे भाई अपने पैरों पर खड़े हो जाएं?"

चेतन चुप उनकी ओर ताकता रह गया था।

"देखो अज़ीज, यदि तुम ऐसा चाहते हो तो उन्हें लिख दो कि भाई साहब, मैं अब आपकी कोई मदद नहीं कर सकता।"

"लेकिन वैद्यजी···"

"लेकिन वैद्यजी कुछ नहीं।" कविराजजी ने ऐसे स्नेह भरे स्वर में कहा था, जिसके नीचे कहीं गहरी चिड़चिड़ाहट छिपी थी, "जब तक तुम चम्मच से उन्हें दूध पिलाते रहोगे, वो खुद हाथ हिलाना नहीं जानेंगे। तुम चालीस रुपये उन्हें भेज दोगे, सिर्फ पचास रुपया तुम्हारा वेतन है, बाकी दस में से तुम होटल वाले को क्या दोगे और दूसरे खर्च कहां से करोगे?···"

क्षण-भर को वे उसकी प्रतिक्रिया जानने को रुके थे। जब वह कुछ नहीं बोला और पूर्ववत् मुटर-मुटर उनकी ओर ताकता रहा तो उन्होंने फिर कहना शुरू किया था, "वैद्यजी का कुछ नहीं जाता। वैद्यजी तुम्हें चालीस रुपये अभी दे देंगे, लेकिन मेरे अज़ीज़, तुम अपना तन-पेट काटकर अपने भाई की सहायता करोगे—इस उद्देश्य से कि वो लाहौर में जम जाएं, जबकि असर इसका बिलकुल उलटा होगा। ज़िन्दगी में कभी अपने प्रियजनों को कड़वी गोलियां भी खिलानी पड़ती हैं। अपने भाई को लिख दो कि अभी तो मैं यहां आया हूं, अभी तो मैंने काम भी शुरू नहीं किया, मैं आपको रुपये कैसे भेज सकता हूं···"

जब इसपर भी चेतन वैसे ही मुटर-मुटर उनकी ओर ताकता रहा था तो उन्होंने कहा था, "तुम्हें लिखने में संकोच होता है! लाओ, अपने भाई का पता दो, मैं उन्हें पत्र लिख दूंगा। हो सकता है, अभी उन्हें कुछ बुरा लगे, पर आखिर को देखोगे कि इस कड़वी गोली से उन्हें लाभ ही हुआ है।"

प्रकट ही कविराज टाल गए थे। चेतन समझ गया था कि अभी उसने काम शुरू नहीं किया और वे उसे इतने रुपये नहीं देना चाहते। कोई चारा न देखकर उसने अपने भाई का पत्र और पता उन्हें दे दिया था।

वापसी डाक भाई साहब का एक क्रोध-भरा उत्तर चेतन को मिला था। न जाने कविराजजी ने क्या लिख दिया था कि भाई साहब ने सख्त बुरा माना था। उनका खयाल था कि उसे रुपये देने से इनकार करना था तो पत्र स्वयं लिखना चाहिए था। उसने कविराज द्वारा पत्र लिखवाकर उन्हें क्यों अपमानित किया। उन्होंने रुपये उससे मांगे थे, कविराज से नहीं···आदि···आदि··· अन्त में उन्होंने लिखा था कि वह चिन्ता न करे, उनका भी भगवान है और उनका काम किसी न किसी तरह चल ही जाएगा।

भाई साहब का पत्र पढ़कर उसे बहुत दुःख हुआ था। काम में उसका मन नहीं लगा था। उसने फिर भाई साहब का पत्र निकाला था, पढ़ा था और कागज़ उठाकर उनको एक पत्र लिखा था :

'आपका पत्र मिला। यह जानकर खुशी हुई कि आपका भी भगवान है और वह आपकी सहायता करेगा। मैंने तो कभी अपने को आपका भगवान नहीं माना। मैं तो आपका छोटा भाई हूं। जो

मुझसे हो सकता है, सदा करता हूं। अभी दस दिन पहले यहां आया हूं। कविराजजी से मैंने रुपये मांगे थे, वे मेरी बात झूठ न समझें, इसलिए आपका पत्र भी उन्हें दिखा दिया था। उन्होंने रुपये तो दिए नहीं, आपको पत्र लिख दिया। अब इसमें मैं क्या कर सकता हूं?'

और यह पत्र उसने डाक में डाल दिया था। उसका खयाल था कि महीने बाद भाई साहब का पत्र आएगा और वे रुपये मंगाएंगे, पर फिर उन्होंने पत्र नहीं लिखा।...उसे लगा था कि शायद कविराजजी की ही बात ठीक है, उसे भाई साहब को स्वयं अपने पैरों पर खड़ा होने के लिए छोड़ देना चाहिए।

चेतन का तांगा जब भाई साहब की दुकान पर पहुंचा तो वे दुकान के बाहर तख्ते पर खड़े बराबर के डॉक्टर से बातचीत कर रहे थे। चेतन ने तांगे ही में बैठे उन्हें 'नमस्कार' किया और वहीं से चिल्लाने लगा कि मकान छोड़ना और नया लेना था तो उसे सूचित तो कर दिया होता, वह बेकार ही तांगा लेकर चंगड़ मुहल्ले की धूल फांकता फिरा।

भाई साहब ने उसकी चिल्लाहट का कोई उत्तर नहीं दिया, न उसकी बात का कोई जवाब हो दिया। जवाब कुछ था भी नहीं। उन्हें यदि मकान ही लेना होता तो वे इतना अच्छा और सस्ता घर ही क्यों छोड़ते!

चेतन क्षण-भर उत्तर की प्रतीक्षा में वहीं बैठा रहा, फिर उचककर उतरते हुए उसने पूछा, "यह सामान कहां जाएगा?"

तब भाई साहब ने जैसे दुकान के तख्ते ही को जवाब देते हुए धीरे से कहा, "अभी यहीं उतरवा लो, गुप्ता आता है तो कोई प्रबन्ध करते हैं। मेरे पास मकान-वकान अभी कोई नहीं।"

यह गुप्ता कौन है?—चेतन पूछना चाहता था, पर उसने कुछ नहीं कहा। तांगे से सामान उतरवाकर दुकान के तख्ते पर रखवाने लगा। तभी पुरानी अनारकली की ओर से सफेद कमीज़-पतलून पहने, सांवले रंग का एक युवक आता दिखाई दिया—चौड़ा, आयताकार चेहरा, मोटे होंठ और सिर के बाल टॉमियों के बालों ऐसे कैंची से बहुत छोटे कटे हुए। न जाने क्यों, अपने साफ-सुथरे लिबास के बावजूद वह चेतन को कुछ सनकी-सा लगा।

भाई साहब उसे देखते ही दुकान के नीचे उतर गए और उसकी ओर बढ़ते हुए बोले, "चेतन आ गया है गुप्ता, जब तक हम नया मकान नहीं लेते, उसके सोने की समस्या है।"

गुप्ता वहीं का वहीं खड़ा सोचने की मुद्रा बनाए शून्य में ताकता रहा।

तब डॉक्टर साहब ने गुप्ता का परिचय चेतन को दिया कि अमुक बड़े इंजीनियर का बेटा है, उनका शागिर्द है—उनसे दन्दान-साज़ी की शिक्षा लेने आया है।

तब जैसे गुप्ता की ज़बान खुली, "मैंने तो डॉक्टर साहब से मकान देखने को कहा था, पर ये कहने लगे—हमारा देखा मकान चेतन को पसन्द आए न आए। वह स्वयं आकर देखेगा।"

"आप कहां रहते हैं?" चेतन ने 'आप' शब्द पर ज़ोर देते हुए भाई साहब से पूछा।

उत्तर गुप्ता ने दिया, "यहीं अनारकली में एक कमरा है, वहीं रात को सोते हैं।"

भाई साहब घबराहट में झटके से दोनों हाथ आगे बढ़ाते हुए बोले, "मेरा कमरा नहीं है, एक मित्र का है, वहीं मैं रात को जा सोता हूं।"

तांगे वाले ने सामान उतारकर रख दिया था, सहसा उसने कहा, "साब, मेरे पैसे चुका दीजिए, मुझे जल्दी है।"

चेतन बेतरह खिजला गया था। उसने तांगे वाले को पैसे दिए और अपने भाई से बोला, "आप मुझे वह कमरा दिखाइए, जहां आप सोते हैं।"

भाई साहब ने ज़रा भी विरोध नहीं किया, "आओ!" उन्होंने कहा और पलटकर अनारकली की ओर बढ़ चले।

वह कमरा, जिसमें भाई साहब अपने एक मित्र के साथ रहते थे (या कहा जाए कि रात बसर करते थे), अनारकली में जानकी-नाथ आयरन मर्चेण्ट्स की दुकान के बराबर की गली में था।

कमरे में हफ्तों से किसीने झाड़ू न दी थी। लगता ही न था कि वहां इन्सान बसते हैं। वहीं एक कोने में चेतन ने आबनूस की अपनी सेकण्डहैण्ड मेज़-कुर्सी लगी देखी। मेज़ पर एक बोरा पड़ा था, जिसमें उसकी किताबें और कागज़-पत्र भरे थे। बोरे का मुंह

खुला था और कागज़-पत्र मेज़ पर बिखर आए थे और उनपर बेतरह धूल जमी थी···

सहसा चेतन का खून खौल उठा। मन ही मन उसने तय कर लिया कि रात होने से पहले-पहले वह अपना सामान (पुस्तकें और कागज़-पत्र) वहां से उठा लेगा और फिर कभी ज़्यादा दिन को बाहर जाएगा तो उनका प्रबन्ध करके जाएगा। रही रात को सोने की बात, तो यदि बारजे में तीसरी चारपाई आ भी जाती, तो भी चेतन वहां न सो पाता। उसने तय किया कि वह पण्डित श्यामलाल 'रत्न' के यहां जाएगा। सम्भव हुआ तो दो-चार दिन वहीं रहेगा, न हो सका तो गुप्ता साहब के सहपाठी का एहसान लेने के बदले वह एक चारपाई लाकर भाई साहब की दुकान से बाहर तख्ते पर डाल लेगा।

3

चेतन को बेहद भूख लग आई थी। अपने क्रोध में उसने नाश्ते के लिए भाई साहब से नहीं कहा था और खाने तक को मना कर दिया था। दुकान से उतरकर वह किसी पूर्व निश्चय के बिना अनारकली की ओर चल पड़ा। लस्सी पिए अथवा कहीं खाना ही खा ले, इसी दुविधा में वह चला जा रहा था। दस सवा दस बजे होंगे। खाने का समय नहीं था। उसे भूख भी लगी थी और उसका गला भी सूख रहा था। अनारकली के दूसरे सिरे पर हलवाइयों की मशहूर दुकानों में से किसी एक में लस्सी पिएगा, दो पेड़े डलवाएगा, ताकि डेढ़-दो बजे तक की छुट्टी हो जाए, यही उसने तय किया।

उसका मन बेहद दुखी था। बिजली के पंखे से लैस, सरदार जगदीशसिंह के मकान का वह स्वच्छ, हवादार कमरा अपने सर-दई रोगन वाले दरवाज़ों के साथ बार-बार उसकी आंखों में आता था। लेकिन अजीब बात है कि अपने बड़े भाई के बदले उसे कविराजजी पर ज़्यादा गुस्सा था। यदि वे चालीस न सही, बीस ही रुपये उसे दे देते, रुपये न देते मगर भाई साहब को वैसा पत्र न लिखते, तो भाई साहब वह मकान न छोड़ते।

हलवाई की दुकान से लस्सी का गिलास पीकर चेतन ने इन्फर्मे-शन ऑफिस जाने की सोची थी, जहां पण्डित रत्न ट्रांसलेटर थे।

उसका खयाल था कि वहीं से उनके साथ उनके घर जाएगा और बातों-बातों में अपनी समस्या उनके सामने रखेगा, लेकिन हलवाई की दुकान से कविराज का बोर्ड देखकर उसे उनका वादा याद आ गया। शिमला ले जाते समय उन्होंने कहा था कि यदि लाहौर पहुंचने पर वह अपने समाचारपत्र में काम न करना चाहेगा तो वे उस वक्त तक उसे पार्ट टाइम काम दे देंगे, जब तक कि उसकी नौकरी कहीं दूसरी जगह नहीं लग जाती। और चेतन ने सोचा कि वह उनको उनका वचन याद दिलाएगा। यदि महीने-दो महीने के लिए उन्होंने कुछ काम दे दिया तो इस बीच वह कोई दूसरा काम ढूंढ़ लेगा···इसी उधेड़बुन में वह उनके औषधालय के नीचे पहुंच गया था। क्यों न वह ऊपर जाकर पूछ ले कि कब तक उनके आने की सम्भावना है! ··और वह सीढ़ियों की ओर बढ़ा। विभिन्न औषधियों की मिश्रित गन्ध में सांस लेता हुआ सीढ़ियां चढ़कर चेतन ऊपर पहुंचा तो क्षण-भर को वह चौखट में ठिठका खड़ा रह गया। सामने जालीदार पर्दे के पीछे अपने कमरे में कविराज स्वयं विराजमान थे। वह जाकर एक ओर कुर्सी पर बैठ गया।

जब दूसरे रोगी और मिलने वाले निबट गए तो कविराज ने उसे बुलवाया।

'नमस्कार' करने के बाद चेतन ने ज़रा हंसते हुए कहा, "इतनी जल्दी तो आपके आने की उम्मीद नहीं थी।"

कविराज ने कुर्सी की ओर हाथ बढ़ाते हुए उसे बैठने का संकेत किया और बोले, "पहले तो यही इरादा था, पर तुम चले आए तो हमारा भी मन नहीं लगा। कल ही लाहौर पहुंचे हैं और आज ड्यूटी पर हाज़िर।" और उन्होंने प्रशंसा की इच्छुक निगाहों से उसकी ओर देखा।

चेतन ने उन्हें निराश नहीं किया, लेकिन आपने एक दिन आराम तो कर लिया होता।" उसने कहा और इस एक ही वाक्य से उसने उन्हें दाद भी दी और खुला मस्का भी लगाया।

"आराम मेरे अज़ीज़, उन लोगों के लिए नहीं, जो जीवन में किसी उद्देश्य को लेकर चलते हैं। आराम तो उन लोगों के लिए है···"

चेतन के अनुमानानुकूल ही कविराजजी 'कर्मयोगियों के लिए कर्म ही विश्राम है' के अमूल्य सिद्धान्त पर उसे उपदेश देने लगे थे।

बातों-बातों में वे इस विषय को 'अपने' उद्देश्य और 'अपने' संघर्ष और फिर 'मैं' पर ले आए और उन्होंने अपनी अपार कर्मठता, निष्ठा और लगन के कई किस्से चेतन को सुनाए। अन्त में उन्होंने सहसा उससे पूछा, "कहो अज़ीज़, अब तुम्हारे क्या इरादे हैं? क्या कर रहे हो आजकल?"

चेतन ने ऐसे दर्शाया, जैसे वह कविराजजी के उपदेश को बड़े ध्यान से सुन रहा था। उनके प्रश्न को पूरी तरह सुनने के बावजूद सहसा उसने अचकचाने की सी ऐसी भंगिमा बनाई, जैसे उसने प्रश्न सुना ही न हो और उसने मात्र यह कहा, "जी!"

"मैं यह पूछ रहा था, कविराजजी ने किंचित् खुश होकर कहा, "कि तुम आजकल क्या कर रहे हो? अखबार की चक्की के उसी हत्थे को फिर संभाल लिया है अथवा कोई दूसरा काम ले लिया है?"

"जी, मैं तो आज ही जालन्धर से आया हूं। अपनी उस पुरानी नौकरी पर मैं जाना तो नहीं चाहता, पर दो-चार दिन में मुझे कहीं न कहीं रहने का इन्तज़ाम करना है। मेरी इतने श्रम से लिखी हुई रचनाएं भाई साहब ने कूड़े की तरह ऐसे कमरे में डाल रखी हैं, जहां न बैठने की जगह है, न सोने की। पढ़ने-लिखने की तो बात ही दूर रही। फिर मेरी पत्नी का समय व्यर्थ में बर्बाद हो रहा है। 'हिन्दी रत्न' उसने पास कर लिया है और मैं चाहता हूं कि 'हिन्दी भूषण' अथवा 'प्रभाकर' में वह दाखिल हो जाए। अगर मुझे अभी कहीं बीस रुपये की भी पार्ट टाइम नौकरी मिल जाए तो मैं वहां अपनी सेहत खराब न करूं और इस बीच कहीं दूसरी जगह नौकरी ढूंढ़ लूं।"

"इतनी ही बात है अज़ीज़, तो तुम कल से दो घण्टे के लिए मेरे यहां आ जाया करो। जब तक तुम्हें कहीं नौकरी नहीं मिलती, मैं तुम्हें बीस रुपया महीना दे दिया करूंगा। अखबार के दफ्तर में दिन-रात खून जलाकर सेहत तबाह करने की सलाह मैं नहीं देता।"

चेतन उन्हें धन्यवाद देता और 'नमस्कार' करता हुआ नीचे उतरा तो सीधा गणपत रोड गया। वहां से उसने चारपाई खरीदी। मज़दूर के सिर पर लदवाकर दुकान पहुंचा। चारपाई को बराबर की महीलाल स्ट्रीट में रखवा दिया। भाई साहब को साथ लेकर पड़ोस में शीशों का कारबार करने वाले बलराज के पिता को

कहलवाया कि वे पिछली गली में अपना स्टोर वाला बाथरूम कुछ दिन इस्तेमाल कर लेने दें। फिर वह मकान देखने निकल पड़ा।

4

सात दिन बाद ही एक शाम चेतन शीशमहल रोड पर पण्डित रत्न के दरवाजे पर दस्तक दे रहा था—वह उन्हें महज़ अपने लाहौर वापस आने की खबर देने ही नहीं आया था, बल्कि उनसे अनुरोध करना चाहता था कि जैसे भी हो, उसे कोई और नौकरी ले दें।

चेतन को मकान मिल गया था—कृष्णा गली-नम्बर 1 में। बिसात के मुताबिक मिल गया था। और उसी इलाके में, जहां कि वह चाहता था।

मकान की व्यवस्था हो गई थी तो चेतन इन सात दिनों में बराबर कविराजजी के यहां दो घण्टे के लिए काम करने जाता रहा था, लेकिन इस एक हफ्ते ही में उसे इस बात का भी आभास मिल गया था कि कविराजजी के साथ ज़्यादा दिन उसकी चलेगी नहीं और उसे कहीं न कहीं दूसरी जगह नौकरी ढूंढ़नी होगी। वास्तव में उसने जो पुस्तक उन्हें लिखकर दी थी, उसका एक परिच्छेद उनसे गुम हो गया था और कविराजजी ने चेतन से कहा था कि जब तक वे उसके लिए कोई दूसरा काम निकालते हैं, वह उस परिच्छेद को पुनः लिख दे।

कविराजजी जिस सफाई और सलीके से काम करने के आदी थे, कैसे वह परिच्छेद उनसे गुम हो गया, चेतन यह बात उनसे पूछना चाहता था, लेकिन पूछ न सका था। उसने फिर से उपयोगी सामग्री इकट्ठी की थी और औषधालय के पिछले कमरे में बैठकर दो घण्टे काम करने लगा था।

लेकिन थोड़े ही दिनों में कविराजजी को महसूस होने लगा था कि चेतन को दो घण्टों में जितना काम करना चाहिए, उतना वह कर नहीं रहा, और हंसते-हंसते एक दिन उन्होंने कहा था, "भई, अज़ीज़ राजकुमार बड़ी ज़िद कर रहा था कि मुझे चेतन भाई से अंग्रेज़ी में निबन्ध लिखना सीखना है, वे बहुत अच्छा

सिखाते हैं। मैंने उससे कहा था कि बेटा, तुम उनके घर जाकर एकाध घण्टा पढ़ लिया करना, यहां तो उन्हें टाइम नहीं मिलता।"

चेतन का माथा ठनका। शिमला के तीन महीने के प्रवास में वह कविराजजी की हर बात और हर भंगिमा का अर्थ समझने लगा था। वह जानता था कि कविराजजी बीस रुपये देंगे तो चालीस का काम लेंगे। और उसने मन ही मन पण्डित रत्न के घर जाने का फैसला कर लिया था।

कुछ क्षण तक अन्दर से कोई सुन-गुन नहीं मिली।

चेतन को डेढ़-पौने दो वर्ष पहले उस पहली शाम की याद हो आई, जब वह पण्डितजी के साथ उनके घर आया था। यही मौसम था, यही शाम का दीये-बाती का समय था, जब पण्डितजी ने दरवाज़े पर आकर दस्तक दी थी।

कुछ क्षण तक कोई अन्दर से दरवाज़ा खोलने का प्रयास करता रहा था। नये दरवाज़े थे। बरसात के कारण फूल आए थे। अन्दर से किसी ने अपनी तरफ जोर लगाया था। इधर से पण्डितजी ने धक्का दिया था। दोनों किवाड़ भयानक आवाज़ के साथ खटाक् से खुल गए और चेतन ने देखा कि कमीज़-सलवार पहने, सोलह-सत्रह वर्ष की सांवली-सी नाज़ुक लड़की अपने ही ज़ोर से धड़ाम डेवढ़ी के फर्श पर दोनों हाथों के बल पीछे जा गिरी थी।

पण्डितजी ने बढ़कर उसे उठाया। 'अरे प्यारी, चोट तो नहीं लगी?' और उसे उठाकर बांह में भरते हुए उन्होंने उसके सिर को प्यार से चूम लिया था।

'मेरी बेटी।' उन्होंने चेतन को उसका परिचय दिया था।

दुपट्टा संभालते हुए लड़की की आंखें निमिष-भर को उठी थीं। वह फिर शरमाकर आंगन की ओर भाग गई थी।

वहीं खड़े-खड़े उसने चाहा—प्यारी ही दरवाज़ा खोले।

लेकिन वह खड़ा रहा और किसीने दरवाज़ा नहीं खोला तो उसने फिर बड़े जोर से दस्तक दी।

अन्दर से किसीने एक बार ही ज़ोर लगाकर दरवाज़ा खोल दिया।

बीबीजी थीं। पण्डितजी की पत्नी को चेतन बीबीजी कहकर पुकारता था। उनकी उम्र पैतीस वर्ष की होगी, पर लगती चालीस-

पैंतालीस की थीं—दोहरा बदन, लम्बी-तगड़ी, लेकिन ढीली। उनका रंग जवानी में ज़रूर गेहुआं रहा होगा, लेकिन पांच बच्चों के बाद अब संवला गया था···उनका चेहरा तना हुआ था, लेकिन चेतन को देखते ही वह खिल गया।

"कहो, कैसा रहा शिमले में? कब आए?"

और दरवाज़ा बन्द करके वे आगे-आगे चल दीं। चेतन अपना हालचाल देता हुआ उनके पीछे-पीछे जाकर उनके सामने (अपनी सुरक्षित जगह) रसोईघर में रखे रंगीन पीढ़े पर बैठ गया।

रसोईघर की ओर आते-आते चेतन ने एक उड़ती-सी निगाह कमरे के अन्दर डाली थी—उसे लगा था, जैसे प्यारी लेटी है। जब वह बीबीजी को शिमले और जालन्धर में अपने प्रवास और निवास तथा वापस आकर लाहौर में अपने मकान ढूंढ़ने की बात बता चुका तो सहसा उसने पूछा, "अन्दर क्या प्यारी लेटी है?"

हठात् बीबीजी का खिला मुख उदास हो गया। एक लम्बी सांस उनके होंठों से निकल गई, "प्यारी तो दो महीने से बीमार है।"

"दो महीने से!" चेतन खेद-भरे स्वर में केवल बीबीजी के शब्द दोहराकर रह गया।

"रीढ़ की हड्डी पर फोड़ा हो गया था।" बीबीजी उसी उदास स्वर में बोलीं, "हमने समझा, मामूली फोड़ा है। चार-छः दिन तो पुल्टिस बांधी, जब आराम नहीं आया तो डॉक्टर को दिखाया। महीना-भर इलाज करने पर जब कोई लाभ नहीं हुआ तो ये (पण्डितजी) अस्पताल ले गए। उन्होंने प्लास्टर बांध दिया है। हिलना-डुलना मना है। बेचारी पड़ी रहती है।"

चेतन के जी में आया, उठकर अन्दर चला जाए। प्यारी बड़ी ही सीधी-सादी, भोली-भाली लड़की थी। ज्यादा बोलती नहीं थी। लेकिन जब कभी शनि या इतवार को पण्डितजी स्वयं गोश्त या कोफ्ते अथवा गोश्त वाला पुलाव पकाते और स्वयं ही परोसते तो वह रोटी या तरकारी देने आती।···कभी चेतन रात वहीं रह जाता, तब दूसरी सुबह जब वह नित्य कर्म से निबटकर आता तो प्यारी पानी का लोटा लेकर उसके हाथ धुला देती। ऐसे में जब वह कभी उसकी ओर देखती तो उसकी आंखों में स्नेह भी होता, विश्वास भी, हुलास भी। चेतन उसे छोटी बहन-सा मानता। उसके बहन तो

थी नहीं और वह बहन के प्यार से अनभिज्ञ भी था, पर उसे देखकर उसके मन में कुछ वैसा ही प्यार उमगता, जैसा कभी अपनी मृत नन्ही बहन के लिए उमगा करता था।

चेतन ने सुना था कि रीढ़ की हड्डी का नासूर तो बहुत बुरा होता है। सहसा उसके सामने अपनी नन्ही-सी बहन का चेहरा घूम गया—कान से ठोड़ी तक बाईं ओर घाव बढ़ गया है, चेहरा सूज गया है और वह सूजन प्रतिदिन बढ़कर शरीर को ग्रस लेती है··· उसका मन उदास हो उठा। उसके जी में आया—जाकर प्यारी को देखे, उसे तसल्ली दे···वह उठने की सोच ही रहा था कि तभी बाहर दस्तक हुई।

बीबीजी ने कहा, "पण्डितजी आ गए हैं।" और उन्होंने छुटकी से दरवाज़ा खोलने को कहा।

लेकिन चेतन उठा, "मैं खोलता हूं।" उसने कहा और जाकर दरवाज़ा खोला—पण्डितजी और उनका बड़ा लड़का चन्द्रमोहन थे।

चेतन उन्हें 'नमस्ते' कहने ही जा रहा था कि हर्ष मिले उल्लास के साथ उन्होंने कहा, "अरे चेतन!" और बढ़कर उसे बांह में भर लिया।

अन्दर जाते ही पण्डितजी ने प्यारी के गाल थपथपाए और उसका हालचाल पूछा। फिर वे चेतन की ओर पलटे, "मैं ज़रा ऊपर हो आऊं। तुम बैठो।" उन्होंने पगड़ी और वास्केट उतारते हुए कहा और कमरे से निकल गए। तभी प्यारी ने हाथ जोड़कर चेतन को 'नमस्ते' की।

'नमस्ते' का जवाब देकर चेतन ने पूछा, "कैसी तबीयत है?"

उदास मुस्कान प्यारी के होंठों पर फैल गई कि अच्छी हूं। कहा उसने कुछ नहीं। चेतन चुपचाप क्षण-भर खड़ा रहा। क्या कहे, उसे कुछ नहीं सूझा। वह बाहर आ गया और उसी रंगीन पीढ़े पर जा बैठा। पण्डितजी पानी का लोटा लेकर ऊपर चले गए थे।

पण्डित रत्न पेशावर की तरफ के मोह्याल ब्राह्मण थे। न लम्बा, न मंझला कद, गठा दोहरा बदन, गोरा रंग, चौड़ा माथा, चौड़े, लेकिन सुन्दर पठानी नक्श, किंचित् अन्दर को झुकी धवल दन्तावली, तन पर कमीज़-शलवार, उसपर काली जैकेट, सिर पर कुल्लेदार मुशद्दी पगड़ी, पैरों में फ्लेक्स के पम्प शू—पण्डितजी

निश्चय ही सुन्दर थे—सुन्दर और हंसमुख तथा मिलनसार।

जिस दिन चेतन ने 'बन्दे मातरम्' में अपनी मुलाज़मत शुरू की थी, उसी शाम को उसने पहले-पहल पण्डित रत्न के दर्शन किए थे और महीना भी नहीं बीता था कि उन्होंने उसे अपनी छत्रच्छाया में ले लिया था।

वहीं पीढ़े पर बैठे-बैठे 'बन्दे मातरम्' की मुलाज़मत के वे पहले दिन चेतन की आंखों में घूम गए।

5

'बन्दे मातरम्' के दफ्तर में चेतन और महाशय धनपतराय बी० ए० (नेशनल) के अलावा दो और सहकारी सम्पादक थे। एक थे असिस्टेण्ट एडीटर मलिक मुहम्मद यूसुफ और दूसरे—चिश्ती साहब। चेतन को मलिक साहब का नाम अत्यन्त उपयुक्त लगता था, क्योंकि वे यूसुफ[1] ऐसे ही सुन्दर थे—तीस-एक वर्ष की उम्र, न लम्बा, न मंझला कद, दोहरा बदन, भरा-भरा तिकोना चेहरा, सुतवां नाक, बड़ी-बड़ी आंखें, गिलाफी पलकें—उनकी शक्ल ईरा-नियों जैसी लगती थी। हो सकता है, उनका कोई पुरखा ईरान से आकर पंजाब में बस गया हो। चेतन को वे बहुत अच्छे लगते थे। केवल एक बात से वह परेशान रहता था। मलिक साहब बड़े गंभीर थे। चेतन ने कभी ही उनको हंसते या मुस्कराते देखा था। वे अन-वरत काम करते और उनके चौड़े गोरे माथे पर प्रायः हल्के से तेवर बने रहते। उनकी इस मौन और गंभीर प्रकृति के सन्दर्भ में चेतन को जो बात सबसे दिलचस्प लगी, वह यह थी कि मलिक साहब पत्र का हास्य-व्यंग्य का कॉलम भी लिखते थे। यह कॉलम अग्रलेख वाले पृष्ठ पर ही छपता था। इसका शीर्षक था—'नमकदां'

---

1. एक मशहूर पैगम्बर, जो सुन्दरता में अपना सानी न रखते थे। उनके भाइयों ने उन्हें बेच दिया। मिस्र के सम्राट ने उन्हें खरीद लिया था और मिस्र की सम्राज्ञी जु लेखा उनसे प्रेम करने लगी थी :

कमाल बन्दगी - ए - इश्क़ है ख़ुदावन्दी,
कि एक जन ने महे-मिस्र सा ग़ुलाम लिया
—सौदा

—और मलिक साहब 'नमकपाश'[1] के नाम से यह कॉलम लिखा करते थे। इसमें वे सरकार की अनीतियों, सरकार के पिट्ठुओं की खुशामदपरस्तियों, साम्प्रदायिक संस्थाओं की ज़्यादतियों और दूसरी राजनीतिक और सामाजिक कुरीतियों पर हास्य-व्यंग्य-भरी (हास्य-भरी कम, व्यंग्य-भरी ज़्यादा) नमकपाशी करते थे।

नौकरी स्वीकार करने के बाद चेतन पहले दिन दफ्तर पहुंचा था, तो उसने कमरे में दो मेज़ रखी देखी थीं। एक अपेक्षाकृत बड़ी थी, दूसरी छोटी। बड़ो मेज़ दरवाज़े से चन्द कदम के अन्तर पर ही थी—मेज़ की लम्बी तरफ लाला धनपतराय बी० ए० (नेशनल) बैठे थे। उन्होंने चेतन को अपने सामने की कुर्सी पर बैठने के लिए कहा था। लालाजी की बाईं तरफ—दरवाज़े के ऐन सामने—मंझले कद और दोहरे शरीर के एक मौलाना-सूरत व्यक्ति बैठे थे। उन्होंने कमीज़-शलवार पहन रखी थी। घनी काली दाढ़ी और मूंछों ने उनका सारा चेहरा छिपा रखा था। उनकी आंखों में कुछ अजीब-सी बर्बरता थी। वे पैड पर झुके, काम में तल्लीन थे। अखबार के दफ्तर में सम्पादक की मेज़ पर बैठे थे, इसलिए सम्पादक लगते थे; कहीं 'पैसा अखबार स्ट्रीट' में किसी दुकान पर बैठे होते तो चेतन उन्हें कसाई ही समझता। लाला धनपतराय के दाईं ओर एक अधेड़ उम्र के पतले छरहरे मुसलमान—मोलाना चिश्ती—बैठे काम कर रहे थे।

दूसरी मेज़ सामने दीवार से लगी थी। उसपर अकेले मलिक मुहम्मद यूसुफ चेतन ही की तरह गली में खुलने वाली खिड़कियों की ओर पीठ किए बैठे थे। वहीं बैठे वे लाला धनपतराय से बात कर सकते थे और पूछने वाली बात पूछ सकते थे।

तीन-चार दिन बाद ही चेतन को पता चल गया कि घनी

---

1. उर्दू शायरी में 'नमक', 'नमकदां' और 'नमकपाश' का बड़ा महत्त्व है। महबूब को दुःख देने वाला, घावों पर नमक छिड़कने वाला यानी नमकपाश कहा गया है। लेकिन चूंकि व्यंग्य भी चुभता है, इसलिए उसको भी नमक का दर्जा दिया गया है और व्यंग्य करने वाले को नमकपाश का। इसी सन्दर्भ में व्यंग्य का कॉलम 'नमकदां' (नमक का बर्तन) कहलाया :

ऐ 'नमकपाश' ख़ुदा के लिए चुटकी न रुके,
कोई दम और तड़पने का मज़ा रहने दे।

—अमीर

दाढ़ी-मूंछों वाले कसाई-सिफत हज़रत, अल्लामा रफीउद्दीन हैं, जिन्हें सब 'अल्लामा बटेर' कहते हैं। वे बड़े आलम हैं। उन्हें जवाब दे दिया गया है और उन्हींकी जगह चेतन को रखा गया है।

'अल्लामा बटेर' अरबी-फारसी के विद्वान थे। उन्होंने हास्य-रस की एक नज़्म लिख रखी थी, जो चेतन ने एफ० सी० कॉलेज के एक मुशायरे में उनके मुंह से सुनी थी। वह नज़्में कॉलेज के लड़कों में ख़ुब लोकप्रिय थी। चेतन को उसकी पहली पंक्तियां तत्काल याद हो गई थीं :

बटेर की जो मौत है
वो क़ौम की हयात है

नज़्म पढ़ते-पढ़ते 'अल्लामा बटेर' की आवाज़ में जो जोश और आंखों में चमक आ गई थी, उसीके कारण उनका चेहरा, उसके दिमाग में नक्श हो गया था और दफ्तर में दाखिल होते ही उसने उन्हें पहचान लिया था···

चेतन को हैरत हुई थी कि ऐसी हिंस्र वृत्ति का आदमी उस अहिंसावादी राष्ट्रीय दैनिक के सम्पादन-विभाग में कैसे काम करता है। लेकिन उसने सुना था, अल्लामा बटेर नेशनल कॉलेज में अरबी-फारसी पढ़ाते रहे हैं और कॉलेज बन्द होने पर 'बन्दे मातरम्' में आ गए थे। देखने में वे बेफिक, बेपरवाह, मस्त-मलंग आदमी लगते थे। बहुत देर बाद चेतन को मालूम हुआ कि वास्तव में इसी फक्कड़-पने के कारण उन्हें अपनी नौकरी से हाथ धोने पड़े थे। कुछ लोगों का यह भी कहना था कि अहरार पार्टी में तो वे 'बन्दे मातरम्' की नौकरी के बाद शामिल हुए थे। हुआ वास्तव में यह था कि उनसे गान्धीजी की जीवनी को उर्दू का जामा पहनाकर 'बन्दे मातरम्' के साप्ताहिक संस्करण में धारावाहिक रूप से देने को कहा गया था। इंग्लिस्तान में पढ़ाई के दिनों में अपने अनुभवों का उल्लेख करते हुए गान्धीजी ने कहीं लिखा था कि एक बार उन्होंने गोश्त चखा तो था, पर उन्हें अच्छा नहीं लगा। अल्लामा बटेर ने अनुवाद करते हुए उस के आगे ब्रैकेट में लिख दिया—'अच्छा न पका होगा' और वह उसीके तरह छप गया। कांग्रेस का मुखपत्र और परम राष्ट्रीय दैनिक! ···मैनेजिंग डायरेक्टर ने वह पढ़ा तो न केवल मौलाना को बुलाकर इस गैर-ज़िम्मेदारी के लिए डांटा, वरन् उन्हें आदेश

दिया कि वे तत्काल त्यागपत्र दे दें, नहीं तो उन्हें निकाल दिया जाएगा। उन्होंने त्यागपत्र दे दिया। उस वक्त उन्हें 90 रु० मासिक मिलते थे। अखबार को उसका यह लाभ हुआ कि उनकी जगह (चेतन के रूप में) 40 रु० मासिक का आदमी रख लिया गया, और उन दिनों जब समाचारपत्र की आर्थिक स्थिति अच्छी न थी, यह प्रबन्ध लाभकर ही था। 'नमकदां' पहले वे ही लिखते थे। उनके चले जाने के बाद वह कॉलम मलिक मुहम्मद यूसुफ लिखने लगे।

चेतन को लाला धनपतराय ने अपनी शागिर्दी में ले लिया। वह हर सप्ताह एक कहानी लिखता और साथ ही अनुवाद सीखने की कोशिश करता।

अखबार में सरकारी तौर पर तो दिन के डेढ़ बजे से साढ़े चार बजे शाम और रात को साढ़े नौ बजे से डेढ़ बजे तक ड्यूटी देने का नियम था, लेकिन पूरे महीने में एक दिन भी ऐसा नहीं आया, जब शाम को साढ़े छ: और रात को ढाई से पहले चेतन दफ्तर से निकला हो। अनुवाद उसे करना आता नहीं था। फिर महाशय धनपतराय स्वयं कुछ ज़्यादा करते नहीं थे। लोग कहते थे कि वे काम की नहीं, अखबार पर डमी सम्पादक के नाते अपना नाम देने की तनख्वाह पाते हैं। उस ज़माने में सभी अखबारों में दो-दो सम्पादक होते थे—एक असली और एक नकली। असली सम्पादक अग्रलेख और सम्पादकीय टिप्पणियां लिखता और नकली सम्पादक केवल नाम देता। 'बन्दे मातरम्' जैसे राष्ट्रीय पत्र पर सम्पादक के रूप में नाम देने वाले डमी सम्पादक के लिए जोखिम भी काफी था। जाने कब किस अग्रलेख अथवा टिप्पणी पर सरकार मुकदमा चला दे और सम्पादक को दो से दस साल की सज़ा हो जाए! डमी सम्पादक होने के बावजूद उनके त्याग का महत्त्व था और लाला धनपतराय बी० ए० (नेशनल) इसे भली भांति जानते थे। दस-पन्द्रह दिन काम करने पर ही चेतन को मालूम हो गया कि महाशय धनपतराय केवल नाम देने के ही पैसे लेते हैं। अग्रलेख तो मैनेजिंग डायरेक्टर लाला दीवानचन्द स्वयं लिखते। और लाला धनपतराय दोपहर तो दो बजे से चार तक और रात को बारह बजे से दो बजे तक महज़ ऊंघा करते। जब कभी न्यूज़ एजेंसी का चपरासी तार लाता तो वे चौंककर उठते, हस्ताक्षर करते और तार लेकर मलिक साहब की ओर फेंक देते। मलिक साहब तार पढ़कर स्वयं रख लेते अथवा

दूसरे सम्पादकों को बांट देते।

चेतन की बाईं ओर मौलाना चिश्ती बैठते थे। पतले, छरहरे। पचपन-साठ की उम्र। उनके चेहरे को देखकर लगता था, जैसे बिना नहाए-धोए बिस्तर से सीधे उठकर चले आए हैं। मलिक साहब तार उनकी तरफ फेंक देते तो वे अपने आगे पहले से लगी तारों की गड्डी के नीचे उसे भी करीने से सजा लेते और पूर्ववत् अनुवाद करने लगते।

मलिक साहब 'नमकदां' न लिख रहे होते तो वे भी बराबर खबरों का अनुवाद करते और प्रूफ पढ़ते। दोपहर हो या रात, चेतन ने उन्हें कभी पलक झपकते, हंसते, मुस्कराते या बात करते नहीं देखा था। मशीन की तरह वे चुपचाप काम किए जाते।

महाशय धनपतराय ने पहले ही दिन चेतन को बता दिया था कि उसे सुबह उठकर सबसे पहले अखबार पढ़ना चाहिए; नये-नये शब्दों को नोट करना चाहिए; कैसे खबरों की सुर्खियां दी जाती हैं, यह देखना चाहिए; अंग्रेज़ी शब्दों के लिए जो सरस उर्दू शब्द प्रयुक्त होते हैं, उनपर ध्यान देना चाहिए आदि···आदि···

लेकिन रोज़ घण्टा डेढ़ घण्टा अखबार पढ़ने, समाचारों के शब्दों और शीर्षकों पर ध्यान देने के बावजूद चेतन को लगा कि लाला धनपतराय बी० ए० (नेशनल) की छत्रच्छाया में काम करते हुए वह ठीक से अनुवाद ही नहीं, 'बन्दे मातरम्' में काम तक नहीं कर सकेगा।

स्थिति वास्तव में यह थी कि अनुवाद-कला से तो चेतन नितान्त अनभिज्ञ था। जब महाशयजी उसे कोई तार देते तो वह यथासम्भव उसका अनुवाद करके उन्हें दे देता। शुरू-शुरू में वे सारी की सारी खबर काटकर स्वयं लिख देते थे और चेतन से कहते कि वह अपनी खबर से उसे मिलाए। दो-चार बार ऐसा हुआ कि जल्दी में उन्होंने जो संशोधन किया, वह ठीक नहीं था। चेतन ने संकोचवश कुछ न कहा। कातिब ने बिना किसी तरह की शंका उठाए, मक्खी पर मक्खी मार दी। वैसे ही प्रूफ पढ़े गए और वैसे ही वह खबर छप गई। जब मैनेजिंग डायरेक्टर ने शिकायत की तो महाशय धनपतराय बी० ए० (नेशनल) ने वह गलती चेतन के सिर मढ़ दी।

उन्हीं दिनों चेतन को लगा कि उसके पास एक ऐसा शब्दकोश

होना चाहिए, जिससे वह अंग्रेज़ी शब्दों के अर्थ जान सके। पहले कुछ दिन वह कठिन शब्दों के अर्थ लाला धनपतराय से पूछता रहा, फिर जब उन्होंने बेरुखी बरती और झुंझलाने लगे तो वह बड़े विनम्र और अनुनय-भरे स्वर में चिश्ती साहब से पूछने लगा। एक दिन काम ज़्यादा था, उसे चार-पांच बार जब शब्दों के अर्थ पूछने पड़े तो चिश्ती साहब चिढ़ गए। उसी शाम चेतन जाकर ढाई रुपये में फैलन की डिक्शनरी खरीद लाया। उसमें रोमन अक्षरों में अंग्रेज़ी शब्दों के अर्थ उर्दू और पंजाबी में दे रखे थे। चेतन को यह शब्दकोश बहुत अच्छा लगा। उसने अर्थ पूछना बन्द कर दिया। लेकिन बात केवल सही या गलत अर्थों की ही न थी, शैली, मुहावरों तथा लाला धनपतराय बी० ए० (नेशनल) के दर्प और तुनुकमिज़ाजी की भी थी।

और एक महीने के अन्दर-अन्दर यह हुआ कि न केवल बी० ए० (नेशनल) साहब का सारा उत्साह मन्द पड़ गया, वरन् वे दफ्तर में सबके सामने चेतन को डांटने भी लगे। एक दिन जब चेतन को पूरा विश्वास था कि उसकी गलती नहीं थी और जब महाशयजी ज़रूरत से ज़्यादा ही अपनी डमी एडीटरी का रोब गांठने लगे तो न जाने उसके मन में क्या बगूला उठा, चेतन सीधा मैनेजिंग डायरेक्टर के कमरे में गया और उसने जाकर कहा कि वह नया-नया उस काम पर लगा है, जी-जान से मेहनत करता है और दिल लगाकर काम सीखने का प्रयास कर रहा है और महाशय धनपतराय उसे बेकार डांटते रहते हैं। "मैं एक भी खबर का तर-जुमा बिना महाशयजी को दिखाए कातिब को नहीं देता," उसने कहा, "जब महाशयजी उसे ठीक कर देते हैं, तो वह अनुवाद मेरा नहीं रहता, उन्हींका हो जाता है। छप जाने के बाद मुझे डांटने की तुक मेरी समझ में नहीं आती। डांटना हो तो उन्हें उस समय डांटना चाहिए, जब मैं खबर का अनुवाद करके उन्हें देता दूं।" चलते-चलते यों ही अति सामान्य ढंग से उसने इतना और कहा, "सारा वक्त तो महाशयजी ऊंघते रहते हैं, गलतियां नहीं होंगी तो और क्या होगा?" और उसने मैनेजिंग डायरेक्टर से निवेदन किया, "आप चाहे मुझे छुट्टी दे दें, पर महाशयजी से कह दें कि मुझे बेकुसूर मत डांटा करें।"

मैनेजिंग डायरेक्टर लाला दीवानचन्द शान्त प्रकृति के गांधी-

वादी व्यक्ति थे। विवाह उन्होंने किया न था और अपना जीवन देश के हित में अर्पित कर दिया था। उन्हें किसीने ज़ोर से बोलते न सुना था। उन्होंने बड़े धीरे से, जैसे अपनी मेज़ को आदेश देते हुए, चेतन से कहा कि वह जाए, जाकर काम करे और वे महाशयजी को समझा देंगे।

न जाने उन्होंने महाशय धनपतराय से क्या कहा कि महाशयजी चेतन को और भी परेशान करने लगे। इस बीच चेतन उनके दर्प और घोर अहम्पन्यता का कारण जान गया था, यह भी समझ गया था कि वे उतने योग्य नहीं हैं और डमी सम्पादक होने का संकट मोल लेने का वेतन पाते हैं। इसी कारण चेतन भी शेर हो गया और तुर्की-बतुर्की जवाब देने लगा। दफ्तर का वातावरण अत्यन्त कलुर्षित हो गया। एक दिन तो उनकी झों-झों सुनकर मैनेजिंग हायरेक्टर अपने कमरे से निकल आए और उन्होंने दोनों को डांट दिया।

मलिक यूसुफ इस बीच नितान्त निरपेक्ष बने रहे थे; लेकिन उस दिन उन्होंने महाशय धनपतराय से कहा, “अप चेतन को निकम्मा समझते हैं, आप उन्हें मुझे दे दीजिए, आप चिश्ती साहब को ले लीजिए। हम दिन को काम करेंगे, आप रात को कीजिए।” महाशयजी ने ना-नुच' की तो मलिक साहब ने कहा, “ठीक है, आप चेतन को ले लीजिए और दिन को आइए, मैं चिश्ती साहब को ले लेता हूं और हम दोनों रात को आएंगे।” महाशय धनपतराय चेतन से कुछ ऐसे तंग आ गए थे कि उन्होंने चिश्ती साहब के साथ रात में आना स्वीकार कर लिया।

चेतन यद्यपि रात की ड्यूटी से मुक्ति पाकर बड़ा प्रसन्न हुआ था, पर उसे मलिक साहब के साथ काम करना पड़ेगा, इससे वह मन ही मन बेतरह डर भी गया था। लेकिन महाशयजी से वह इस हद तक चिढ़ गया था कि उसने मलिक साहब के साथ काम करना स्वीकार कर लिया। मलिक साहब ने जिन आत्मविश्वास के साथ उस नौसिखिए को अपने साथ ले लिया था, उससे चेतन को सन्तोष हुआ था कि आखिर दफ्तर में कोई तो है, जो उसे कुछ समझता है।

उस अवस्था के बाद जब वह पहले दिन दफ्तर में गया तो मलिक साहब ने मुंह ज़रा-सा उसकी ओर घुमाकर कहा, “देखिए, मैं

लाला घनपतराय की तरह आपका तरजुमा ठीक-वीक नहीं करूंगा। मैं सिर्फ गलतियां बता दूंगा, ठीक करना या उसे दोबारा-सहबारा लिखना आप ही का काम है। आप हौसला न छोड़ेंगे, और मेहनत से काम सीखेंगे तो एक महीने में आपको तरजुमा करना आ जाएगा वरना अल्लाह मालिक हैं।"

"जी, मैं इमकान-भर कोशिश करूंगा।" चेतन ने सिर्फ इतना ही कहा।

और उस दिन एक खबर उसे सात बार करनी पड़ी थी, लेकिन वह झुंझलाया नहीं। वह अनुवाद करता, मलिक साहब रद्द कर देते। वह फिर करता। चौथी बार खबर का अनुवाद उन्होंने पास कर दिया, लेकिन शीर्षक ठीक न था। तीन बार उसने मलिक साहब की हिदायत के अनुसार शीर्षक भी बदला। आखिर जब उन्होंने शीर्षक समेत अनुवाद पास कर दिया तो उसे बड़ी खुशी हुई।

उस दिन आठ घण्टे में उसने केवल पांच खबरें कीं। लेकिन दूसरे दिन जब उसने उन खबरों को अखबार में छपे देखा तो उसे इतनी खुशी हुई, जितनी अपनी मौलिक कहानी को छपे देखकर न हुई थी।—ये सारे के सारे समाचार उसने स्वयं अंग्रेज़ी से किए थे, उनके शीर्षक उसने स्वयं जमाए थे। उन पांच अखबारों में से एक पर दो-कॉलमी सुर्खा जमी थी। चेतन उन अखबारों को बार-बार पढ़ता, पर उसका जी न भरता।···एक महीने के अन्दर-अन्दर मलिक साहब ने उसे अनुवाद में निपुण कर दिया था।

लेकिन इस एक महीने में उन्होंने बड़ी सख्ती से काम लिया था। कई बार उसे इस बुरी तरह डांट दिया कि उसके आंसू आ गए। लेकिन एक बार भी पलटकर उसने कुछ नहीं कहा, क्योंकि जब भी उसने ठीक अनुवाद किया अथवा उपयुक्त शीर्षक लगाया, उन्होंने सदा उसकी पीठ ठोंकी।

पण्डित 'रत्न' मलिक साहब के पास प्राय: हर दूसरे-तीसरे आते थे, पर जब से मलिक साहब की ड्यूटी दिन की हुई थी और वे शाम आठ बजे तक बैठने लगे थे, पण्डितजी प्रतिदिन आने लगे थे। पहले वे मलिक साहब को 'कोलियर्ज़ वीकली' अथवा 'स्टैंड' आदि अंग्रेज़ी पत्रिकाएं देने आते। पांच-सात मिनट उनकी मेज़ के कोने पर बैठते, फिर चले जाते। पर चेतन को इतने से ही आभास मिल गया था कि वे मलिक साहब को बहुत मानते हैं। उनसे बातें करते

हुए उनकी आंखों में कुछ अजीब सी कोमलता आ जाती थी।

पण्डित 'रत्न' प्रेस इन्फरमेशन ब्यूरो में प्रमुख अनुवादक थे। अखबारों के महत्त्वपूर्ण समाचारों अथवा सम्पादकीय टिप्पणियों का अनुवाद अंग्रेज़ी में करके निदेशक के सामने पेश करना उनका काम था। अंग्रेज़ी और उर्दू—दोनों भाषाओं पर उन्हें समान अधिकार था। वे 'गुमनाम जर्नलिस्ट' के छद्म नाम से पत्र-पत्रिकाओं में कहा-नियां भी देते थे। उनके दफ्तर में इंग्लिस्तान तथा अमरीका से जो मासिक और साप्ताहिक आते, उनमें जो कहानी उन्हें अच्छी लगती, उसको वे उर्दू में रूपान्तरित कर देते। उनकी कहानियों की बड़ी मांग थी। उस ज़॥माने में जब लेखों अथवा कहानियों के पारिश्रमिक की कोई प्रथा न थी, पण्डित 'रत्न' पांच से दस रुपये प्रति कहानी ले लेते और किसी-किसी महीने तो उनकी आय चालीस-पचास रुपये हो जाती।

जब से 'बन्दे मातरम्' के सम्पादकीय विभाग में नई व्यवस्था हुई थी, और पण्डित 'रत्न' रोज़ शाम को आने लगेथे, यूसुफ साहब की मेज़ के कोने पर बैठने के बदले वे महाशय धनपतराय की खाली कुर्सी पर बैठ जाते और कभी चेतन की अनूदित खबरों को ठीक करके शीर्षक लगा देते, कभी मलिक साहब को 'नमकदां' लिखने में सहायता देते—शहर के हंगामों की खबरें देते, कभी कोई नया विषय सुझाते और कभी काम ज़्यादा होता तो स्वयं एकाध नोट लिख देते।

पण्डित 'रत्न' हंसमुख प्रकृति के व्यक्ति थे और व्यंग्य-विनोद से काम लेना, बात-बात पर चुटकुले छोड़ना उनके स्वभाव का अंग था। नई व्यवस्था के शुरू के दिनों की बात है, एक दिन काम ज़्यादा होने के कारण मलिक साहब 'नमकदां' न लिख सके थे। पण्डितजी शाम को आए और मलिक साहब को परेशान देखा तो चेतन के सामने मेज़ पर बैठकर 'नमकदा' लिखने लगे। उस दिन उन्होंने साम्प्रदायिक नेताओं के आग उगलने वाले भाषणों पर कॉलम लिखा। गुरुद्वारा शीषगंज का कुछ झगड़ा चल रहा था, नमकपाश शहर के दूसरे साम्प्रदायिक अड्डों से होता हुआ गुरु-द्वारा शीषगंज पहुंच जाता है और वहां के एक भाषण की बानगी प्रस्तुत करता है ··हेड-पौने दो वर्ष बीत जाने पर भी चेतन को उस टिप्पणी की अन्तिम पंक्ति शब्दश: याद थी :

'ओए भरावो सिक्खो! की तुसी इह्लां हिन्दुआं नाल
मिलवर्तन करोगे, जिन्हां दे सिर रंगीन मिजी दे पावेयां
वांगू होंदे ने?'[1]

और 'नमकपाश' की टिप्पणी थी कि मुंडे हुए सिरों और तआवन (सहयोग) में क्या रिश्ता है, यह सोचने की ज़रूरत नहीं, क्योंकि इन भोले बादशाहों के भाषणों में तर्क को ढूंढ़ना रेत में तेल खोजने के बराबर है।

चेतन ने उर्दू केवल छठी कक्षा तक पढ़ी थी। वह उर्दू में कहानियां भी लिखता था और गज़लें तथा नज़्में भी, लेकिन उसका उच्चारण खासा अशुद्ध था। साधारणतः समाचारपत्रों और पुस्तकों में ज़ेर-ज़बर[2] न रहने से उच्चारण में उसे बड़ी कठिनाई होती थी, फिर उर्दू लिपि के 'वाओ' और 'दाल'—ये दो अक्षर कातिब ऐसे लिखते थे कि उर्दू न जानने वाला 'दाल' की जगह 'वाओं' और 'वाओ' की जगह 'दाल' पढ़ जाता। चेतन दिल से चाहता था कि अखबार में जितने प्रचलित शब्द हैं, उनका उच्चारण उसे आ जाए, लेकिन दफ्तर में पूछते हुए उसे संकोच होता था और बाहर किससे पूछे, यह बात उसकी समझ में नहीं आती थी। तभी उसकी नज़र में एक शब्द आया, जो अखदार में बार-बार प्रयुक्त होता था। चेतन को उसके अर्थ का भी आभास था, लेकिन उसका ठीक उच्चारण न आता था। एक दिन उसने मलिक साहब का अच्छा मूड देखकर डरते-डरते उनसे कहा, "मलिक साहब, यह लफ्ज़ क्या है—तादकतीका—जिसका मतलब शायद होता है...'

उसकी बात काटते हुए, बिना सिर उठाए मलिक साहब ने कहा, "यह तादकतीका ही है।"

जिस लहजे में मलिक साहब ने यह बात कही और जैसे उनके नथुनों में क्षीण-सी मुस्कान पैदा हुई, चेतन को लगा कि शब्द का उच्चारण ठीक नहीं, यह भी कि मलिक साहब को इस बात का बुरा लगा है कि ऐसे रोज़मर्रा के शब्द का उच्चारण भी उसे नहीं आता और वह घर से चला आया है, दैनिक अखबार में एडीटरी करने!

---

1. अरे सिक्ख भाइयो, क्या तुम इन हिन्दुओं के साथ सहयोग करोगे, जिनके सिर रंगीन चारपाई के पायों जैसे (मुण्डे हुए) होते हैं? 2. मात्राएं

सारा दिन चेतन मलिक साहब से आंखें नहीं मिला पाया। पूरे मनोयोग से खबरों का अनुवाद करता रहा। यद्यपि उसने शब्द-कोश की सहायता से यथाशक्य ठीक-ठीक अनुवाद किया था तो भी मलिक साहब ने उस दिन उससे कई खबरें दोबारा-सहबारा कराईं और एक जगह, जहां उसने मक्खी पर मक्खी मार दी थी, उसे बेतरह डांट दिया। चेतन को हर बार यही लगा कि उनकी यह डांट उसके उसी बेतुके प्रश्न के कारण है।

शाम को जब पण्डित 'रत्न' आए तो मलिक साहब ने हल्की-सी मुस्कान के साथ उनसे कहा, "देखिए पण्डितजी, आपका यार ता-वक्ते-कि को 'तादकतीका' पढ़ता है।"

पण्डितजी मलिक साहब की मेज़ के कोने पर एक पैर ज़मीन से टिकाकर बैठ गए और चेतन की ओर को रुख करके उन्होंने कहा, "साहब, जब तक आप उर्दू का बाकायदा मुतालआ नहीं करते, यह मसला आपके लिए लायबखुल ही रहेगा।" और मलिक साहब की ओर मुड़कर बोले, "ये हज़रत लायनहल[1] को भी लायबखुल पढ़ा करते हैं।"

मलिक साहब उस महीने में पहली बार हंसे।

लेकिन इस डांट-फटकार और मज़ाक का यह प्रभाव हुआ कि चेतन न केवल मलिक साहब का, बल्कि पण्डितजी का भी प्रिय पात्र हो गया। वह मलिक साहब के ही नहीं, पण्डितजी के घर भी जाने लगा, और जब कुछ महीने के बाद फिर व्यवस्था बदली और पहले की तरह चारों सम्पादक दिन-रात आने लगे तो वह रोज़ शाम को बिला नागा पण्डितजी के साथ घूमने लगा।

रसोईघर के सामने आंगन में रंगीन पीढ़े पर बैठा हुआ चेतन कल्पना ही कल्पना में पिछले वर्ष-डेढ़ वर्ष की अंधेरी-उजेली गलियों में भटकता रहा और बीबीजी उसके सामने बैठी खाना पकाती रहीं।

शिमला जाने से पहले चेतन जब कभी पण्डितजी के यहां, उनके दफ्तर से आने के पहले पहुंचता था तो बीबीजी सदा उसे अपने सामने पीढ़े पर बैठाकर घर-द्वार की बातें किया करती थीं। लेकिन उस शाम उनका मन शायद अपनी बेटी की बीमारी के

1. जो हल न हो सके

कारण उदास था; एकाध बात करके वे चुप हो गई थीं और पण्डितजी लोटा लेकर ऊपर चले गए थे तो चेतन फिर अपने विचारों में गुम हो गया था।

पण्डितजी ऊपर से वापस आए तो चेतन लपककर उठा और इससे पहले कि वे अपने लड़के अथवा लड़की को हाथ धुलाने के लिए आवाज़ देते, वह नल पर गया और बाल्टी से पानी का साफ लोटा भरकर उनके हाथ धुलाने को तैयार जा खड़ा हुआ।

पण्डितजी से उसका परिचय, जो मलिक यूसुफ के मज़ाक से शुरू हुआ था, इस साल-डेढ़ साल में न केवल घनिष्ठ हो गया था, वरन् पण्डितजी का घर उसे अपना घर प्रतीत होने लगा था। बीबीजी का हो अथवा पण्डितजी का, कोई भी काम करने में उसे हिचकिचाहट न होती थी।

पण्डितजी लोटे को मिट्टी से मल रहे थे, जब चेतन ने प्यारी की बीमारी का ज़िक्र चलाना चाहा, "प्यारी को देखकर बड़ा अफसोस हुआ।" उसने कहा, "क्या कहते हैं डॉक्टर?" उसने पूछा।

पण्डित रत्न के सदैव हंसते हुए मुख पर एक हल्का-सा बादल आकर चला गया, "रीढ़ की हड्डी का नासूर है।" उन्होंने किंचित् बेपरवाही से कहा, "अस्पताल में दिखाया था। डॉक्टरों ने प्लास्टर लगा दिया है।" और फिर उस तकलीफदेह प्रसंग को हटाकर किंचित् हंसते हुए उन्होंने पूछा, "तुम कहो, कैसा रहा शिमले में?"

"अच्छा ही रहा।" चेतन ने उनका लोटा और मिट्टी-सने हाथ धुलाते हुए कहा, "कविराजजी बज़ाहिर तो मेरी सेहत के खयाल से मुझे शिमला ले गए थे, लेकिन वहां जाकर मालूम हुआ कि उनका असल मकसद मुझसे एक किताब लिखवाना था। शिमला भी देख आया और उन्हें एक किताब लिखकर भी दे आया।"

"कैसी किताब?" पण्डितजी ने आंगन में आर-पार बंधी रस्सी पर सूखने के लिए डाला हुआ तौलिया खींचकर उससे हाथ पोंछते हुए पूछा।

"बच्चे की पैदाइश से पहले और उसके जन्म के बाद मां-बच्चे की देखरेख और पांच साल तक के बच्चे की बीमारियों और उनके इलाज-उपचार के बारे में।"

"लेकिन तुम इस सिलसिले में क्या जानते हो?"

और पण्डितजी दीवार के साथ रखा पटरा उठाकर रसोई के सामने आ बैठे। चेतन के लिए उन्होंने दूसरा पटरा रख दिया और उसे अपने साथ खाना खाने का आदेश दिया।

चेतन रात को ज़रा देर से खाने का आदी था और पण्डितजी दफ्तर से आकर खाना खा लेते थे। चेतन को भूख नहीं थी। लेकिन कभी ऐसा नहीं हुआ था कि वह खाने के वक्त पहुंचा हो और उन्होंने बिना खाना खाए उसे जाने दिया हो, इसलिए वह बैठ गया।

बीबीजी ने थालियां परस दीं और खाना खाते हुए चेतन पण्डित रत्न को सविस्तार अपने शिमला-प्रवास और वहां कविराज के लिए पुस्तक लिखने की कहानी सुनाने लगा। कविराज रामदास के मिठबोलेपन, चतुराई और धूर्तता का उल्लेख करते हुए उसने सभी घटनाएं सुनाईं; वापस लाहौर पहुंचने पर भाई साहब की बेपरवाही के कारण अपनी परेशानी, कविराज से भेंट और उनके यहां पार्ट टाइम काम करने की बात भी उसने कही और अन्त में अपना मन्तव्य प्रकट किया।

"काम तो मैंने उनका ले लिया है। दो घण्टे के बीस रुपया महीना देना उन्होंने तय किया है, पर साथ में अपने साहबज़ादे को थोड़ा-बहुत पढ़ाने की बात भी उन्होंने कह दी है। जैसाकि मैं उन्हें जान गया हूं, उनसे मेरी ज़्यादा दिन पटेगी नहीं। आप कहीं दूसरी जगह ही कोई काम ले देते तो बहुत अच्छा होता। पार्ट टाइम भी मिल जाए तो मैं कर लूंगा।"

पण्डित रत्न चुपचाप उसकी बातें सुनते रहे थे, बीच में दो-तीन बार हंसे भी और होंठों ही होंठों में उन्होंने दो-चार गालियां भी कविराज को दीं, लेकिन जब चेतन ने अपनी बात खत्म की तो खाना खत्म करके उठते हुए उन्होंने कहा, "तुम 'बन्दे मातरम्' क्यों नहीं जाते? कल ही मैं वहां गया था। यूसुफ कह रहे थे—सुना है, चेतनानन्द आ गए हैं, लेकिन दफ्तर नहीं आए और उनके इन्तज़ार में कोई नया आदमी नहीं रखा गया।"

"पण्डितजी, अब मैं वहां काम नहीं करना चाहता।" चेतन ने ऐसे स्वर में कहा, जिसमें विवशता-मिला अनुरोध था। "इस डेढ़-दो साल में मेरी सेहत चौपट हो गई है। रात को काम करने से मुझे एतराज नहीं, अगर दिन को दो-तीन घण्टे सोने को मिल जाएं, लेकिन 'बन्दे मातरम्' में दिन-रात काम करना पड़ता है और

आराम ज़रा नहीं मिलता।"

पण्डित रत्न ने कोई उत्तर नहीं दिया। चुपचाप नल पर हाथ धोकर तौलिये से पोंछते रहे। चेतन ने भी हाथ धोए और रूमाल से पोंछते हुए उसने इतना और कहा, "फिर मैं चालीस रुपये पर आया था। तरजुमा करना मुझे ज़रा नहीं आता था। महाशय धनपत-राय ने मुझसे वादा किया था कि मैं तरजुमा सीख लूंगा तो मेरी तनख्वाह बढ़ जाएगी। डेढ़ वर्ष से ऊपर मुझे अखबार में काम करते हो गया है। 'नमकदां' और लीडिंग आर्टिकल छोड़कर सभी काम मैं करता हूं। अफसाने लिखता हूं; नज़्में लिखता हूं और अब तो कॉपी भी लगाता हूं, लेकिन एक पैसे की तरक्की उन्होंने मुझे नहीं दी। दूसरी कोई जगह न मिली और कविराज से न पटी तो झक मारकर मुझे वहीं जाना पड़ेगा; लेकिन मैं चाहता नहीं।'

पण्डितजी इस बीच कमरे में आ गए थे। चेतन भी उनके पीछे-पीछे अपनी बात कहता चला आया था। उसकी बात सुनते हुए उन्होंने तहमद उतारकर फिर शलवार पहन ली थी। कमीज़ पर वास्केट पहनकर सिर पर कुल्लेदार पगड़ी रखी, पैरों में पम्प शू पहने और कोने से मैला कपड़ा उठाकर उन्हें पोंछा। फिर बाहर की ओर चलते हुए बोले, "ठीक है, अभी चलते हैं। जाकर देखंते हैं। कहीं न कहीं काम मिल ही जाएगा। 'भीष्म' तो बन्द हो गया है। उसे उसके एडवरटाइज़िंग मैनेजर पण्डित गणेशलाल ने खरीद लिया है। वे नया परचा निकालने जा रहे हैं। 'ज़ख्मी' उसके एडी-टर होंगे। वहां भी सब-एडीटर की ज़रूरत होगी। 'देश' या 'समाज' में भी कोई जगह खाली हो सकती है। कहीं न कहीं कुछ हो जाएगा।"

दूसरा खण्ड

6

5 दिसम्बर, 1931

'कल रात जालंधर गया था। चन्दा ने न कोई सवाल किया, न एतराज़। चुपचाप अपने दोनों भारी गहने लाकर मेरे हाथ पर रख दिए···और मैं गाड़ी में बैठा, लाहौर से जालन्धर तक न जाने

कितने सवाल-जवाब दोहराता गया था।...चन्दा की बात सोचता हूं तो अचानक भाभी की सूरत आंखों में घूम जाती है—उसीकी तरह दो-दो रुपये के लिए लड़ मरने वालियों की सूरत आंखों में घूम जाती है...जाने चन्दा ने किस मां का दूध पिया है! दुनिया की ज़रा-सी हवा भी उसे नहीं लगी। अंग्रेज़ी से शब्द उधार लूं तो कहना चाहता हूं : शी इज़ अ ट्रेज़र—शी इज़ अ प्राइसलेस ट्रेज़र (treasure)!'...

कृष्णा गली की अपनी बैठक में चेतन एक ईज़ी चेयर पर नोट-बुक लिए बैठा था। पण्डित रत्न ने सात-दस दिन लगाकर, दौड़-धूप करके उसे 'वीर भारत' में पार्ट टाइम काम ले दिया था। उसे केवल रात की शिफ्ट में काम करना था और वेतन उसका तीस रुपये तय हुआ था। दिन-रात दोनों वक्त काम करके 40 रु० पाने के मुकाबले में एक ही वक्त के तीस रुपये चेतन को बहुत ज़्यादा लगे और उसने फैसला किया कि दिन-भर वह अपना लिखे-पढ़ेगा, रात को 'वीर भारत' में काम करेगा। सामान वगैरह करीने से सजाकर उसने सोचा कि पिछले चन्द दिनों में वह जिन लोगों से मिला है, उनके खाके वह अपनी नोट-बुक में दर्ज कर ले। लेकिन लिखने से पहले उसने यूं ही कॉपी खोली तो अपनी पत्नी के बारे में लिखी पंक्तियों पर उसकी नज़र चली गई और वहीं ईज़ी चेयर पर बैठे-बैठे वह सारी की सारी घटना उसकी आंखों में घूम गई।

तब चेतन को 'बन्दे मातरम्' में काम करते हुए मुश्किल से साल-भर हुआ होगा और वे अभी चंगड़ मुहल्ले में ही रहते थे, जब चन्दा को मां जालन्धर ले गई थी और भाई साहब ने भाभी को लाहौर बुला लिया था। चेतन का आम दस्तूर था कि वह भाई साहब के आने की प्रतीक्षा करता। दोनों इकट्ठे खाना खाते। फिर चेतन सवा नौ के करीब दुकान की चाबी लेकर दफ्तर चला जाता। भाभी के आने पर वह दुकान ही पर सोता था। उस शाम भाई साहब को दुकान से आने में देर हो गई थी और चेतन ने भाभी से कहा था कि वह उसे खाना परस दे। वह खाना खा रहा था कि भाई साहब आ गए थे। दुकान की चाबी उन्होंने उसकी ओर फेंक दी थी और अन्दर जाकर कपड़े बदलने की बजाय वहीं खड़े-खड़े कपड़े बदलने लगे थे।

खाना खाते-खाते चाबी उठाकर चेतन ने जेब में रख ली थी तो वही कपड़े बदलते हुए भाई साहब ने सोल्लास बताया कि आज उनकी दुकान पर डी० टी० एस० आया था।

"डी० टी० एस० !" चेतन के हाथ का ग्रास होंठों के पास ही रुक गया था—डी० टी० एस०—यानी डिवीज़नल ट्रैफिक सुपरिटेंडेंट! "यूं ही पूछने आया था या कुछ काम भी करा गया है?" चेतन ने पूछा।

"दांत बनवा रहा है। आज ही मैंने इम्प्रेशन लिया है।"

"अब और क्या चाहिए!" चेतन ने सोल्लास कहा था, "आप तो यूं ही घबराने लगते हैं। मैंने आपसे कहा था न कि जल्द ही बड़े-बड़े अफसर आपके यहां आने लगेंगे।"

भाई साहब ने पतलून से पैर निकालकर उसे धरती से उठाया और जाकर उसे खूटी पर केंचुल-सा लटका दिया था और वहां से तहमद उठाकर उसे कमर के गिर्द लपेटते हुए उदास भाव से बोले थे, "अफसर तो आने लगेंगे, लेकिन···"

लेकिन क्या?—इसकी उन्होंने व्याख्या नहीं की। लम्बी सांस भरकर चुप हो गए थे और हाथ-मुंह धोकर उसके पास ही बिछे टाट पर आ बैठे थे।

तब चेतन ने वही प्रश्न दोहराया था।

"कुछ नहीं," भाई साहब जैसे कुएं में से बोले थे, "वह डी०टी० एस० जब इम्प्रेशन देने को कुर्सी पर बैठा और मैंने सांचे में मोम भर कर उसके ऊपर के दांतों का इम्प्रेशन लिया तो उसने कहा, 'यह कुर्सी कैसी है? लगता है, जैसे मुझे फांसी लग रही है।' " ···कुछ क्षण भाई साहब चुप रहे थे, फिर उन्होंने कहा था, "आज पहली बार मुझे लगा कि मेरे पास इस सेकण्डहैण्ड पुरानी देसी कुर्सी के बदले नई विलायती डेण्टल चेयर होनी चाहिए।"

सहसा चेतन उठ खड़ा हुआ था। भाभी उसकी थाली में एक फुल्का और रखने जा रही थी, पर चेतन ने मना कर दिया था। वह नाली पर कुल्ला करके वहीं घूमने लगा था।···कई बार उसके मन में खयाल आया था कि भाई साहब की दुकान में नई कुर्सी होनी चाहिए, पर वह हमेशा यह सोचकर इस विचार को दिमाग से निकाल देता था कि उनकी प्रैक्टिस कुछ चल जाए तब नई डेण्टल चेयर खरीदने की बात सोची जाएगी। भाई साहब के प्रोत्साह-

नार्थ उसने जो भी कहा हो, पर उसने सपने में भी यह न सोचा था कि यह समस्या उसके सामने हठात् यूं आ खड़ी होगी। सहसा उसने पूछा, "नई डेण्टल चेयर कितने की आएगी भाई साहब?"

"ढाई सौ रुपये में।"

"अगर ढाई सौ रुपये का प्रबन्ध हो जाए तो आपका काम चल जाएगा?"

"डेण्टल चेयर आएगी तो डेण्टल इंजन तो आएगा?" भाई साहब ने कहा, "फिर कुछ दूसरा सामान भी तो चाहिए।"

"कितने में यह सब हो जाएगा?"

"सौ रुपये तो इस सबके लिए और चाहिए।"

चेतन फिर कमरे में घूमने लगा। भाई साहब चुपचाप खाना खाने लगे।

"ठीक है," उनके पास क्षण-भर को रुककर उसने कहा, "दो-एक दिन में मैं प्रबन्ध कर दूंगा। आप फिक्र न कीजिए।"

और वह कमरे से निकल गया। आध घण्टे बाद वह घर वापस आया। भाई साहब सोने की तैयारी कर रहे थे। उन्होंने कुण्डी खोली तो चेतन ने दुकान की चाबी उनके हाथ पर रख दी।

"मैं इसी गाड़ी से जालन्धर जा रहा हूं।"

"दफ्तर···?"

"दफ्तर से मैंने आज रात की छुट्टी ले ली है। कल मैं वापस पहुंच जाऊंगा।"

और वह पलटकर तेज़-तेज़ चल दिया था।

रात के डेढ़ बजे चेतन कल्लोवानी मुहल्ला, जालन्धर के अपने घर मां से मिलकर ऊपर बरसाती में अपनी पत्नी के पास गया था। मां चेतन की आवाज़ पहचानकर नीचे डेवढ़ी में आने से पहले चन्दा को जगा गई थी। चेतन ऊपर पहुंचा तो चन्दा बिस्तर पर बैठी उसकी प्रतीक्षा कर रही थी।

"मैं सिर्फ तुमसे मिलने आया हूं—ज़रूरी काम से।" उसके पास बैठते ही चेतन ने कहा था, "फ्रंटियर मेल से सुबह वापस चला जाऊंगा।"

"जी!"

"बात यह है," अपनी बात जारी रखते हुए उसने कहा था,

"भाई साहब के पास डेण्टल चेयर नहीं है और अच्छी कुर्सी के बिना उनकी प्रैक्टिस नहीं चल सकती। मैंने उनका इतना प्रचार किया है कि अब उनके क्लिनिक में बड़े-बड़े अफसर आने लगे हैं।" और उसने संक्षेप में डी० टी० एस० वाला किस्सा सुनाया और बोला, "मैं चाहता हूं कि भाई साहब फौरन एक नई डेण्टल चेयर ले लें। तुम ऐसा करो कि तुम्हें अपने मायके की ओर से जो गहने पड़े हैं, उनमें से जो सबसे भारी गहना है, वह मुझे ला दो।"

"भारी तो रानी हार है। आठ तोले का होगा।" चन्दा ने तनिक भी प्रतिवाद किए अथवा कोई प्रश्न पूछे बिना भोलेपन से कहा।

"आठ नहीं, मुझे लगभग दस तोले सोना दरकार होगा।" चेतन ने कहा था, "आजकल सोने का भाव पैतीस-छत्तीस रुपये तोला है। दस हों तो लगभग तीन-साढ़े तीन सौ मिल जाएंगे।"

"तो कानों के दो बुन्दे भी ले लीजिए। वो भी तो मेरी मां ने डाले हैं।"

"जाओ, ला दो! मैं तड़के फ्रंटियर मेल से वापस चला जाऊंगा।"

और चन्दा ने बिना आवाज़ किए धीरे से नीचे जाकर दोनों गहने चेतन को ला दिए थे। यह भी नहीं पूछा था कि आखिर जेठानी के पास भी तो गहने हैं, उन्हें बेचकर भाई साहब क्यों नहीं कुर्सी ले लेते।

चेतन का जी चाहा था—अपनी पत्नी को बांहों में भरकर चूम ले। उसके सामने वह दृश्य घूम गया था, जब भाई साहब ने लाल बाज़ार के एक सर्राफ के यहां नौकरी की थी और पहले महीने का वेतन-पन्द्रह रुपये—वे लाए थे और घर में हंगामा हो गया था। उस दिन आटा खत्म हो गया था, मां ने केवल दो रुपये मांगे थे और भाई साहब ने पहली तनख्वाह लाने के ज़ोम में पत्नी को आदेश दिया था कि मां को दो रुपये दे दे। पत्नी ने उनकी बात नहीं सुनी थी। मां दालान में पीढ़े पर बैठी सूत अटेर रही थी। तब भाभी पास ही रखी मेज़ के कोने पर टांगें नीचे लटकाए बैठ गई थी और उसने मां और भाई साहब को सुनाकर वो पुराने गड़े मुर्दे उखाड़ने शुरू किए थे और ऐसी-ऐसी बातें कही थीं, जो न सुनी जा सकती थीं, न सही जा सकती थीं। मां रोने लगी थी। भाई

साहब झट कोट पहनकर भीगी बिल्ली की तरह सीढ़ियां उतर गए थे और स्वयं चेतन का खून खौल-खौल उठा था।···

इस बात के बावजूद कि शादी के बाद नीला चेतन के मन-मस्तिष्क पर छाई हुई थी, और चन्दा की सुस्ती और फूहड़ता के कारण वह अत्यन्त विक्षुब्ध रहता था, अपनी पत्नी की सरलता और अपने प्रति उसके अगाध विश्वास को देखकर चेतन अभिभूत रह गया था। हलके से उसे बांह में भरकर उसने कहा था, "देखो चन्दी, अव्वल तो मैं भाई साहब से शर्त कर लूंगा कि दस रुपये महीना वे इस खाते में मुझे वापस करते जाएं, पर जैसा मैं उन्हें जानता हूं, हो सकता है, वे एक भी पाई न दें। लेकिन तुम फिक्र न करना। मैं जो हूं। तुम्हें सोने में पीली कर दूंगा।"

"मैं कुछ कहती हूं!" चन्दा ने बड़े ही अभिभूत भाव से सिर्फ इतना कहा था।

जाने उस स्वर में क्या था! कैसा स्पर्श, कैसी प्यार-भरी सहलाहट कि चेतन ने बांह को कसकर उसे अपने सीने से लगा लिया था···

उस गहरी निथरी झील में जी भर गोता लगाने के बाद जब वह उसके सुखद-स्निग्ध किनारे लेटा हुआ ऊपर आकाश में मन्द होते सितारों को देख रहा था, चेतन को लगा था—वह कभी उस झील की थाह न पा सकेगा। उस अगाध स्नेह, उस अपार विश्वास को कभी न माप सकेगा···तभी बरने पीर पर मुर्ग ने दूसरी बार बांग दी थी। चेतन ने सारी रात चन्दा के वक्ष से लगे बातें करते गुज़ार दी थी। मुर्ग की बांग के साथ ही वह उठ बैठा था और झटपट निबट-नहाकर तैयार हो गया था। चलते समय उसने अपनी पत्नी को आदेश दिया था कि वह किसीसे इस बात का ज़िक्र न करे। यदि मां कभी पूछे तो कह दे कि दोनों गहने लाहौर ही में पड़े हैं।

चन्दा ने सिर की हल्की-सी जुम्बिश से स्वीकृति दी थी कि वह ऐसा ही करेगी और चेतन क्षणिक आवेश में उसे एक बार और बांहों में भींचकर अलग हो गया था और लगभग भागता हुआ स्टेशन को चल दिया था। हरलाल पंसारी की दुकान के पास वह क्षण-भर को रुका था। सैदां गेट से जाए या चौरस्ती अटारी से, तांगा मिलने की कोई सम्भावना न थी, इसलिए वह चौरस्ती अटारी की ओर से

लगभग भागता हुआ पंज पीर पहुंचा था, और वहां उसे अड्डा होशियारपुर से आने वाले एक तांगे में जगह मिल गई थी।

लाहौर पहुंचकर वह स्टेशन से सीधा भाई साहब की दुकान पर पहुंचा था और दोनों ज़ेवर उसने भाई साहब के हाथ पर रख दिए थे। "आप इन्हें बेचकर डेण्टल चेयर और औज़ार ले आइए।" उसने सोल्लास कहा था, "मैं चन्दा से वही गहने लाया हूं, जो उसके माता-पिता ने दहेज में दिए थे। कोई ऐसा गहना ले आता, जो इधर से पड़ा है तो मां को पता चल जाता। और मैं यह नहीं चाहता। आप एक ही बार में तो इतना रुपया लौटा नहीं सकेंगे। धीरे-धीरे देते जाइएगा। मैं फिर उसे दोनों गहने बनवा दूंगा।"

और चेतन ने उन्हें समझाया कि वे दस रुपया महीना वापस **करते जाएं।**

भाई साहब बड़े प्रसन्न हुए थे और परम उदारता से उन्होंने दस रुपया महीना देने का वादा कर लिया था। बाज़ार जाकर गहने बेचने में उन्हें बड़ी उलझन हुई। उन्होंने जाकर अपने पड़ोसी शीशों वाले बलराम के पिता से सलाह ली। वे उन्हें लेकर सर्राफे में गए। दो-तीन जगह उन गहनों का मोल डलवाया और स्वयं साढ़े तीन सौ रुपया देकर दस तोले के दोनों गहने उन्होंने रख लिए और भाई साहब डेण्टल चेयर और इंजन ही नहीं, दूसरे औज़ार भी ले आए थे।

वहीं कृष्णा गली के अपने नये कमरे में बैठे-बैठे चेतन के सामने सारी घटना घूम गई। भाई साहब ने अभी उसे एक पैसा भी वापस नहीं दिया था। जो पैसा उन्हें आता था, उससे वे और सामान ले आते थे, केवल खाने का खर्च वे करते थे और चेतन अपना वेतन भी उन्हें दे देता रहा था। शिमले से वह रुपये नहीं भेज सका था और वे नाराज़ हो गए थे। वह स्वार्थी होता तो साल-भर पहले अपना कहानी-संग्रह छपवा लेता। उन गहनों से, जो उसने भाई साहब को तब लाकर दिए थे, उसके तीन संग्रह छप जाते। वह शिमला से वापस आया था तो चन्दा ने पूछा तक न था कि भाई साहब ने दस रुपया महीना देना शुरू किया या नहीं। चेतन जानता था कि वह कभी उससे नहीं पूछेगी ''वहीं बैठे-बैठे उसने सोचा कि अब, जब उसकी नौकरी लग गई है, वह चन्दा को बुला लेगा। 'हिन्दी रत्न'

उसने पास कर लिया था, वह उसे 'हिन्दी भूषण' सम्भव हुआ तो 'प्रभाकर' में दाखिल करा देगा। साथ ही वह उसे संगीत की शिक्षा दिलाएगा और वह 'प्रभाकर' पास कर गई तो उसे तीन साल के अन्दर-अन्दर केवल अंग्रेज़ी में बी० ए० करा देगा। वह बी० ए० कर ले, तब कोई बात नहीं। भाई साहब अब अपना खर्च स्वयं करने लगे थे, वही रुपया, जो वह उनपर खर्च करता था, चन्दा की पढ़ाई पर खर्च करेगा। उसे योग्य बनाएगा। गहनों का क्या है! अव्वल तो भाई साहब रुपये देंगे, न भी देंगे तो वह स्वयं कमाएगा और उसे दो के बदले दस गहने बनवा देगा।...तभी उसने सोचा कि जब तक भाई साहब आते हैं, वह चन्दा को पत्र लिख दे कि उन्हें मकान मिल गया है और वह तत्काल चली आए।

वह उठकर बत्ती जलाने वाला था कि भाई साहब बैठक में दाखिल हुए।

"क्या बात है, तुम अंधेरे में क्यों खड़े हो?"

"बस, बत्ती जलाने ही जा रहा था।" चेतन ने कहा और बढ़कर बत्ती जला दी।

भाई साहब ने जेब से एक चिट्ठी निकालकर उसे दी।

चेतन ने पढ़ने की कोशिश की, पर न जाने कैसे कीड़े-मकोड़े-से कागज़ पर बने थे, उससे एक पक्ति भी नहीं पढ़ी गई।

"किसका है?" उसने पूछा।

"बुआ का है।" भाई साहब ने कहा, "श्रीरामपुर से आया है।"

"बुआ...श्रीरामपुर...कौन बुआ?"

"अरे चम्पा की बुआ!"

"पर वे तो कपूरथला रहती थीं।"

"नहीं, आजकल वे अपने मायके श्रीरामपुर में हैं। तुम शिमला चले गए तो मैंने चम्पा को वहीं भेज दिया था।"

और भाई साहब चुप हो गए।

"क्या लिखा है?" चेतन ने पूछा।

"तुम्हारी भाभी बीमार है। शायद सर्दी-वर्दी खा गई है। खांसी-बुखार है। बुआ ने लिखा है कि श्रीरामपुर में इलाज की व्यवस्था नहीं। गांव के वैद्य-हकीम की दवाओं से कुछ लाभ नहीं हुआ, उसे बुला लिया जाए।"

चेतन भूल गया कि वह चन्दा को पत्र लिखने जा रहा था।

"तो मैं ले आऊं जाकर?"

भाई साहब चुप रहे।

"कहां है श्रीरामपुर?"

"मैं तो नहीं जानता। लाहौर से चालीस मील दूर एक फ्लैग स्टेशन है। बुआ कपूरथला से अपने गांव जाती हुई चम्पा को देखने आई थीं। मैंने उन्हींके साथ तुम्हारी भाभी को भेज दिया था।"

"ठीक है। मैं जाकर ले आऊंगा। ज़्यादा होगा, एक दिन की छुट्टी ले लूंगा। वहां गांव में बीमारी बढ़ गई तो बाद में मुश्किल होगी।"

चेतन के भाई सन्तुष्ट हो गए। उन्होंने सिर्फ इतना कहा, "इस खत पर बुआ का पूरा पता लिखा है। इसे संभालकर रख लो।" और दूसरी ही सांस में इतना और, "मुझे आज दुकान बन्द करने में देर हो गई। ऐन वक्त पर एक मरीज़ आ गया। तुम खाना खा आते।"

"नहीं, कोई बात नहीं।" चेतन ने कहा, "चलिए, इकट्ठे खाते हैं।"

पत्र संभालकर उसने जेब में रख लिया और बाहर निकलकर बैठक का ताला लगा दिया।

7

मेयो हस्पताल के लम्बे-चौड़े बरामदे में जंगले से लगी एक बेंच पर चेतन बैठा था। उसके बराबर ही सिर पर दुपट्टा ओढ़े-लपेटे उसकी भाभी बैठी थी। सामने कमरे के दरवाज़े पर स्टूल रखे, बड़ी मुस्तैदी से चपरासी डटा था।

चेतन के मन को स्थिति उस वकील जैसी थी, जो अपने मुवक्किल के लिए सरतोड़ कोशिश करने के बावजूद यह जान गया हो कि वह उसे मृत्युदण्ड से न बचा सकेगा। इसपर भी एक अस्पष्ट-सी आशा से जज के आने की प्रतीक्षा कर रहा हो।... चेतन की निगाहें कभी चपरासी की निगाहों से जा मिलतीं और उसके चेहरे पर अनायास दयनीयता मिली मिस्कीनी उतर आती और कभी वे भाभी के चेहरे पर जा टिकतीं और उसके अन्तर् की

दया और करुणा उसकी आंखों में उमड़ आती।

चेतन की भाभी बिना इधर-उधर देखे, जड़वत् बैठी थी—हल्के-से घूंघट के बावजूद उसकी लम्बी नाक, जो उसके धंसे कल्लों और उभरे जबड़ों में और भी नुमायां हो गई थी, काली-काली छाइयों-भरे संवलाए चेहरे पर साफ दिखाई देती थी। श्रीरामपुर के आंगन में पहली बार भाभी को इस हालत में देखने के बाद, जब-जब उसकी दृष्टि उस चेहरे पर गई थी, उसके हृदय में एक तीव्र कचोट उठी थी। इसी जून में जब वह कविराज के साथ शिमला गया था तो उसे हमेशा की तरह गोरी-चिट्टी, हट्टी-कट्टी छोड़ गया था। यह तीन महीने के अन्दर-अन्दर उसे क्या हो गया?...

पिछले आठ वर्षों में यद्यपि भाभी को तीन बच्चे हुए (लड़का रह गया, जो दादी के पास जालन्धर पढ़ता था और बच्चियां परलोक सिधार गईं।) तो भी न उसकी देह के सोने में कोई अन्तर आया था, न उसके शरीर की गठन में, लेकिन जाने इन पिछले तीन महीनों में क्या हो गया कि उसका भरा-गठा शरीर सूखकर कांटा हो आया। आंखों के नीचे गढ़े पड़ गए, गालों पर काली छाइयां उभर आईं और गोरा-चिट्टा चेहरा एकदम संवला गया।...

भाभी के सौन्दर्य के कारण, उसके प्रति चेतन के मन में जो आकर्षण था, वह धीरे-धीरे इन आठ वर्षों में उसके कर्कश, ज़िद्दी स्वभाव और उसकी वज्र-मूर्खता के कारण घोर विकर्षण में बदल गया था। लेकिन जब वह श्रीरामपुर के छोटे-से स्टेशन से उतरकर, चार कोस की मंज़िल मार, बुआ के आंगन में दाखिल हुआ था और रसोईघर में बैठी बुआ ने भाभी को बुलाया था और वह आकर बराबर की कोठरी की चौखट में बैठ गई थी तो भाभी की सूरत देखकर चेतन का हृदय धक् से रह गया था।

चेतन की दृष्टि फिर अपनी भाभी के चेहरे पर चली गई। वह उसी तरह निर्विकार बैठी थी। क्या इसका दिमाग एकदम ठस्स है?—उसने मन ही मन सोचा—तीन-चार बार वह उसे लेकर हस्पताल आया है। पिछले सात दिनों से उसने हस्पताल और घर एक कर दिया है। रफी मियां चपरासी ही की नहीं, उसने कई डॉक्टरों की हमदर्दी हासिल कर ली है। उसने अपनी भाभी का स्टूल और स्पूटम टेस्ट कराया है। एक्स-रे कराया है और एक डिपार्टमेण्ट से दूसरे डिपार्टमेण्ट में दौड़ता फिरा है। दो दिन पहले

मां चन्दा को लेकर आ गई है। और घर के सब लोग आतंकित हैं, लेकिन उसकी इस भाभी ने एक बार भी अपनी बीमारी के बारे में उससे कोई प्रश्न नहीं किया।

मां के आने से एक दिन पहले उसे उनका पत्र मिल गया था। परसों सुबह वह उसे और चन्दा को लेने स्टेशन गया था। मां ने आंगन में दाखिल होते ही जब अपनी बड़ी बहू को देखा था तो यद्यपि उसने उस वक्त कुछ भी नहीं कहा था, पर निराशा से ऐसे सिर हिलाया था कि कहने को कुछ भी न रह गया था। चन्दा ने रसोईघर का काम संभाल लिया था। मां नहाने-धोने और पूजा-पाठ में लग गई थी। और चेतन हस्पताल चला आया था। जब दोपहर को वह चारपाई पर लेटा था तो मां उसके पास आ बैठी थी। तब चेतन ने उसे सविस्तार बताया था कि डॉक्टर ने एक्स-रे और स्पूटम-स्टूल टेस्ट के लिए कहा है। 24 घण्टे की बलगम वह टेस्ट के लिए दे आया है। तब मां ने कहा था, "एक्स-रा जो दस्सेगा, मैं तैन्नूं हुणेई दस्स देन्नी हां। इहनूं पुराना बुखार ए, इह खांसी ही दस्सदी ए।"[1]

और उसने चेतन को समझाया था कि वह चन्दा से ज़रा बचके रहने को कहे। "मैं रामानन्द नूं कहांगी," चेतन की मां ने कहा, "कि इहनूं आदमपुर भेज देवे। तुसीं लोग अपना देखोगे कि इहदा अग्गा-तग्गा करोगे? मैं लै जांदी, पर मेरे नाल एस लड़ाकी दी इक दिन नहीं बनदी!"[2]

यद्यपि चेतन से भी कभी इस भाभी की नहीं पटी थी, पर मां की इस निठुरता से उसे बड़ा दुःख हुआ था। लगातार भाग-दौड़ करके उसने सारे टेस्ट कराए थे और रफी मियां की सहायता से सबकी रिपोर्ट प्राप्त की थीं और वे सब भाभी के कार्ड के साथ डॉक्टर की मेज़ पर सबसे ऊपर रखवा दी थीं। वह भाभी को लेकर समय से बहुत पहले आ गया था। बरामदे में मरीज़ों के बैठने के लिए कोई कुर्सी और बेंच न थी। मरीज़ बरामदे के फर्श पर,

---

1. एक्स-रे जो बताएगा, मैं तुझको अभी बता देता हूं। इसे पुराना बुखार है। यह बात खांसी ही बताती है। 2. मैं रामानन्द से कह दूंगी कि इसे आदमपुर (भाभी के मायके) भेज दे। तुम लोग अपना देखोगे कि इसके आगे-पीछे फिरोगे? मैं इसे ले जाती, पर मेरे साथ इस लड़ाकी की एक दिन नहीं बनती।

सीढ़ियों पर, लॉन में बिखरे हुए थे। अधिकांश गन्दे, मैले, फटे कपड़ों में अपना नंगापन ढांपे गरीब मज़दूर-किसान थे। बीच-बीच में निम्न-मध्यवर्गीय सफेदपोश भी थे, जो फर्श पर बैठने की बजाय जंगले से लगे खड़े थे, अथवा अपना एक-आध आदमी वहां छोड़-कर लॉन में जा बैठे थे।

तभी परे बरामदे के मरीज़ों में हलचल हुई। फर्श के बीचो-बीच बैठे मरीज़ और उनके सम्बन्धी किनारों पर हो गए। कुछ बैठे खड़े हो गए और मेडिकल कॉलेज के दो छात्रों को लिए डॉक्टर खन्ना खट-खट चलते हुए आते दिखाई दिए।

रफी मियां उठकर मुस्तैदी से खड़े हो गए।

चेतन ने ज़रा आगे बढ़कर 'नमस्कार' किया।

डॉक्टर खन्ना बिना उसकी ओर देखे, सिर की हल्की-सी जुम्बिश से उसके 'नमस्कार' का उत्तर देते हुए कमरे के अन्दर चले गए।

मरीज़ों का रेला सब तरफ से कमरे की ओर उमड़ा। रफी मियां बीच दरवाज़े में खड़े हो गए। उन्होंने सबको परे रहने का आदेश दिया और कहा कि वे बारी-बारी सबको बुलाएंगे। फिर क्षण-भर को वे अन्दर गए और आकर उन्होंने चेतन से कहा, "आइए एडीटर साहब!"

8

अपनी भाभी को लिए हुए जब चेतन हस्पताल से घर आया तो उसका उतरा हुआ चेहरा देखकर ही मां समझ गई थी कि उसका सन्देह गलत नहीं था। जब भाभी पिछले कमरे में जाकर चित लेट गई और चेतन अपने कमरे में आ गया और मां उसके पीछे-पीछे आई तो चेतन ने बिस्तर पर ढहते हुए लगभग रुद्ध स्वर में कहा, "तुम ठीक कहती थीं मां, भाभी को टी० बी० है, तीसरी स्टेज में है और उसके दोनों फेफड़े खोखले हो गए हैं।"

प्रत्याशित होने के बावजूद चेतन की बात सुनकर क्षण-भर मां कुछ नहीं कह सकी। वह कुर्सी पर बैठ गई और शून्य में देखने लगी।

चेतन के सामने हस्पताल का कमरा और उसमें डॉक्टर खन्ना

की गम्भीर, व्यस्त, तत्पर सूरत घूम गई। चपरासी की आवाज़ सुनते ही वह भाभी के साथ अन्दर गया था। बड़ी तत्परता से उसने अपना परिचय देते हुए भाभी का नाम बताया था। तब चपरासी ने मेज़ पर रखा कार्ड, स्टूल और स्पूटम की रिपोर्टें और एक्स-रे का फोल्डर डॉक्टर के आगे कर दिया था।

डॉक्टर ने रिपोर्ट देखी। उनके माथे पर हल्के-से तेवर बन गए। फिर उन्होंने पीले फोल्डर से एक्स-रे फोटो का नेगेटिव निकाला। बायें हाथ में लेकर उसे दरवाज़े की रोशनी में देखा। उसके साथ नत्थी एक्स-रे विशेषज्ञ की रिपोर्ट देखी, फिर नेगेटिव पर नज़र डाली और उसे फोल्डर में वापस रखते हुए अंग्रेज़ी में चेतन को बताया था कि उसकी भाभी को यक्ष्मा है, खांसी एडवांस्ड[1] स्टेज में है, उसके दोनों फेफड़े अफेक्टेड[2] हैं और उसे फौरन किसी सेनेटोरियम में पहुंचाना चाहिए।

'सेनेटोरियम,' चेतन मन ही मन हंसा था। 'भोजन के संसे पड़े धन की कैसी आस?' उसने मां से सुनी हुई कहावत मन में दोहराई और डॉक्टर से कहा कि सेनेटोरियम में जाने की सकत उसमें नहीं है, वे कोई दवाई दे दें और खाने-पीने का परहेज़ बता दें।

डॉक्टर ने वैसा ही किया। खांसी-बुखार के लिए एक मिक्स्चर लिख दिया, स्वच्छ हवा और अच्छी गिज़ा बताई और कहा कि ले सके तो प्याज़ और लहसुन का रस उसे एक चम्मच रोज़ दिया जाए।

'भाभी तो तीन महीने पहले हट्टी-कट्टी थी।' कुर्सी पर बैठी मां के सामने बिस्तर पर लेटा-लेटा चेतन सोच रहा था, 'इन तीन ही महीनों में यह कैसे हुआ कि बीमारी इस हद तक बढ़ गई और उसके दोनों फेफड़े छलनी हो गए? फिर रोग के स्वाभाविक कष्ट के अलावा भाभी के चेहरे पर किसी तरह की शिकायत का भाव न था। कुछ अजीब-सी निरपेक्षता से वह अपनी बीमारी को ले रही थी। किसी मूक हठी पशु की तरह, जैसे वह अपनी यातना बेआवाज़ सहन किए जा रही थी और चेतन के मन में बार-बार प्रश्न उठता था कि वह, जो इतनी कर्कशा थी, लड़ाकी थी; ऐसे मौन, निःशब्द कैसे हो गई—क्या इसका दिमाग ठस्स हो गया है? क्या

1. विकसित 2. ग्रस्त

यह कुछ नहीं सोचती? कुछ नहीं महसूस करती?'

सहसा पिछले कमरे में भाभी की खांसी ने मां-बेटे दोनों का ध्यान भंग कर दिया। "मैं तां पहले ई जानदी सी," मां ने कहा, लच्छन ही दस्सदे सन।"... फिर कुछ क्षण चुप रहकर उसने वही चिन्ता प्रकट की, "इहनूं एत्थे किदां रक्खोगे? कौन इहदा इलाज-उपचार करेगा?" वह कुछ क्षण चुप रही, फिर बोली, "इह बीमारी तां घर दे घर साफ कर जान्दी ए।"[1]

चेतन इसका क्या जवाब दे, वह सहसा तय नहीं कर पाया। भाई साहब आएं तो उनकी सलाह से कुछ हो। मां ठीक कहती थी, लेकिन इस हालत में उसे बाहर तो नहीं फेंका जा सकता। पिछले एक सप्ताह में भाभी ने एक शब्द भी अपनी बीमारी के सन्दर्भ में नहीं कहा था। बस, खांसती रहती थी, या कभी-कभी कराह उठती थी। वह पूछता था, 'भाभी, कैसी तबीयत है?' तो कहती थी, 'ठीक हूं।'

दोनों मां-बेटे इस एक ही समस्या पर चुपचाप सोच रहे थे कि चेतन को खिड़की में से बाहर गली में भाई साहब साइकल से उतरते दिखाई दिए। जिस दिन से चन्दा आई थी और उसने रसोईघर का काम संभाल लिया था, भाई साहब दोपहर का खाना खाने घर आ जाते थे।

साइकल डेवढ़ी में खड़ी कर भाई साहब चेतन के कमरे में आए और उन्होंने उत्सुकता से पूछा कि डॉक्टर ने क्या बताया?

चेतन ने सविस्तार उनसे डॉक्टर की बात कही। तब भाई साहब क्षण-भर के लिए चुप खड़े रहे, फिर उन्होंने कहा, "बड़ी मुश्किल से यह मकान मिला था। ऊपर वालों को इस बात का पता चला तो वे लोग कमरे खाली करने का नोटिस दे देंगे। तुम मकान-मालिक से ज़िक्र न करना।"

इतना कहकर वे फिर चुप हो गए। कुछ क्षण बाद फिर बोले, "यहां तो इसका रहना नहीं हो सकता। इसका इलाज और देखभाल यहां कौन करेगा? चन्दा खाना पकाएगी, स्कूल जाएगी या इसकी तीमारदारी करेगी। मैं सुबह आठ का गया शाम आठ बजे घर

---

1. मैं तो पहले ही जानती थी। लक्षण ही बताते थे। इसको यहां कैसे रखोगे? कौन इसका इलाज-उपचार करेगा? यह बीमारी तो घर के घर साफ कर जाती है।

आता हूं। तुम खाली हो, पर अगर तुम्हें कहीं दिन की नौकरी मिल गई तो इसकी तीमारदारी कैसे होगी? मैं इसके भाई को लिखता हूं कि इसे आकर ले जाए।"

अब मां ने होंठ खोले कि वह तो चाहती थी, उसे साथ ले जाए, लेकिन बहू उसके साथ जाएगी नहीं।

"चलो, खाना खा लें," सहसा भाई साहब ने कहा, "फिर मैं उससे पूछता हूं। जालन्धर में तो नीचे अथवा ऊपर की बैठक में, निचले अथवा ऊपर वाले पिछले कमरे में—कहीं भी इसे रखा जा सकता है, पर यहां तो एक ही कमरा है, जिसमें यह भी सोएगी, मैं भी सोऊंगा और यदि सुरेश (भाई साहब को छः वर्षीय लड़का) कभी आया तो वह भी सोएगा।"

मां ने कहा, "यही मैं सोचती थी। यह बीमारी तो घर का घर खा जाती है। खई (क्षय) रोग वाले को अलग कमरे में तो रखना ही चाहिए। कश्मीरीलाल की बात तो तुम जानते ही हो। अपनी भाभी से उसका बड़ा प्रेम था। भाभी को यह रोग हुआ, वहां से कश्मीरी को हुआ, फिर उसके बाद उससे छोटे पन्ने को हुआ। एक भी नहीं बचा। आजकल पन्ने की बहू बड़ी खांसती रहती है।"

तभी चन्दा ने आकर कहा कि खाना परस दिया है।

चेतन उठा और दोनों भाई जाकर रसोईघर में बैठ गए।

खाना खाते समय कोई नहीं बोला। पिछले कमरे में भाभी खांसती रही।

खाना खाने के कुछ देर बाद भाई साहब अन्दर के कमरे से चेतन के पास आए। मां भी उनके पीछे-पीछे आ गई।

"वह जालन्धर जाने को तैयार नहीं।"

भाई साहब ने जैसे यह किसी एक को न सुनाकर सारे कमरे को सुनाते हुए कहा। क्षण-भर वे रुके, फिर बोले, "वह आदमपुर जाने के लिए भी तैयार नहीं।" वे फिर चुप हो गए। लेकिन प्रत्युत्तर में जब न मां ने कुछ कहा और न चेतन ने, तो उन्होंने स्वयं ही बात पूरी की, "वह कहती है कि अब वह यहीं रहेगी और यहीं इलाज कराएगी।"

अब चेतन ने ज़बान खोली, "हस्पताल से दवाई लाने का ज़िम्मा तो मैं ले सकता हूं।"

भाई साहब ने उसकी ओर ऐसे देखा, जैसे उसने निहायत बेवकूफी-भरी बात कही हो और वह भोलाभाला बच्चा हो। फिर वे बोले, "हस्पताल कोई सेनेटोरियम नहीं और न लाहौर कोई पहाड़ी जगह है। यहां उसका इलाज कैसे हो सकता है? दवा तो तुम हस्पताल से ला दोगे, बाकी उसकी देखभाल कौन करेगा?" और फिर उन्होंने निश्चयात्मक स्वर में कहा, "यहां उसका इलाज नहीं हो सकता। उसे अपने भाई के यहां आदमपुर अथवा अपने पिता के पास फिरोज़पुर जाना होगा। मैं आज ही दोनों जगह अर्जेण्ट पत्र लिखता हूं।"

और वे दुकान जाने को तैयार हो गए।

"अब अगर चम्पा को मेरे साथ नहीं जाना तो मैं कल जालन्धर चली जाऊंगी।" सहसा मां ने कहा, "बच्चे वहां अकेले हैं, उन्हें खाना पकाने में तकलीफ होती होगी।"

और वह उठी।

जब इसपर दोनों भाई चुप रहे तो मां ने चेतन के कन्धे पर हाथ रखकर कहा कि वह उसे शाम को ग्वालमण्डी में ज़रा मोहनलाल वैद्य के घर ले चले। वह चेतन की मौसी पूरनदेई का सन्देश भी दे आएगी और रामरक्खी से मिल भी आएगी। वैद्य की मौत के बाद वह उससे एक बार भी नहीं मिली।

"ठीक है मां, शाम को चलेंगे।" चेतन ने इतना कहा और अपने भाई को मेयो हस्पताल के चौरस्ते तक छोड़ आने के विचार से वह उनके साथ ही बाहर निकल गया।

मां ने वहीं खड़े-खड़े मुड़कर खिड़की से दोनों भाइयों के सिर साथ-साथ जाते देखे।

9

चेतन ने जाकर स्व० मोहनलाल वैद्य के घर का दरवाज़ा खटखटाया तो सादी शलवार-कमीज़ पहने एक गोरी-गोरी गम्भीर और संकोची लड़की ने किवाड़ खोले।

"तू की जमना ऐं?"[1] सहसा चेतन की मां ने पूछा।

उत्तर में लड़की ने स्वीकार में ज़रा-सा सिर हिलाया, पर

---

1. क्या तू जमुना है?

इतने ही से वह लाल हो आई।

"जा के अपनी मासीनूं आव्ख, जालन्धरों लाजवंती आई ऐ।"[1] चेतन की मां ने कहा।

"आओ-आओ मौसीजी, अन्दर आ जाओ!" और जमुना आगे-आगे, बैठक पार कर, सामने के दरवाज़े से आंगन में निकल गई। चेतन ने आंगन से उसकी आवाज़ सुनी, "मौसी, जालन्धर से लाजवंती मौसी आई हैं।"

क्षण-भर के लिए चेतन अपनी मां के पीछे बैठक में रुका रहा। तभी उसकी दृष्टि सामने की दीवार में अंगीठी पर लगे वैद्य मोहनलाल के तैल-चित्र पर चली गई। चित्र के नीचे यद्यपि उसका नाम नहीं लिखा था, पर उसने कविराज रामदास के सहकारी वैद्य रामलाल से उनके बारे में इतना कुछ सुन रखा था कि निगाह पड़ते ही वह उन्हें पहचान गया था—दोहरा शरीर, चौड़ा माथा, तीखी रोमन नाक, नुकीली ठोड़ी, भरे-भरे कल्ले, बन्द गले का कोट और घुटी हुई महाशयी पगड़ी। चित्र ही से वे किसी कॉलेज के प्रिंसिपल, कोई प्रसिद्ध वैद्य अथवा आर्य समाज या सनातन धर्म सभा के नेता लगते थे। रंग उनका गोरा था या काला, यह चित्र को देखकर जान पाना कठिन था।

चेतन वैद्यजी का चित्र अच्छी तरह देख न पाया था कि मां आंगन के दरवाज़े तक बढ़ गई और दूसरे क्षण एक दोहरे बदन की मोटी-लम्बी औरत ने आंगन से आकर दरवाज़े ही में चेतन की मां की बांहों में भर लिया।

उस मोटी स्त्री की बांहों में मां को भिंचे देखकर पहली बार चेतन को अपनी मां के अत्यधिक पतले-दुबले शरीर का एहसास हुआ। उसके पिता की मद्यपता, विलासिता, उद्दण्डता और घर की बेगिनती चिन्ताओं ने उसकी मां को सुखाकर कैसा तिनका-सा बना दिया था!

जब दोनों सहेलियां गले मिल चुकीं तो रामरक्खी (कि वह मोटी स्त्री स्व० वैद्य मोहनलाल की विधवा पत्नी के सिवा कोई और न थी) उन दोनों को अन्दर आंगन में ले गई।

बरामदे की तरफ को आंगन में चार आरामकुर्सियां और उनके बीच एक गोल मेज़ सजी थी और ज़रा परे एक तिपाई पर

1. जाकर अपनी मौसी से कह कि जालन्धर से लाजवंती आई है।

टेबल फैन रखा था। मौसी रामरक्खी ने उन दोनों को कुर्सियों पर बैठाया और स्वयं भी चेतन की मां के साथ वाली कुर्सी पर प्रतिष्ठित हो गई। कुर्सी पर बैठते ही मौसी ने जमुना से पंखे का स्विच ऑन करने के लिए कहा और दूसरे क्षण पंखा इतने ज़ोर से घर-घरा उठा कि तिपाई ज़ोर-ज़ोर से हिलने लगी। जमुना ने उसकी गति किंचित् मन्द की। तब मौसी ने उसे आदेश दिया कि अपनी 'मासी' लाजवंती तथा अपने भाई के लिए ताज़ा शिकंज्वी (ताज़े नींबू का शर्बत) बनाए।

चेतन की मां ने धीमे स्वर में, लेकिन किंचित् दृढ़ता से इनकार किया और कहा कि वे घर से लस्सी पीकर चले हैं। लेकिन उसकी सहेली ने जैसे यह बात नहीं सुनी और जमुना से, जो वहीं ठिठकी खड़ी थी, कद्रे तुर्शी से कहा कि खड़ी क्या देखती है, जाकर मनोहर को बाज़ार से बर्फ लाने के लिए भेज!

जमुना अन्दर चली गई। चेतन ने लक्ष्य किया कि उसके संकोच में थोड़े भय और सहम का समावेश है और यद्यपि चेतन को उसका कारण मालूम नहीं था, उसके मन में जमुना के लिए कुछ अजीब-सी सहानुभूति उमग आई।

चेतन की दृष्टि जमुना का अनुसरण करती हुई बरामदे के पार अन्दर कमरे की चौखट तक हो आई। तभी अनायास उसे उमस की एहसास हुआ। यूं कहा जाए कि जमुना की उपस्थिति में उमस की ओर उसका ध्यान ही नहीं गया था। यद्यपि मां-बेटा कृष्णा गली ही से आए थे, पर उमस के कारण उनके कपड़े पहले से तर थे। चेतन ने कॉलर का बटन खोल दिया। पंखे की हवा के साथ ठण्डी सरसराहट उसके शरीर में दौड़ गई।

तभी एक पतला-छरहरा युवक कमीज़ और पायजामा पहने अन्दर से निकला और चेतन और उसकी मां को 'नमस्कार' करता हुआ सिर को ज़रा बाईं ओर झुकाए बगल काटकर तेज़-तेज़ बाहर निकल गया।

पहली नज़र में चेतन को लगा कि वह जमुना का भाई है, और उसका अनुमान गलत नहीं था, क्योंकि जब उसने उधर से ध्यान हटाकर अपनी मां और उसकी सहेली को देखा तो दोनों अपनी साड़ियों के आंचल से आंखें पोंछ रही थीं। चेतन की मां अपनी सहेली की तारीफ कर रही थी, जिसने अपनी विधवा बहन के मरने

पर उसके अनाथ लड़के-लड़की को अपने यहां आश्रय दिया और पढ़ाया-लिखाया। रामरक्खी अपनी बहन निक्की[1] की प्रशंसा कर रही थी कि वह कितनी नेक थी, अपने बहन-भाइयों से कितना प्यार करती थी और अपने पति के मरने पर उसने कितने दु:ख पाए। निक्की की बात करती हुई दोनों सहेलियां इस परिणाम पर पहुंचीं कि भगवान सदा भले लोगों की परीक्षा लेता है और उन्हें दु:ख देता है।···तब रामरक्खी ने बताया कि किस प्रकार जब निक्की का काल आ गया तो वह उसके पास ही थी और कैसे उसने अपने दोनों बच्चों का हाथ उसके हाथ में देकर उससे कहा कि अब से तू ही इनकी माता है और तू ही पिता है। इन अनाथों का अब तेरे सिवा कोई नहीं है।···और यह कहते-कहते उसका कण्ठ भर आया और वही नहीं, चेतन की मां भी रोने लगी और दोनों बारी-बारी जाकर नाली पर नाक साफ कर आई।

उन दोनों की बातें सुनते हुए चेतन का अपना मन उदास हो आया, क्योंकि उनकी बातों से चेतन को जमुना के उस सहम-भरे संकोच के कारण का पता चल गया था। अपनी मरणासन्न मां की चारपाई से लगी उस लड़की के दु:ख की उसने कल्पना की और यह भी सोचा कि अपनी उस दबंग मौसी के यहां उसे कितना दबना और सहना पड़ता होगा—चेतन ने देखा था कि जमुना के गोरे चेहरे पर किसी तरह के पाउडर और क्रीम का निशान न था और होंठ सूखे थे और उनपर सुर्खी तो दूर, दन्दासे का रंग नहीं था। दातौन भी वह बबूल अथवा पलाश ही की करती थी। दांतों को नहीं मलती होगी। यद्यपि उसकी चोटी लम्बी थी, उसके केश रूखे-सूखे और उदास थे।

हल्का-सा ठहराव, संकोच और गाम्भीर्य चेतन को मनोहर के यहां भी दिखाई दिया था। लेकिन मनोहर लड़का था और पुरुषस्य भाग्यं दैवो न जानाति···लेकिन जमुना तो लड़की थी—उसका भाग्य अपनी मौसी की प्रसन्नता के साथ जुड़ा था। तभी वह सहानुभूति, जो उस मातृ-पितृ-विहीन लड़की के लिए उसके दिल में पैदा हुई थी, और भी गहरे उतर गई।

जमुना की मौसी और चेतन की मां फिर कुर्सियों पर जा बैठीं और बात स्वर्गीय वैद्यजी और उनकी उदारता तथा सहृदयता

1. निक्की—छोटी, नन्ही

को लेकर होने लगी। आंखों को फिर-फिर भर लाते हुए मौसी रामरक्खी बताने लगीं कि किस प्रकार बिना उनसे पूछे, बिना उनकी आज्ञा लिए वे अपने अनाथ भांजे और भांजी को घर ले आई तो वैद्यजी ने एक बार भी नहीं टोका। अपनी बच्ची की तरह उन दोनों को गले लगा लिया। मनोहर को तो वे अपने लड़के ही की तरह मानते थे, अपने साथ औषधालय में भी बैठाते थे। "अब यही फार्मेसी का काम देखता है," मौसी कह रही थीं, "जमुना 'रत्न' और 'भूषण' करके केवल अंग्रेज़ी में एफ० ए० कर चुकी है। अब चाहती हूं कि किसी तरह इसके हाथ पीले कर दूं। वे रहते तो दोनों को पढ़ाते-लिखाते, लेकिन अब···"

और मौसी रामरक्खी ने आंचल का कोना आंखों को लगा लिया। उनकी आंखों में तो पानी नहीं था, पर चेतन की मां की आंखें भर आईं।

"अभी उनकी कोई जाने की उम्र थी?" चेतन की मां ने कहा, "पूरनदेई ने बताया था कि किसी शत्रु ने मूठ चला दी और वे एक दिन खड़े-खड़े गिर गए और फिर नहीं उठे।"

तब बराबर आंखें पोंछते, सिसकते और एक बार फिर उठकर नाली पर नाक साफ करते हुए रामरक्खी ने बताया कि डॉक्टरों ने तो कहा था कि उन्हें दिल का दौरा पड़ा है, पर वे एकदम हृष्ट-पुष्ट थे, कभी उन्हें दिल-विल की कोई तकलीफ नहीं हुई थी। गोपाल वैद्य से पुरानी दुश्मनी थी, उसीने कुछ कर दिया होगा।

मौसी रामरक्खी गोपाल वैद्य और उनके पुरावों को बददुआएं दे रही थीं, जब मनोहर बाज़ार से लौट आया और पास से गुज़रकर बरामदे में गया। उसने बर्फ अपनी बहु को दे दिया और दूसरे क्षण जमुना ट्रे में शिकंज्वी के गिलास रखे आ गई और पूर्ववत् फर्श पर निगाहें गाड़े, ट्रे उसने चेतन के आगे रख दी।—गिलास उठाते समय क्षणांश को उसने ज़रा-सी आंखें उठाईं और वह निगाह, जिसे गालिब ने निगाह से कम कहा है, चेतन की आंखों से मिली और उसके अन्तर् में जाकर गड़ गई। जमुना ने निगाह झुका ली और चेतन ने जब गिलास उठा लिया तो वह उसकी मां की ओर मुड़ गई—वह सीधा-सादा, पाउडर-सुर्खी-क्रीम-विहीन, रूखा-सूखा, गोरा, संकोच-भरा चेहरा चेतन की आंखों में हमेशा के लिए खुब गया। उस मातृ-पितृ-विहीन चेहरे के लिए चेतन के

हृदय में अपार ममता उमड़ आई। ममता और चुभन···तेरे तीरे-नीमकश को कोई मेरे दिल से पूछे[1] ··चेतन के मन में गालिब का शेर कौंध गया। 'किसी ऐसी ही संकोच-भरी निगाह को देखकर गालिब ने यह शे'र लिखा होगा, उसने सोचा।

तभी बाहर दस्तक हुई। मनोहर ने, जो बरामदे के स्तम्भ से लगा खड़ा था, बैठक की ओर को बढ़ते हुए कहा, "कमला है।" ···और उसने जाकर दरवाज़ा खोल दिया।

दूसरे क्षण एक लम्बी, सांवली, स्वस्थ लड़की दाई बांह के नीचे लाल-नीले गिलाफ में बन्द सितार दबाए खट-खट करती आई।

"कमला, देखो, तुम्हारी मौसी लाजवंती आई है।" आंगन में उसके कदम रखते ही मौसी रामरक्खी ने कहा।

और सितार वाला हाथ ज़रा-सा उठा, उसे दूसरे हाथ से मिलाकर लड़की ने नमस्ते की। फिर वह सितार अन्दर रखकर आई और चेतन के साथ वाली खाली कुर्सी पर नि:संकोच बैठ गई।

चेतन ने उसे निगाह भरकर देखा। कमला सुन्दर नहीं थी, पर सांवले रंग के बावजूद उसके चेहरे पर दर्प-भरी चमक और ठस्सा था। उसकी चाल-ढाल में कुछ ऐसी चीज़ थी, यद्यपि चेतन उसपर उंगली नहीं रख पाया, जो पुरुषोचित थी।

"किस क्लास में पढ़ती है?" सहसा चेतन की मां ने पूछा।

"प्रभाकर में।" मौसी रामरक्खी ने कहा, "साथ-साथ ग्वालमण्डी के एक विद्यालय में संगीत भी सीखती है।"

"यहां कोई संगीत-विद्यालय भी है?" सहसा चेतन ने प्रश्न किया।

"हां, बराबर ही की गली में।" उत्तर कमला ने दिया, "एक दक्षिणी गायक चलाते हैं। बहुत अच्छा सिखाते हैं।"

चेतन को उसके स्वर में आत्मविश्वास और व्यवहार में नि:संकोचता लगी।

"फीस कितनी है?" उसने पूछा।

"पांच रुपये।···क्यों, किसीको दाखिल कराना है?"

---

1. कोई मेरे दिल से पूछे तेरे तीरे-नीमकश की,
यह ख़लिश कहां से होती, जो जिगर के पार होता।

"मेरी पत्नी का स्वर अच्छा है, उसे गाने का भी शौक है। सोचता हूं, दाखिल करा दूं।"

"ज़रूर कराइए। शास्त्रीय संगीत सिखाते हैं। बहुत अच्छे गुरु हैं।"

"मैं एक दिन अपनी पत्नी को यहां लाऊंगा। फिर आप उसे दाखिल करा दीजिएगा।"

"हां-हां, ज़रूर लाइएगा।"

"उसने हिन्दी 'रत्न' भी पास कर लिया है। मैं सोचता हूं, 'भूषण' के चक्कर में न पड़कर उसे सीधे 'प्रभाकर' में दाखिल करा दूं।"

"किस विद्यालय में करा रहे हैं?"

"कृपालदेवी विद्यालय में।"

"वहीं तो कमला पढ़ती है।" सहसा मौसी रामरक्खी ने कहा।

"क्या दाखिला खत्म हो चुका है?" चेतन ने कमला से पूछा।

"हो ही चुका है, पर लड़कियां तो सितम्बर तक आती रहती है।"

"मैं दो-एक दिन में आऊंगा। आप लोगों का साथ हो जाएगा तो उसका भी मन लगा रहेगा।"

"ज़रूर, ज़रूर! आप जिस दिन भाभी को लाइएगा, उसी दिन साथ जाकर मैं दाखिल करा दूंगी।"

"बहुत-बहुत धन्यवाद।" चेतन ने कहा और उठने की कोशिश की, लेकिन उसकी मां मौसी पूरनदेई का सन्देश दे रही थी कि बच्चे की बीमारी के कारण वह घी तैयार नहीं कर सकी। आती सर्दियों में वह घी तैयार करेगी और कनस्तर-भर घी उन्हें भेजेगी।...और दोनों सरगोशियों में मासी पूरनदेई की बातें करने लगी थीं।...विवश होकर चेतन फिर कुर्सी से चिपक गया।

कमला बड़े ठस्से से बैठी रही। बाहर से आई थी। इसलिए जमुना ने उसके लिए भी शर्बत बनाया। उसने एक छोड़ दो गिलास शिकंज्वी के पिए। चेतन जब तक बैठा रहा, वह कमला से उसकी तुलना करता रहा। वे इतनी देर से बैठे थे, जमुना एक बार भी वहां आकर नहीं बैठी। न उसने कोई बात ही की। जब वे लोग नींबू का शर्बत पी चुके तो वह परे बरामदे में चली गई। उसने

अपने भाई को शर्बत का एक गिलास दिया, पर स्वयं उसने पिया हो तो चेतन ने नहीं देखा। कमला आई तो उसने उसे शर्बत पिलाया। स्वयं फिर भी नहीं पिया। न मौसी ने उसे पीने के लिए ही कहा।

जब काफी देर बाद चेतन की मां उठी और वह भी चलने को उद्यत हुआ और उसने हाथ जोड़कर 'नमस्ते मौसी जी', 'नमस्ते कमला' कहा, तब वह 'नमस्ते जमुना' भी कहना चाहता था। उसने बरामदे की ओर देखा। इससे पहले कि वह कुछ कहता, जमुना ने नीचे सिर झुकाए-झुकाए उसकी ओर देखा और दोनों हाथ जोड़ दिए। 'नमस्ते' यदि उसने कहा तो चेतन ने सुना नहीं। हां, उसके होंठ ज़रूर हिले और उसकी आंखों में चेतन को मुस्कान की एक अत्यन्त क्षीण रेखा का आभास मिला, जो क्षणांश के लिए उसके होंठों पर भी उतर आई।

लेकिन चेतन को वह अपना भ्रम ही लगा। हां, जब वह वैद्य मोहनलाल के घर से चला तो वह संकोच-भरा सहमा-सहमा चेहरा उसके साथ-साथ आया—और वह निगाह भी, जो निगाह से कम थी और वह तीर, जो नीमकश था और जिगर में गड़ गया था और वह मन ही मन गुनगुना उठा :

'तेरे तीरे-नीमकश को कोई मेरे दिल से पूछे।'

10

'कल शाम भाभी चली गई—अपने मेल ट्रेन ड्राइवर भाई के साथ और आज पूरे दो हफ्ते बाद मैं नोट-बुक को हाथ लगा रहा हूं।

'भाभी चली गई, लेकिन इन पन्द्रह-बीस दिनों में ही अपनी मूर्खता, भ्रम, ईर्ष्या, डाह, ज़िद और बीमारी की निहायत तल्ख याद हमेशा के लिए मन पर छोड़ गई।

'मैं चन्दा की बात नहीं जानता। वह भोलीभाली, हसमुख औरत है और किसीके लिए मन में ईर्ष्या रखना उसके बस में नहीं। मैं भाई साहब के मन की बात भी नहीं जानता। हालांकि जब मैं भाभी को स्टेशन पर छोड़कर आया तो उन्होंने बड़ी तल्खी से कहा था—मैं अब कभी इस गधी का मुंह नहीं देखूंगा।—उनमें कुछ अजीब-सी निरपेक्षता है। निरपेक्षता लफ़्ज़ शायद उनके

सिलसिले में उपयुक्त नहीं, अंग्रेज़ी शब्द कैलसनेस (Callousness) उनकी इस बेहिसी और बेरहमी को ठीक-ठीक बयान करता है, जो दूसरों के लिए उनके यहां दिखाई देती है। अपने स्वाथ के आगे कुछ भी देखना उनके स्वभाव में नहीं। भाभी के लिए उनके मन में ठीक-ठीक क्या जज़्बा है, मैं नहीं जानता।··· मैं तो अपनी बात जानता हूं। उस तमाम भाग-दौड़ के बावजूद, जो मुझे पिछले दिनों करनी पड़ी और उस सारी ज़ेहनी और जिस्मानी तकलीफ के बावजूद, जो उसकी वजह से मुझे उठानी पड़ी (और शायद आगे भी उठानी पड़े, क्योंकि अगर मां की बात ही सच निकले तो चन्दा को और मुझे भयानक नतीजे भुगतने पड़ सकते हैं।), जब मैं भाभी के बारे में सोचता हूं तो मुझे उसपर दया आती है। क्योंकि अपनी ज़बरदस्त हिमाकत के कारण एक भयानक गलत-फहमी का शिकार होकर उसने चन्दा को अपनी बीमारी देने की ही कोशिश नहीं की, मेरा दिमागी संतुलन ही नहीं बिगाड़ दिया, खुद भी अपने साथ कम ज़ुल्म नहीं किया।—अपना कुन्दन-सा जिस्म उसने राख कर लिया है और दिक जैसी घातक बीमारी गले लगा ली।···'

क्षण-भर के लिए नोट-बुक को घुटनों पर खुला छोड़कर चेतन ईज़ी चेयर पर पीछे को लेट गया, पांव उसने चारपाई पर टिका लिए और गत पखवाड़े की घटनाएं एक के बाद एक उसके सामने आने लगीं।

वह मां के साथ पण्डित मोहनलाल वैद्य के घर से आया था तो उन्होंने देखा था कि भाभी किचन के आगे आंगन में चारपाई पर लेटी है और चन्दा उसके कन्धे और पीठ दबा रही है।

चेतन को लगा कि डेवढ़ी में दाखिल होते ही यह देखकर मां की भृकुटि तन गई है। वह अपने कमरे को मुड़ा तो मां भी उसके पीछे-पीछे चली गई और उसने धीरे से अपनी उसी अनगढ़ पंजाबी में कहा, "तुम बहू को समझा दो। वह उसके इतना निकट न बैठा करे। यह रोग तो उड़कर लगता है।"

चेतन को अपनी पत्नी का यूं अपनी जेठानी की सेवा करना अच्छा लगा था। वह झल्ला गया, "तो क्या उसे चुपचाप मरने के लिए छोड़ दें? तुम्हें तो खुश होना चाहिए कि तुम्हारी छोटी बहू

बड़ी की इतनी सेवा कर रही है।"

"लेकिन तुम तो जानते हो, उसे कैसी बीमारी है।"

चेतन और भी झल्ला गया, "कल अगर यही रोग मुझे हो जाए तो क्या मेरे निकट कोई नहीं आएगा?"

चेतन का खयाल था कि उसने मां को निरुत्तर कर दिया है। लेकिन मां हत्प्रभ नहीं हुई। बोली, "मैंने तुमसे पहले नहीं कहा, पर मुझे लगता है कि तुम्हारी पत्नी बच्चे से है और ऐसी हालत में इन बातों का और भी खयाल रखना चाहिए। स्त्री का शरीर इन दिनों बहुत कमज़ोर हो जाता है।"

चेतन कुछ नहीं बोला। दीवार से लगी खड़ी बन्द ईज़ी चेयर खींचकर उसने खोली और उसमें धंस गया।

मां गई नहीं। उसके निकट ही चारपाई पर बैठ गई और वहीं बैठे-बैठे वह अपने पहले लड़के के जन्म का दुखद प्रसंग ले बैठी, जो मां के कथनानसार चेतन के मित्र अनन्त की बहन के टोने के कारण जन्म ही से फोड़ों से भरा पैदा हुआ था और शैशव में ही चल बसा था।

और अपने उस मृत ज्येष्ठ शिशु की दुखद याद में मां की आंखें भर आईं।

चेतन क्षण-भर तक कुछ न कह सका। जादू-टोने में उसका ज़रा भी विश्वास न था। मां को भ्रम हुआ है अथवा उसने चन्दा को भाभी के पास बैठने से बरजने के लिए झूठी बात गढ़ी है, यह भी चेतन को नहीं लगा, क्योंकि अपने उस मृत ज्येष्ठ भाई के शैशव में ही जन्मजात रोग से ग्रसित होने की बात वह पहले भी सुन चुका था। कैसे उस शिशु का सिर जन्म ही से उसी तरह गला हुआ निकला, जैसे अनन्त के भांजे का, यह बता पाना चेतन के लिए कठिन था। हो सकता है, अनन्त के बड़े जीजा और चेतन के पिता को कोई एक-सी बीमारी हो, जिसका असर नवजात शिशुओं पर पड़ा हो। उनमें न सही, पुरखों में से किसीमें वैसा रोग हो। चेतन ने कविराज रामदास के लिए शिशुओं के लालन-पालन पर पुस्तक लिखते हुए कहीं पढ़ा था कि ऐसी बीमारियां हैं, जो सात पीढ़ियों तक मार करती हैं—सूज़ाक, उपदंश आदि... हो सकता है, वैसी ही किसी बीमारी का प्रताप हो।...लेकिन उसके बाद चेतन की मां के छ: बेटे हुए, किसीको फिर वैसी

बीमारी क्यों नहीं हुई? सहसा इस प्रश्न का उत्तर दे पाना उसके लिए कठिन था। उसने मां से सिर्फ इतना ही कहा, "टी० बी० के बारे में मैं कुछ ज़्यादा नहीं जानता, पर जितना कुछ मैंने सुना है, वह जन्म से नहीं लगती।"

"बेटा, घर के घर इसने साफ कर दिए।" मां बोली, "हमारे परिवार में यह किसीको नहीं हुई, चम्पा इसे अपने साथ ले आई है। ज़रूर इसकी मां को होगी। मैं तो तुम्हारे ही भले के लिए कहती हूं, तुम्हें अपनी बीवी को समझाना चाहिए।"

चेतन को मां से बहस करना बेकार लगा। विशेषकर उस वक्त, जब वह दूसरे ही दिन वापस जालन्धर जा रही थी। उसने सिर्फ इतना कहा, "अच्छा मां, मैं चन्दा को समझा दूंगा।"

मां सन्तुष्ट होकर रसोई में चली गई तो चेतन के जी में आया कि वह अपनी पत्नी को बुलाकर पूछे—क्या सचमुच वह बच्चे से है?—लेकिन उसने आवाज़ नहीं दी। वह ईज़ी चेयर से उठा। कमरे में दो-एक चक्कर उसने लगाए और फिर चारपाई की पट्टी पर आ बैठा। उसके दफ्तर जाने का समय हो रहा था, उसने वहीं से चिल्लाकर चन्दा को आदेश दिया कि वह उसके खाने का प्रबन्ध करे और वहां से उठकर वह आबनूस की उसी सेकण्डहैण्ड मेज़ के साथ लगी सेकण्डहैण्ड कुर्सी पर जा बैठा, जो चंगड़ मुहल्ले और अनारकली होती हुई वहां आ पहुंची थी। कोहनियां उसने मेज़ पर रख लीं और दोनों हाथों पर ठोड़ी टिका ली।

अजीब बात है कि पिता बनने की सम्भावना से उसके मन में ज़रा भी उल्लास नहीं जगा। इसके विपरीत उसे वहां खासे बोझ का आभास हुआ। चन्दा ने उसे बताया क्यों नहीं? सहसा उसे खयाल आया—इससे पहले भी चंगड़ मुहल्ले के दिनों में, जब उसकी पत्नी हिन्दी 'रत्न' की तैयारी कर रही थी, दो बार उसके दिन ऊपर हुए थे। तब इतनी जल्दी पिता बनने की सम्भावना के विरुद्ध चेतन की इच्छा जानकर एक बार चन्दा ने मेथे उबालकर पी लिए थे और दूसरी बार चेतन ने उसे कुनीन की कई गोलियां एकसाथ खिला दी थीं और यद्यपि उस मुसीबत से छुटकारा मिल गया था, पर चन्दा की हालत खस्ता हो गई थी, उसे चक्कर आने लगे थे, रक्त में लोथड़े निकले थे और वह एकदम पीली पड़ गई थी।

तब चेतन ने तय किया था कि वह अपनी पत्नी के पास नहीं जाएगा। उन दिनों में तो बिलकुल ही नहीं, जब उसके बच्चे से हो जाने की सम्भावना हो, पर नीला के विवाह के बाद, जालन्धर में उस रात-दिन की भटकन के बाद जब वह हारा-थका ऊपर बरसाती में अपनी पत्नी के बराबर सोया था और दिन-भर की घटनाओं के बारे में सोचते हुए उसकी नींद उड़ गई थी और लालटेन उठाकर पत्नी का चेहरा देखने के प्रयास में उसे आभास मिला था कि उसने हल्का-सा शृंगार कर रखा है और जब उसका जी हुआ था कि वह उन बड़ी-बड़ी मुंदी पलकों को चूम ले तो प्रकट गहरी नींद सोई हुई उसकी पत्नी ने आंखें खोल दी थीं और उसके सिर को वक्ष से लगा लिया था और तब उसके वक्ष से लगे-लगे चेतन अपनी सारी प्रतिज्ञाएं भूल गया था। वे सारे भावुकता-भरे प्रदेश भूल गया था,...जो कभी कविराज रामदास ने इस सन्दर्भ में उसे दिए थे...और शायद उसकी पत्नी अबके कुनीन नहीं खाना चाहती, इसलिए वह अब चुप रही है—चेतन ने सोचा—शायद चन्दा अब मां बनना चाहती है।

लेकिन क्या वह स्वयं भी पिता बनना चाहता है? चेतन ने अपने मन को टटोला तो उसे वहां कुछ अजीब-सी निरपेक्षता महसूस हुई —यदि चन्दा चाहती है तो वह इस बार उसे टोकेगा नहीं, पर यदि उसे कोई पूछे तो वह उस वक्त तक पिता नहीं बनना चाहता, जब तक वह आर्थिक रूप से अपने होने वाले बच्चे के उचित लालन-पालन और शिक्षा-दीक्षा के योग्य न हो। अपने बचपन, लड़कपन और जवानी की स्मृतियों ने चेतन के मन में भारी कुण्ठा भर दी थी। अपना ही नहीं, मुहल्ले के सभी बच्चों का लालन-पालन उसे मानवोचित नहीं लगता था। जैसे जंगल में पशु-शावक जन्म लेते हैं, मरते-खपते-पलते और बड़े होते हैं, वैसे मुहल्ले के बच्चे पलते और बड़े होते थे। उनके लालन-पालन और शिक्षा-दीक्षा के पीछे कोई योजना नहीं थी। कोई ही घर ऐसा होगा, जिसमें दो-चार बच्चे जन्मते ही अथवा जन्म से कुछ महीने या वर्ष बाद मर न गए हों। जहां तक शिक्षा का सम्बन्ध है, अधिकांश दो-चार जमात पढ़कर पैतृक कामधन्धों में लग जाते थे। कई उमर-भर आवारा और गुण्डे बने घूमते थे। मैट्रिक तक पहुंचने वालों की संख्या उंगलियों पर गिनी जा सकती थी और शिक्षा उन्हें वही मिलती थी, जो ज़्यादा से ज़्यादा क्लर्क बना सकती थी। एक अमींचन्द था, जो पी० सी०

एस० बना था, पर चेतन की दृष्टि में डिप्टी कलेक्टर एक ऊंचे दर्जे का गुलाम था, जो अपने भाई-बन्धुओं को गुलाम रखने में फिरंगी को मदद देता था और डिप्टी कलेक्टर बनते ही उसने जैसे आंखें सामने रखके चलना और मुहल्ले वालों को पहचानने से इनकार करना शुरू कर दिया था, उससे चेतन के मन में उसके प्रति तीव्र घृणा पैदा हो गई थी।...चेतन चाहता था, उसके कोई बच्चा हो तो शैशव ही से उसे कोई अभाव न हो। वह अपने बच्चे को शुरू ही से कोई तकलीफ न होने दे और बाद में भी उसे ऐसी शिक्षा-दीक्षा दे कि वह कोई मामूली क्लर्क अथवा शोषक होने के बदले विद्वान और स्वतंत्र विचारों का बने और बिना गुलामी किए हर परिस्थिति में ज़िन्दगी से अपना दाय प्राप्त कर सके।...लेकिन वह केवल पार्ट टाइम नौकरी करता था और तीस रुपये मासिक पाता। तीस रुपल्ली में अपना ही पेट पालना उसके लिए मुश्किल था, बच्चे के पालन-पोषण की तो बात ही दूर रही।.. लेकिन चन्दा चाहती है तो वह बाधा नहीं देगा।..

चेतन उठा और बाहर डेवढ़ी में घूमने लगा। उसने मन ही मन हिसाब लगाया—यदि वह चन्दा को अभी विद्यालय में दाखिल करा देगा तो आठवें महीने ही में वह 'प्रभाकर' की परीक्षा दे लेगी। एक-दो वर्ष वह जालन्धर में आराम कर लेगी और वह कोई जुगाड़ करके एम० ए० कर लेगा। किसी कॉलेज में अध्यायक हो जाएगा और तब अपने बच्चे को अपनी इच्छा के अनुसार बढ़िया शिक्षा-दीक्षा दे सकेगा।

वह डेवढ़ी में घूम रहा था, जब चन्दा ने उसे खाना खाने के लिए आवाज़ दी।

दूसरे दिन जब चेतन मां को स्टेशन पर छोड़कर घर आया था और उसने अपनी पत्नी को फिर अपनी जेठानी के कन्धे और कूल्हे दबाते देखा था तो उसने उसे बहाने से बुलाकर मां से जानी हुई बात का समर्थन चाहा था। चन्दा लजा गई थी। और उसके लाल हो आए गालों और झुकी पलकों ने उसके मन का चोर बता दिया था। चेतन ने अतिरिक्त उत्साह दर्शाते हुए उसकी पीठ थपथपा दी थी और कहा था कि वह तो उर्दू ही नहीं जानती, ज्योंही कविराज रामदास की पुस्तक छपी, वह एक प्रति लाएगा और उसे पढ़कर सुनाएगा, ताकि उसे जब मां बनना है तो उन सब बातों को वह अच्छी तरह जान ले, जो नवशिशु के सन्दर्भ में मां के लिए जाननी ज़रूरी हैं...और तब

उसने चन्दा को मां की चेतावनी दी थी और कहा था कि यद्यपि उसे अपनी जेठानी की सेवा करते हुए देखकर चेतन को प्रसन्नता होती है, पर चन्दा को अपने होने वाले बच्चे का ही नहीं, अपने स्वास्थ्य का भी ध्यान रखना चाहिए और अपनी जेठानी के निकट सम्पर्क से यथासम्भव बचना चाहिए।

चन्दा चली गई थी तो उसने तय किया था कि वह भाई साहब पर ज़ोर देगा कि जैसे भी हो, वे जल्दी से जल्दी भाभी को मायके भिजवाएं।

भाई साहब ने बिना उसके कहे एक के बाद एक तीन पत्र अपनी ससुराल लिखे थे। एक अपने ससुर को—कोयटा, एक अपने साले को—फीरोज़पुर और एक चम्पा के चाचा को—आदमपुर। चाचा को उन्होंने लिखा कि यदि पण्डित गिरधारीलाल के परिवार से कोई भी अपने घर के मकान में हो तो उन्हें सूचना दे दें कि चम्पा सख्त बीमार है, उसे तत्काल बुला लिया जाए; कि डॉक्टरों का परामर्श है, उसे पहाड़ अथवा गांव की खुली स्वच्छ हवा में रखा जाए। चेतन के कहने पर भाई साहब ने एक-एक और अर्जेण्ट पत्र तीनों पतों पर छोड़ दिया।

उसके बाद चेतन ने इस बात का खयाल रखा था कि वह चन्दा को भाभी के निकट कम से कम जाने दे। जब भाभी उसे सिर, कन्धे या पिण्डलियां दबाने के लिए कहती, चेतन किसी न किसी बहाने उसे बुला लेता और स्वयं भाभी की सेवा करने को जा प्रस्तुत होता, लेकिन अतीव थकान के बावजूद, पैर और पिण्डलियां तो दूर, भाभी उससे सिर या कन्धे तक दबवाने को तैयार न होती और झख मारकर उसकी सख्त कमज़ोरी को देखते हुए उसे चन्दा को अपनी जेठानी की सेवा-शुश्रूषा की इजाज़त देनी पड़ती। तो भी चेतन ने प्रयास किया कि ऐसे अवसर कम से कम आएं। दवा वह भाभी के लिए हस्पताल से स्वयं लाता था, लेकिन भाभी के कपड़े चन्दा को धोने पड़ते। वास्तव में अगस्त की भयानक गर्मी के बावजूद भाभी को ठण्डे पसीने आते थे, रात को उसके कपड़े एकदम गच हो जाते और दो-दो बार वह कपड़े बदलती। चूंकि धोबी को उतने कपड़े देने की सकत उनमें नहीं थी, इसलिए पहले महीने ही के वेतन के खाते पेशगी पांच रुपये लेकर चेतन पीतल की एक बड़ी इस्तरी खरीद लाया था। चन्दा कपड़े धो देती। वह

उन्हें अच्छी तरह निचोड़, बड़ी बाल्टी में भरकर ऊपर छत पर ले जाता और फटककर रस्सी पर डाल आता। सूख जाते तो बड़ी निष्ठा से उन्हें इस्तरी करता।

चन्दा को इन सब कामों में लगाने के अलावा चेतन ने यह भी कोशिश की कि वह उसके साथ खाना खा लिया करे। एक दिन उसने भाभी को सुनाकर कहा कि वह पहले भाभी को खिलाकर फिर उसके साथ खाना खाया करे। लेकिन भाभी ने पहले खाना खाने से इनकार कर दिया। अपनी देवरानी को उसने यह शुभ उपदेश दिया कि वह दोनों भाइयों को एकसाथ खाना खिलाया करे और वे दोनों बाद में साथ-साथ खाना खाया करेंगी। हिन्दू पत्नी का यह पहला कर्तव्य है कि पति को खिलाकर तब खाए। चेतन ने सुना तो उसे बड़ा गुस्सा आया, पर वह जानता था कि भाभी को समझा पाना भगवान के लिए भी कठिन है, इसलिए वह कोई दूसरी तरकीब सोचने लगा।

दोनों भाइयों को खाना खिलाकर चन्दा चाहती थी कि वह अपनी जेठानी को कमरे ही में खाना खिला दिया करे, लेकिन भाभी गर्मी का बहाना बनाकर आंगन में आ जाती और चन्दा के साथ बैठ-कर खाना खाती। एक दोपहर चेतन ने देखा कि वह जानबूझकर चन्दा की कटोरी में से सालन खा रही है। यद्यपि चन्दा ने उधर ध्यान नहीं दिया, पर वैसा करते हुए भाभी की आंखों में कुछ ऐसा भाव था कि चेतन का दिल दहल उठा और मां की चेतावनी उसके कानों में गूंज गई। उसने तय कर लिया कि चाहे उसे सख्ती ही क्यों न करनी पड़े, वह अपनी पत्नी को उसके साथ खाना नहीं खाने देगा।

नोट-बुक घुटनों पर रखे-रखे चेतन की आंखों के सामने भाभी का सूखा-सड़ा, बड़ी बड़ी आंखों और लम्बी-सी नाक वाला संवलाया चेहरा और उन आंखों की वह चमक आ गई। चेतन डेवढ़ी में था और भाभी ने घूंघट उठा रखा था और उसे नहीं मालूम था कि कोई उसे देख रहा है। जब वह अपनी थाली से खाना खाते-खाते चन्दा की थाली से सालन या दाल लेने लगती तो उसकी आंखों में कुछ ऐसी चमक आ जाती, जो शरारत की द्योतक न थी। उनमें कुछ अजीब-सा उल्लास था—चेतन को उन चमकती आंखों और उस सूखे बीमार चेहरे पर प्रकट होने वाले उल्लास और सन्तोष को देख-

कर किसी ऐसी प्रेतात्मा का गुमान हुआ था, जो अपने शिकार का रक्त चूसने में सफल हो गई हो।—भाभी उसे चुड़ैल ऐसी लगी थी, जो उसकी भोली पत्नी को ग्रस लेना चाहती थी। और उसने चन्दा को आवाज़ दी थी कि वह अपनी थाली लेकर ज़रा कमरे में आ जाए, उसे एक ज़रूरी बात करनी है। जब चन्दा आ गई तो उसने कहा था, "वहां मेज़ पर बैठकर खाना खाओ,"—और यह कह-कर वह बिना कुछ कहे लगातार घूमता रहा था।

चन्दा खाना खा चुकी तो उसने कहा, "अभी जाओ, मैं फिर बताऊंगा।"

वह जूठे बर्तन लिए हुए हैरान वापस रसोईघर को चली गई थी। भाभी अपने कमरे में जा चुकी थी। वह बर्तन समेटने लगी।

भाई साहब को पत्र लिखे सात दिन हो गए थे और कोई उत्तर न आया था और चेतन जानता था कि भाभी अपने हठ से बाज़ नहीं आएगी, तब सोच-सोचकर उसने भाई साहब से कहा, "मालूम नहीं, कोई वहां से भाभी को लेने आता है या नहीं, मैं यदि चन्दा को इसी महीने 'प्रभाकर' में दाखिल नहीं कराता तो उसका यह साल व्यर्थ जाएगा। वह सवेरे खाना पकाकर चली जाया करेगी। मैं आपको और भाभी को खिला दिया करूंगा। मैं तो सारा दिन घर ही पर रहता हूं। इसलिए भाभी को किसी तरह का कष्ट नहीं होगा।"

भाई साहब ने इसपर कोई आपत्ति नहीं की, बल्कि परम उदारता से यह प्रस्ताव किया कि जितने दिन चम्पा लाहौर में है, वे दोपहर का खाना वहीं सिन्धी होटल अथवा पुरानी अनारकली के ढाबे में खालिया करेंगे।... भाई साहब ने तो शाम का खाना भी वहीं से खाकर आने की बात कही, पर चेतन को यह स्वीकार नहीं हुआ।

दूसरे दिन चेतन अपनी पत्नी को ले जाकर 'कृपालदेवी हिन्दी विद्यालय' में दाखिल करा आया।

चेतन तो चाहता था कि दूसरे दिन अपनी पत्नी को ग्वालमण्डी के संगीत विद्यालय में भी दाखिल करा दे, पर चन्दा ने उसे समझाया कि एकाध महीने की बात है, उसकी जेठानी चली जाएगी तो वह संगीत विद्यालय में दाखिल हो जाएगी, वरना वह किसी दिन कह देगी कि मैं तो मर रही हूं, इसको गाने-बजाने की पड़ी है।

विद्यालय से आकर चन्दा कपडे बदल रही थी और चेतन चारपाई पर सुस्ता रहा था, जब चन्दा ने अपनी बात कही थी। चेतन क्षण-भर को अपनी पत्नी की ओर अपलक देखता रह गया था। किसी तरह का भय अथवा संत्रास उन भोली आंखों में नहीं था। वह अपनी सास की तरह नहीं सोचती थी। मां की चेतावनी के उत्तर में चेतन ने झल्लाकर जो कहा था, वही उसने एकान्त में पत्नी के सामने दोहरा दिया था। और अब, जब सात-दस दिन बीत जाने पर भाभी के व्यवहार से वह स्वयं घबरा उठा था और उसने चन्दा को भी थोड़ा बचने के लिए कहा था, उसकी पत्नी के व्यवहार में किसी तरह का परिवर्तन न आया था। यदि समय की कैद न होती तो वह 'प्रभाकर' में भी जेठानी के चले जाने के बाद ही प्रवेश लेती। जब चेतन ने कृपालदेवी विद्यालय में दाखिल होने का प्रस्ताव किया था तो उसकी पत्नी ने एक बार धीरे से कहा भी था, "कुछ दिन और रुक जाते तो अच्छा था। मैं विद्यालय चली जाया करूंगी तो बहनजी अकेली रह जाएंगी और उन्हें कौन देखेगा, कौन उन्हें दवा पिलाएगा, कौन खाना खिलाएगा?" अपनी पत्नी के उस भोले निर्विकार विश्वासी चेहरे को देखते हुए चेतन के मन में आया था कि वह उसे मां की सारी शंकाएं बता दे। यही नहीं, भाभी के व्यवहार के प्रति उसके अपने मन में जो शंकाएं पिछले चन्द दिनों से उठ रही थीं, वे सब उसके सामने रख दे। लेकिन सोचने पर चेतन को लगा कि उसे अपनी पत्नी का विश्वास नहीं तोड़ना चाहिए, उसके मन में विद्वेष नहीं भरना चाहिए। उसने तय किया कि वह उसे बिना बताए ऐसा प्रबन्ध करेगा कि यदि भाभी के मन में सचमुच कुछ वैसी बुरी बात हो तो वह कुछ भी न कर पाए। उसने कहा था, 'मैं सारा दिन घर में रहता हूं। उसे समय से दवा भी पिलाऊंगा, उसकी देखभाल भी करूंगा, तुम चिन्ता न करो।"

और सचमुच चन्दा के विद्यालय चले जाने के बाद चेतन ने भाभी की सारी सेवा-शुश्रूषा अपने ज़िम्मे ले ली थी। वह रात को दो बजे दफ्तर से आता, इसलिए सुबह कुछ देर से उठता। चन्दा उससे पहले उठकर नित्य कर्म से निबट, रात के बर्तन मलती, फिर खाना पकाती और स्वयं खाकर चेतन और भाभी के लिए सहेजकर विद्यालय चली जाती। चेतन ही भाभी को दवा पिलाता और खाना खिलाता। फिर स्वयं खाकर सारे बर्तन मलता, उन्हें टोकरे में सजा-

कर रसोई धोता और पिछले दिन के धोए कपड़े प्रेस करता। फिर वह सो जाता। वह तो भाभी का सिर अथवा पैर भी दबाना चाहता था, पर भाभी तो उससे घूंघट काढ़ती थी। जब चेतन ने उसके कन्धे दबाने चाहे थे तो भाभी ने उसका हाथ झटक दिया था। चेतन को बुरा लगा था, पर उसकी इस हरकत को भाभी के हठ और रोगजनित चिड़चिड़ाहट का परिणाम समझकर वह चुप लगा गया।

वह सोया होता, जब चन्दा विद्यालय से वापस आती, और आते ही वह काम में जुट जाती। सबसे पहले उस दिन के मैले कपड़े धोती। इस बीच चेतन उठ जाता। वह चाय बनाती और वे दोनों चाय पीते। चूंकि चन्दा दस बजे की विद्यालय गई होती, इसलिए उस वक्त एकाध बासी रोटी ले लेती। लेकिन कई बार चेतन उठ चुका होता, जब वह आती। तब वे पहले चाय और नाश्ता करते। फिर कपड़े धोते। समय होता तो चन्दा अपनी जेठानी की सेवा-शुश्रूषा करती, वरना रात के खाने की व्यवस्था में जुट पाती। चेतन तो खाना खाते ही दफ्तर चला जाता। चन्दा पहले अपने जेठ को खाना खिलाती, फिर अपनी जेठानी के साथ स्वयं खाती। फिर बर्तन वगैरह उठाकर अपने कमरे में आ जाती और पढ़ते-पढ़ते सो जाती।

लेकिन चेतन इस-स्थिति से सन्तुष्ट नहीं था। दो-तीन दिन बाद ही उसने भाई साहब से कहा, "भाई साहब, चन्दा सुबह दस बजे खाना खाकर विद्यालय जाती है। शाम को उसे जल्दी भूख लग आती है। आप बुरा न मानें तो वह मेरे साथ ही खाना खा लिया करे।"

"हां-हां, इसमें बुरा मानने की क्या बात है?"

और उसी शाम चेतन ने अपनी पत्नी से कहा कि विद्यालय से आकर चाय के साथ बासी रोटी खाने के बदले, खाना जल्दी पका ले। वह स्वयं भी ज़रा जल्दी खाना खा लेगा। वह भी उसीके साथ खाना खा ले और फिर भाई साहब और भाभी को इकट्ठे परोस दिया करे।

लेकिन यद्यपि इस व्यवस्था से चेतन को सन्तोष हुआ, भाभी रुष्ट हो गई। पहली बात तो यह कि भाई साहब ने अपनी पत्नी के साथ इकट्ठे खाना खाने से इनकार कर दिया। अपनी पत्नी से उन्होंने दुकान से आते ही निहायत रुखाई से कहा, "तुम्हें किचन में आकर खाना खाने की ज़रूरत नहीं। चन्दा तुम्हें तुम्हारे बिस्तर पर ही

खाना दे देती है।" और चन्दा से बोले, "तुम पहले चम्पा को खाना खिला दो। मैं इतने में नहा लेता हूं। फिर खा लूंगा।"

भाभी को यह बात पसन्द नहीं आई। उसने पति से पहले खाना खाने से इनकार कर दिया। चन्दा ने भाई साहब से कहा तो वे चुप रहे और चौके में बिछे मूढ़े पर चन्दा के सामने जा बैठे।

जब चन्दा ने जेठ को खाना खिला दिया तो वह अपनी जेठानी की थाली लेकर गई। भाभी ने थाली परे ठेल दी और कहा कि मेरा जी ठीक नहीं।

दूसरे दिन भी भाभी ने अनशन रखा। सिर्फ इतना किया कि चेतन से दो लिफाफे लेकर अपने पिता और भाई को पत्र लिखे और चेतन से कहा कि उन्हें डाक में डाल आए। और उसी शाम भाभी ने ऐसी बात कह दी और ऐसा तनाव पैदा हो गया कि भाई साहब ने अपनी ससुराल अर्जेण्ट तार दिए और भाभी का ड्राइवर भाई तीसरे दिन पहुंच गया और उसे ले गया।

चेतन ईज़ी चेयर पर पीछे को लेटे-लेटे पिछले दिनों की स्मृतियों में खो गया था। सहसा उस घटना के याद आने पर वह उठकर बैठ गया, उसने गिरेबान में लगा कलम खींचा और नोट-बुक पर ध्यान जमाए बैठा रहा, लेकिन उसने कुछ लिखा नहीं। कापी को उसी तरह घुटनों पर रखे हुए और कलम को हाथ में लिए-लिए वह पीछे को लेट गया और तीन दिन पहले की वह घटना अपनी तमाम कटुता और हास्यास्पदता के साथ उसके दिमाग में घूम गई।

इतवार की शाम थी। भाई साहब प्रायः इतवार को दोपहर बाद दुकान नहीं खोलते थे और शाम को पिक्चर देखने जाया करते थे; लेकिन जब से भाभी आई थी, वे प्रायः इतवार को भी क्लिनिक खोल लेते थे। चेतन प्रकटतः समझता था कि वे अपनी पत्नी के नैकट्य से जितना भी हो सके, दूर रहना चाहते हैं और चेतन को उनकी इस निठुरता पर खेद भी होता था। वे उसके पति थे और चेतन की दृष्टि में पत्नी की बीमारी में उसके पास बैठना, उसकी दवा-दारू, सेवा-शुश्रूषा करना, उसका मन बहलाना उनका कर्तव्य था। जब देवर होते हुए, भाभी से अवहेलना पाने के बाव-जूद, वह उसकी देखभाल करता था (उसने पहले दिन चन्दा के

थके होने के कारण भाभी के कपड़े तक धो दिए थे) तो वे पति होकर क्यों उससे दूर भागते थे? चेतन ने दबी ज़बान से इस बात की शिकायत भी की थी, पर भाई साहब झल्ला उठे थे।

"वह कुछ बोलती ही नहीं। सीधे मुंह किसी बात का जवाब नहीं देती–दुन्न वट्टा[1] बनी रहती है। मैं क्या करूं उसके पास बैठकर!" उन्होंने जलकर कहा था और चेतन चुप हो गया था।

लाहौर में सिनेमा हॉल तो भाटी दरवाज़े के बाहर भी थे, पर भाई साहब कभी उधर न जाते। वे मैक्लोड रोड के 'कैपिटल' अथवा निस्बत रोड पर नये खुले 'निशात' सिनेमा में पिक्चर देखते थे। दुकान से आकर वे नहाते, चेतन के साथ खाना खाते, फिर चेतन दफ्तर चला जाता और भाई साहब छड़ी हाथ में लिए खरामां-खरामां टहलते हुए पैदल रात को शो देखने चल देते।··· भाभी की बीमारी में उनका क्रम नहीं रुका।

वे प्रायः रोज़ दुकान से आकर औपचारिक रूप से अपनी पत्नी की तबीयत का हालचाल पूछते, कपड़े उतारते, नहाते, खाते और सोने से पहले छड़ी उठाकर सैर को निकल जाते। सैर से आकर वे कपड़े बदलते और बाहर जाकर सो जाते। भाभी जब से श्रीराम-पुर से आई थी, पति-पत्नी में कोई बात हुई है, चेतन को इसमें सन्देह था।

बहरहाल इस इतवार को भाई साहब रोज़ की अपेक्षा जल्दी आए थे। उन्होंने चन्दा से पूछा कि चम्पा ने सुबह कुछ खाया है या नहीं। चन्दा ने बताया कि मूंग की पतली दाल के साथ एक फुल्का खाया है और वह भी उसने बड़ी मिन्नत-समाजत से खिलाया है।

भाई साहब कुछ नहीं बोले। उन्होंने सिर्फ इतना कहा कि चन्दा उसे खाना खिला दे। यह आदेश देकर वे अन्दर गए। उन्होंने कपड़े बदले और नहाने चले गए। चन्दा ने जाकर जेठानी से पूछा कि उसका मन हो तो लौकी से फुल्का खा ले अथवा वह बाज़ार से डबलरोटी मंगा देती है और उसे दूध-डबलरोटी बना देती है।

उसकी जेठानी ने पहले तो कोई उत्तर ही नहीं दिया। वह पूर्ववत् 'दुन्न वट्टा' बनी लेटी रही। जब चन्दा ने बहुत ज़ोर

1. मूक पत्थर

दिया तो उसने सिर्फ इतना कहा कि उसे वह तंग न करे और जाकर अपने जेठ ही को खाना खिलाए।

चन्दा ने आकर पति से कहा तो चेतन गया। उसने जाकर उसे समझाया कि इस तरह फाके करने से उसकी रही-सही शक्ति भी जाती रहेगी। जब उसके लाख समझाने पर भाभी ने मुंह नहीं खोला और घूंघट काढ़े मौन बैठी रही। चेतन उस कमरे में है और कुछ कह रहा है, इसकी सनद भी उसने नहीं दी तो न चाहते हुए भी चेतन अपना सन्तुलन खो बैठा और चिल्लाकर उसने कहा कि उसे भूख-हड़ताल ही करनी है तो जाकर अपने मायके में करे। वे दिन-रात काम करते हैं, उनके पास उसके नखरे सहने को वक्त नहीं।

जब इसका भी कोई उत्तर उस नेकबख्त ने नहीं दिया तो बड़बड़ाता और पैर पटकता हुआ चेतन बाहर आया। भाई साहब बाथरूम में नहा रहे थे, दरवाज़े पर आकर चेतन ने उन्हें बताया कि भाभी ने फिर भूख-हड़ताल कर दी है।

भाई साहब ने कोई जवाब नहीं दिया। वे इतमीनान से नहाते रहे। फिर जब वे निकले तो क्षण-भर बाथरूम के बाहर खड़े रहे। फिर उन्होंने वहीं से चन्दा को आदेश दिया कि वह अपना, चेतन का और उनका खाना परस दे। चन्दा ने कहा, "आप खा लीजिए। हम ज़रा ठहरकर खाएंगे।"

(वास्तव में उसे यह अच्छा नहीं लगा कि उसकी जेठानी भूख-हड़ताल किए बैठी रहे और वे तीनों मज़े से इकट्ठे मिलकर खाना खाएं।)

तब भाई साहब ने कहा, "अच्छा, मेरा खाना परस दो।" और चेतन को उन्होंने आदेश दिया कि वह भागकर ग्वालमण्डी से डेढ़ पाव दूध और छोटी डबलरोटी ले आए। "मैं उसे खुद दूध-डबलरोटी खिला दूंगा। तुम चिन्ता न करो।" उन्होंने चन्दा से कहा और रसोईघर में बिछे मूढ़ पर जा बैठे।

चन्दा ने खाना परसते हुए कहा, "इनका दूध पड़ा है, वही ले लीजिए।"

"नहीं," भाई साहब बोले, "इसका दूध रहने दो। यह भागकर ले आएगा। डबलरोटी भी तो लानी है।"

जितने में चेतन दूध-डबलरोटी ले आया, भाई साहब ने खाना

खत्म कर लिया। दूध यद्यपि गर्म था, फिर भी चन्दा ने उसे गर्म किया। एक बड़े कटोरे में डबलरोटी के टुकड़े और चीनी डालकर गर्म-गर्म दूध डाला। चम्मच से मिलाया और एक पतीले के ढक्कन पर कटोरा रखकर भाई साहब को दे दिया।

भाई साहब चले गए तो चन्दा ने अपने पति के लिए खाना परस दिया।

चेतन ने कहा कि वह अपने लिए भी परस ले तो चन्दा ने कहा कि आप खा लीजिए, मैं बाद में खा लूंगी। तब चेतन ने थाली और पानी का गिलास उठाकर कहा कि मैं इधर कमरे में खाता हूं, तुम साथ-साथ मुझे अपना निबन्ध सुनाती जाओ।

वह खाना खा रहा था, चन्दा निबन्ध सुना रही थी कि भाई साहब पैण्ट-कमीज़ पहने एक हाथ में छड़ी और दूसरे में दूध-डबल-रोटी से भरा वही कटोरा (जिसे लगता था कि भाभी ने छुआ तक नहीं) लिए हुए आए और कटोरा उन्होंने चन्दा की ओर बढ़ा दिया। "इसे रख अओ। वह नहीं खाती।"

चन्दा अभी चौखट ही में थी कि भाई साहब बमके, "जानते हो, उस गधी ने क्या किया है?"

चेतन ने खाना खाते-खाते केवल आंखें उठा दीं।

"उसने अभी मुझे उलाहना दिया है कि मैं अपनी छोटी भाभी को पसन्द करता हूं। उसीके साथ बैठकर खाना, सैर-तमाशे जाना और उसीके साथ रहना पसन्द करता हूं। उसके जालन्धर जाने के बाद इसीलिए मैंने घर छोड़ दिया था, ताकि वह श्रीरामपुर में पड़ी सड़ती रहे। इसीलिए उसने फाके करके यह बीमारी लगा ली है, और वह इसी तरह फाके करके मेरे सामने प्राण दे देगी।"

भाई साहब चुप हो गए। चेतन क्या कहे, वह समझ नहीं पाया। तभी उसकी निगाह अपनी पत्नी पर गई। वह हाथ में डबलरोटी का कटोरा लिए वहीं चौखट में अवाक् खड़ी थी। उसका मुख रुलाई में विकृत हो गया था और उसकी फटी-फटी आखों में अनायास आंसू बह रहे थे।

चेतन हंसा, "धत् पगली!" दायें हाथ में रोटी का ग्रास पकड़ा होने के कारण उसने बढ़कर बायें से उसकी पीठ थपथपाई, "भाभी अगर बेवकूफी करती है तो इसका यह मतलब तो नहीं कि तुम भी बेवकूफी करो!"

"मैं सिनेमा जाने की सोच रहा था," भाई साहब ने सहसा व्यस्त होते हुए कहा, "लेकिन मैं अब सीधा जनरल पोस्ट ऑफिस जाऊंगा और पण्डित गिरधारीलाल और सतपाल (भाभी का ड्राइवर भाई) को अर्जेण्ट तार देकर आऊंगा कि चम्पा चन्द दिन की मेहमान है, वे जल्दी पहुंचे।"

और छड़ी उठाकर, जैसे वह डाकखाने पर आक्रमण करने जा रहे हों, भाई साहब बाहर निकल गए थे।

चेतन की समझ में न आया था कि वातावरण में जो तनाव आ गया था, उसे कैसे दूर करे। उसने शेष खाना किसी तरह जल्दी-जल्दी निगला था और चन्दा की कॉपी लेकर बैठ गया और उसे सामने बैठाकर उसका निबन्ध ठीक करने लगा। उसने फिर भाभी की बात का ज़िक्र तक नहीं किया और अपने जोश में उसने निबन्ध में इतने परिवर्तन कर दिए कि उसमें चन्दा का एक भी पूरा वाक्य नहीं बचा।

"इसे दोबारा लिखो।" कॉपी मेज़ पर रखकर दफ्तर जाने के लिए जल्दी-जल्दी कपड़े पहनते हुए चेतन ने कहा था, "पांच निबन्ध तुम इस तरह मेरे साथ लिख लोगी तो तुम्हें निबन्ध लिखना आ जाएगा।"

उसकी पत्नी का चेहरा अभी तक उदास था। उसकी स्वाभाविक उत्फुल्लता उसपर नहीं लौटी थी। चलते-चलते उसकी पीठ फिर थपथपाते हुए चेतन ने मां द्वारा सुनी हुई कहावत दोहराई थी, "अपनी तोड़ निभाइए, ओह्दी ओह् जाने—।[1] हमें अपना कर्तव्य करना चाहिए, दूसरे की चिन्ता हम क्यों करें! तुम खाना खा लेना और जी हो तो थोड़ा-बहुत निबन्ध दोबारा लिखने की कोशिश करना।" और पत्नी की पीठ एक बार और थपथपाकर वह दफ्तर चला गया था।

चन्दा जाकर खाना खाने बैठी तो उससे दो कौर भी न निगले गए। वह दूध-डबलरोटी का कटोरा लेकर फिर जेठानी के कमरे में गई थी। उसने लाख मिन्नत-समाजत की थी, पर भाभी ने सनद नहीं दी थी। वह मौन लेटी रही थी और फिर मुर्दा बोलेगा तो कफन फाड़ेगा के अनुसार जब उसने ज़बान खोली तो यही कहा था, "अभी तुम्हारा जेठ आएगा तो उसीको खिलाना।"

1. यथाशक्य अपना फर्ज़ पूरा करो, उसकी का वह जाने।

और चन्दा रुलाई को बरबस रोकती हुई बाहर आ गई थी। अपना खाना भी उसने उठा दिया था। किचन बन्द करके वह कमरे में चली गई थी और निबन्ध लिखने लगी थी। वह लगभग पूरा निबन्ध लिख चुकी थी, जब एक-डेढ़ के करीब भाई साहब लौटे थे। यद्यपि उन्होंने कहा था कि वे अब पिक्चर नहीं देखेंगे, पर पोस्ट ऑफिस में अपनी ससुराल अर्जेण्ट तार देने के बाद उन्होंने घड़ी पर निगाह डाली थी तो पौने नौ ही बजे थे, तब वे चुपचाप 'कैपिटल' की ओर बढ़ गए थे।

आकर उन्होंने चेतन के कमरे ही में कपड़े उतारे थे और जाकर बाहर अपनी चारपाई पर सो गए थे। चेतन जब दफ्तर से ढाई बजे लौटा था तो उसकी पत्नी अभी जाग रही थी।

चेतन उठकर फिर सीधा बैट गया। उसने एक नज़र नोट-बुक पर लिखे हुए पैरों पर डाली, फिर आगे लिखना शुरू किया:

'सोचता हूं तो मुझे इसमें भाभी की जबरदस्त हिमाकत के साथ-साथ भाई साहब का कुसूर भी कम दिखाई नहीं देता। भाई साहब ने जब काम शुरू किया था तो भाभी का एक गहना बेचकर वह पुरानी कुर्सी खरीदी थी (जिसके बदले चन्दा के मायके के गहने बेचकर नई कुर्सी लाई गई है)। उनका काम कितना बढ़ा, उन्हें किन मुश्किलों का सामना करना पड़ा है, उन्होंने कभी भाभी को नहीं बताया। उसे कभी अपने भेद का साझीदार नहीं बनाया।

'खत लिखने में वे बड़े चोर हैं। भाभी को श्रीरामपुर छोड़कर फिर उन्होंने तीन महीने तक उसकी खोज-खबर नहीं ली। कभी वहां नहीं गए। कभी उसे नहीं बताया कि क्यों वे सरदार जगदीशसिंह (लैण्डलॉर्ड एण्ड हाउस प्रोप्राइटर) का मकान छोड़ने को मजबूर हुए। चन्दा के खुलेपन को लेकर—उनके सामने घूंघट न करने के कारण—पहले भी भाभी के मन में शक था। अगर भाई साहब ने अपने खामोश और रूखे व्यवहार से उसको यकीन में बदल दिया और भाभी ने फाके कर-करके दिक मोल ले लिया, तो क्या इसमें भाई साहब का कोई कुसूर नहीं था? शायद अपनी बीवी को यह बताना उनकी अना[1] को मंज़ूर नहीं हुआ कि अपने छोटे भाई और भाभी की मदद करने के बदले, वे उनसे मदद लेते हैं। अगर

---

1. अहं

उन्होंने अपनी बीवी को अपना भेद बता दिया होता तो इतनी बड़ी ट्रेजडी क्यों होती?'

चेतन का दम घुटने लगा। वह उठा। नोट-बुक को उसने मेज़ पर रखा और कमरे में घूमने लगा।

... चेतन की आंखों के सामने स्टेशन पर गाड़ी के डिब्बे में बैठी, बुरी तरह खांसती हुई अपनी भाभी का पतला-दुबला, यक्ष्मा का मारा, एकदम सियाह पड़ जाने वाला चेहरा आ गया...इस एक पखवाड़े में उसका शरीर और भी सूख गया था। गाड़ी के डिब्बे में ज़रा-सा घूंघट खींचे बैठी वह बहुत छोटी-सी लगती थी। चेतन के सामने भाई साहब की शादी और स्वास्थ्य तथा सौन्दर्य से दग-दग करती अपनी भाभी का रूप घूम गया। उसके सामने वह चित्र भी आया, जब भाई साहब अपनी पहली और अन्तिम नौकरी की तनख्वाह के पन्द्रह रुपये लाए थे। घर में आटा नहीं था, मां ने दो रुपये मांगे थे और भाई साहब ने भाभी को आदेश दिया था कि वह दो रुपये मां को दे दे। भाभी मां के सामने मेज़ के कोने पर आ बैठी थी (मां दालान के दरवाज़े में पीढ़े पर बैठी सूत अटेर रही थी) और उसने ऐसा रौद्र रूप धारण किया था और वो-वो गड़े मुर्दे उखाड़े थे कि मां रोने लगी थी...वही उसकी भाभी गाड़ी के डिब्बे में बैठी कितनी छोटी-सी, कितनी असहाय और निरीह-सी लगती थी—किसी ऐसे ठठरी अड़ियल पशु-सी, जो हठ करके बैठ जाता है, खाना-पीना छोड़ देता है और चुपचाप मर जाता है...चेतन का मन हुआ था, उसकी पीठ थपथपाकर उसे तसल्ली दे कि वह जल्दी ही स्वस्थ होकर पहले की तरह दग-दग करती हुई वापस लौटेगी। पर उससे झूठ नहीं बोला गया। उसके मन में कचोट उठती रही और वह चुप खड़ा रहा था। जब उससे वैसे चुप खड़ा न रहा गया तो भागकर वह दो पैसे की सुराही ले आया। नल पर जाकर उसने उसे अच्छी तरह धोया। फिर भरकर वह ले आया था और उसने उसे भाभी की सीट के नीचे रख दिया।

गाड़ी चलने को थी और इंजन ने सीटी दे दी थी, सहसा भाभी ने वैसे ही खांसते हुए, ज़रा-सी सांस रोककर केवल इतना पूछा था "तुम्हारे भाई साहब नहीं आए क्या? उन्होंने कहा था कि स्टेशन पर पहुंचेंगे।"

चेतन जानता था, भाई साहब नहीं आएंगे। इसीलिए तो उन्होंने उसे भेजा था। पर उससे सच्ची बात नहीं कही गई। उसने न चाहते हुए भी झूठ बोल दिया, "आने को उन्होंने कहा होगा, पर ऐन वक्त पर कोई पेशेण्ट आ गया होगा।"

भाभी ने इसपर कुछ नहीं कहा। चेतन बाहर प्लेटफॉर्म पर आ गया। गाड़ी ने सीटी दी तो भाभी ने खिड़की से सिर ज़रा बाहर निकालकर, घूंघट को बायें हाथ की अनामिका और अंगूठे से ज़रा उठाकर दूर प्लेटफॉर्म के गेट तक निगाह डाली। गाड़ी सरकने लगी थी। उसने सिर अन्दर कर लिया और अपनी सीट पर झुककर खांसने लगी। चेतन ने ज़ोर से 'नमस्कार' किया। भाभी ने कोई उत्तर दिया हो तो चेतन ने नहीं सुना।

वहीं कमरे में घूमते हुए चेतन की आंखों में खिड़की के बाहर सिर निकालकर ज़रा-सा घूंघट उठाए प्लेटफॉर्म पर दूर तक भटकती हुई उसकी भाभी की वे बड़ी-बड़ी घायल आंखें घूम गईं—लम्बी-सी नाक और काले-काले गड्ढों में धंसी हुई वे उदास, निराश, घायल आंखें···वह चेहरा उस प्रतिशोध-भरे चेहरे से कितना भिन्न था, जिसकी झलक चन्दा के साथ खाना खाते हुए चेतन ने देखी थी। चेतन को लगा—वे आंखें और उनकी वह सूनी, मर्माहत, घायल दृष्टि हमेशा के लिए उसके मन पर अंकित हो गई है।···उसे अफसोस हुआ, वह क्यों उसपर गुस्से हो आया था, क्यों उसके मुंह से झल्लाहट में कटु शब्द निकले थे। बेदिमाग अड़ियल पशु में और उसकी भाभी में कोई अन्तर नहीं—यही सब सोचता हुआ वह स्टेशन से बाहर निकलकर तांगे पर आ बैठा था और शाह आलमी के अड्डे पर आ उतरा था।

चेतन ने मेज़ से नोट-बुक उठाई। वह फिर ईज़ी चेयर पर आ बैठा। कॉपी उसने घुटनों पर फैला दी। एक बार उसने शुरू से अन्त तक अपने लिखे को पढ़ा। फिर थोड़ी-सी जगह छोड़कर वह लिखने लगा:

'इस ट्रेजडी की ठीक वजह क्या है, मैं तय नहीं कर पाता। कुछ भी साफ-साफ समझ में नहीं आता। क्या इसके पीछे चन्दा से मेरे उस इसरार[1] का हाथ नहीं, जो मैंने उससे भाई साहब के

1. अनुरोध

सामने घूंघट उठा देने के लिए किया था और जिसके सबब वह उनके सामने खुले मुंह आने और हंसने-बोलने लगी?

'लेकिन भाई साहब के इस रूखेपन और खामोशी का क्यों नहीं, जिसने भाभी के शक को यकीन में बदल दिया। जिस खामोश तबीयत के कारण उन्हें भाभी को यह बताना मंज़ूर नहीं हुआ कि वे अपने भाई को खिलाते-पिलाते नहीं, बल्कि खुद उससे मदद लेते हैं।

'लेकिन शायद सबसे बड़ी वजह भाभी की अपनी बदगुमानी और गलतफहमी है, जिसके बस होकर उसने मौत का रास्ता अपना लिया।

'इस दर्दनाक ट्रेजडी की वजह जो भी हो, लेकिन इससे यह तो पता चलता है कि शक के ज़हरीले बीज को अगर फूटते ही सख्ती से कुचल न दिया जाए तो वह इतना बड़ा पेड़ बन जाता है कि अपने भयानक साये से ज़िन्दगी को एकदम सुखा डाले।'

चेतन रुका। सहसा उसके मन में आया—शायद भाई साहब ने भाभी को बता दिया हो कि उन्होंने अपने छोटे भाई से लेकर अपनी छोटी भाभी के दस तोले सोने के गहने बेचे हैं और भाभी ने अपनी कूढ़मग्ज़ी में इसका यही अर्थ लगाया हो कि चन्दा भाई साहब पर मरती है, तभी तो उसने इतने भारी गहने उनके लिए दे दिए···

यह खयाल आते ही चेतन ने मन ही मन एक विद्रूप-भरा ठहाका लगाया। फिर हठात् उसका मुंह कड़वा गया। उसने एक लम्बी सांस ली और कॉपी में लिखा:

'जाने तकदीर दिखाई न देने वाले किन तारों के ज़रिये ज़िन्दगी को चलाती है और मौत किन गैरमरई[1] हाथों से आकर उसे दबोच लेती है!'

तीसरा खण्ड

11

भाभी को गए हुए एक पखवाड़ा हो गया था। चेतन की पत्नी 'कृपालदेवी हिन्दी विद्यालय जाने लगी थी और चेतन अपने कमरे के कागज़-पत्रों को व्यवस्थित कर एक नई कहानी लिखने की सोचने

1. अदृश्य

लगा था, तभी एक सुबह उसके मन में न जाने क्या आई कि पत्नी के स्कूल जाने के बाद उसने नहा-धोकर कपड़े बदले, अपनी कहानियों का मसौदा तथा प्रकाशित रचनाओं की फाइल उठाई और प्रकाशक की तलाश में चल पड़ा।

उर्दू साहित्य के अधिकांश प्रकाशक उन दिनों लोहारी गेट के अन्दर थे। यों कहा जाए कि जिन प्रकाशकों के यहां चेतन की पुस्तक छपने की रंचमात्र भी सम्भावना थी, उन सबकी दुकानें लोहारी गेट के अन्दर थीं। तीन उनमें प्रसिद्ध थे—'सन्तसिंह बुक डिपो', 'नारायणदत्त सहगल एण्ड सन्ज़' तथा 'लखनपाल ब्रदर्ज़!'

'सन्तसिंह बुक डिपो' वाले सस्ती पुस्तकें छापने के लिए प्रान्त-भर में ख्यात थे। 'नारायणदत्त सहगल एण्ड सन्ज़' के यहां से जासूसी पुस्तकें छपती थीं। जहां तक 'लखनपाल ब्रदर्ज़' का सम्बन्ध है, चेतन के मन में उनके यहां से अपनी पुस्तकें छपवाने की बड़ी साध थी। लेकिन लाहौर आकर इस प्रसिद्ध प्रकाशक के सम्बन्ध में भी उसका भरम खुल गया था और यद्यपि लोहारी दरवाज़े के अन्दर थोड़ी ही दूर पर बाईं ओर को उनकी दुकान थी और पण्डित रत्न के साथ घूमता हुआ वह प्रायः उसके सामने से गुज़रता था, लेकिन एक बार भी उसके मन में उसके अन्दर जाने की इच्छा नहीं हुई थी।

सो, चेतन जब अपने कहानी-संग्रह का मसौदा और पत्र-पत्रिकाओं में छपी कहानियों के तराशों की फाइल बगल में दबाए कृष्णा गली से निकला तो उसके मन में इन तीनों प्रसिद्ध प्रकाशकों में से किसी के यहां जाने का खयाल नहीं था। उसकी मंज़िल 'चमन बुक डिपो' थी और उसका सहज ज्ञान कह रहा था कि यदि वह टैक्ट से काम लेगा तो उसका काम निश्चय ही बन जाएगा।

'चमन बुक डिपो' नई-नई खुली थी। चेतन ने 'चमन बुक डिपो' अमृतसर का नाम सुन रखा था। वहां से प्रकाशित एक-दो पुस्तकें भी देखी थीं, जो बहुत अच्छी छपी थीं। कभी-कभी वह उसके प्रोप्राइटर से मिलने के लिए अमृतसर जाने की भी सोचा करता था। उस बोर्ड को देखकर एक दिन उसने पण्डित रत्न से पूछा था कि क्या यह नई दुकान 'चमन बुक डिपो' अमृतसर की ब्रांच है? तब पण्डितजी ने बताया था कि नहीं, लाला चमनलाल अपनी दुकान अमृतसर से उठाकर राजधानी में ले आए हैं। तब लाला चमनलाल से राह-रस्म बढ़ाने के पहले चेतन दो-चार बार यूं ही दुकान के आगे

से गुज़रा था। हर बार उसने कमीज़-पायजामा पहने, सिर पर गोल क्रिस्टी टोपी लगाए, शक्ल ही से लाला दीखने वाले एक तीस-पैंतीस वर्ष के गोरे-चिट्टे बबुआ-से व्यक्ति को वहां बैठे देखा था, और जब उसे मालूम हुआ था कि ये ही लाला चमनलाल हैं तो उसके सहज ज्ञान ने उससे कहा था कि दाल यहां गल सकती है।

चेतन घोर परिश्रमी, प्रबल महत्त्वाकांक्षी और इस्पाती इच्छा-शक्ति का स्वामी था—इसपर भी सहज विश्वासी, भावुक और भावप्रवण। उसके पिता ने अपनी तमाम मद्यपता, बेपरवाही और अत्याचारों के बावजूद अपने इस लड़के को बड़े-बड़े सपने देखना और उन्हें पूरा करने के लिए अथक परिश्रम करना सिखा दिया था। लेकिन इन तमाम गुणों के अलावा एक गुण उसे प्रकृति से मिला था और वह था—जाम ही से विकसित उसका सहज ज्ञान। किसी सुबह यदि अचानक उसके मन में कोई इरादा उठता अथवा कोई काम करने का उद्रेक होता तो यदि वह सुस्ती न कर जाता और उस काम को पूरा करने का बीड़ा उठा लेता (और वह प्रायः ऐसा करता) तो हमेशा उस इरादे में अथवा उस काम में उसे सफलता मिलती।

चमनलाल को देखते ही उसके मन ने कहा था, यह व्यक्ति प्रकाशक होते हुए भी भोला है। तब चेतन ने दुकान में जाकर अपना परिचय दिया था और लाला चमनलाल से राह-रस्म बढ़ा ली थी। दिन में एक न एक बार जब वह उधर से गुज़रता तो चमनलाल से मिलना न भूलता और यद्यपि इस बीच उसने 'चमन बुक डिपो' की दो पुस्तकों के प्रूफ पढ़ दिए थे—बिना एक भी पैसा लिए—लेकिन अपने कहानी-संग्रह का ज़िक्र तक न किया था। हां, मन ही मन उसने योजना बना ली थी कि मामला कैसे पटाएगा।

यह ठीक है कि कविराज रामदास ने उसके कहानी-संग्रह के प्रकाशन में सहयोग देने का वचन दिया था, लेकिन कविराज का जो यथार्थ रूप उसने शिमला में तथा बाद में लाहौर आकर देखा था, उसने उसके अन्तर् में किसी पवित्र चीज़ को हमेशा-हमेशा के लिए तोड़ दिया था। उसका सहज विश्वासी मन उनके प्रति अनायास शंका से भर उठा था—शंका से और क्रोध से—और उसने तय किया था कि वह अपना कहानी-संग्रह छपवाने में उनसे किसी तरह की सहायता नहीं लेगा; पर उसका संग्रह सचमुच अनछपा रह

जाएगा, इसका चेतन को पल-भर के लिए भी विश्वास नहीं था। उसी क्षण से उसका अवचेतन मन इस समस्या पर सोचने लगा था। प्रकट अपनी घरेलू परेशानियों में उलझा, भाभी की बीमारी का इलाज-उपचार करता हुआ भी वह अपने संग्रह को छपवाने के सम्बन्ध में निरन्तर सचेत था।

जिस क्षण चमनलाल को देखते ही उसके मन ने कहा था कि यहां मामला पट सकता है, तभी उसने मुन्शी चन्द्रशेखर को लिख दिया था कि यदि वे उसके संग्रह के लिए दो-तीन पृष्ठों की भूमिका लिख दें तो वह जिन्दगी-भर उनका एहसान मानेगा। उन्होंने वापसी डाक उत्तर दिया था कि वह संग्रह भेज दे, वे यथासम्भव जल्दी भूमिका लिख देंगे। उसकी तीन-चार कहानियां तो उन्होंने पढ़ रखी हैं, पर भूमिका लिखने से पहले एक नज़र उन्हें फिर से देख लेंगे। और न केवल उसने अपनी कहानियां भेज दी थीं, वरन् वे कहानियां मंगा-कर अपनी व्यस्तता में भूमिका लिखना भूल न जाएं, इस खयाल से 'फ़ज़ल बुक डिपो' के मालिक से मिलकर उनकी मासिक पत्रिका 'वीणा' और साप्ताहिक 'जागृति' की एजेन्सी उसे दिलवा दी थी।

पंजाब में हिन्दी-पत्र-पत्रिकाओं की खपत नहीं थी और जब तीन-चार दिन बाद उसने देखा कि 'जागृति' के सब अंक वैसे ही पड़े हैं तो एक शाम उसने सब अंक उठाए थे और आवाज़ लगाकर अनारकली के एक चक्कर में ही उन्हें बेच आया था। 'वीणा' की पांचों प्रतियां अपने-आप बिक गई थीं। दो सप्ताह उसने यह किया था और अपने काम की रिपोर्ट वह मुन्शी चन्द्रशेखर को भेजना नहीं भूला और यों महीने-भर के अन्दर उसने अपने कहानी-संग्रह पर उनसे भूमिका लिखवा ली थी।··· घर से निकलते वक्त उसकी बगल में जो मसौदा था, उसमें लाइनदार कागज़ों पर बड़े ही सुन्दर अक्षरों में लिखी कहानियों के ऊपर 'वीणा' के लेटरपैड के डेढ़ पृष्ठ पर मुन्शी चन्द्रशेखर के हाथ से लिखी हुई भूमिका थी, जिसके सिलसिले में उसने शब्द गिनकर देख लिए थे कि पुस्तक के पूरे तीन पृष्ठों पर आएगी।

यद्यपि इस बीच उसने चमन भाई को (उसने चन्द मुलाकातों ही में उनसे यह रिश्ता कायम कर लिया था) अपनी साहित्यिक सरगर्मियों के सिलसिले में बता रखा था, पर सावधानी के लिए उसने साथ में वह फाइल भी ले ली थी, जिसमें उसने अपनी तमाम

प्रकाशित रचनाओं के तराशे लगा रखे थे। चेतन जानता था कि सुनकर जिस बात का विश्वास नहीं होता, आंखों से देखकर तत्काल उसपर विश्वास हो जाता है। उसे यकीन था कि जब लाला चमन-लाल स्वयं अपनी आंखों से देखेंगे कि उसकी कहानियां दैनिक पत्रों के रविवासरीय अंकों और साप्ताहिकों में ही नहीं छपीं, बल्कि महाशय देवदर्शन के 'मन्दिर' तक में स्थान पा चुकी हैं तो निश्चय ही उनपर रोब पड़ेगा और जब वह मुन्शी चन्द्रशेखर की अपनी लेखनी में लिखी भूमिका दिखाएगा तो फिर लाला चमनलाल को पटा लेना कठिन न रहेगा।

'मन्दिर' उच्चकोटि का मासिक था और महाशय देवदर्शन पंजाब के मुन्शी चन्द्रशेखर कहलाते थे और चेतन को 'मन्दिर' में छपी तीनों कहानियों का बड़ा मान था। सच्ची बात यह है कि उन्हींमें से एक को लेकर मुन्शी चन्द्रशेखर से उसका पत्र-व्यवहार शुरू हुआ था। हुआ यह कि 'मन्दिर' में छपी उसकी एक कहानी पर फोर्मन क्रिश्चियन कॉलेज की दो लड़कियों ने आपत्ति की कि वह कहानी अश्लील है और 'मन्दिर' में छपने योग्य नहीं। महाशय देवदर्शन ने अगले ही अंक में कहानी की प्रशंसा की, लेकिन चेतन की तसल्ली नहीं हुई। उसने एक पत्र मुन्शी चन्द्रशेखर को लिखा। चेतन को ज़रा भी विश्वास नहीं था कि उसके पत्र का कभी उत्तर मिलेगा, लेकिन जब वापसी डाक उसे मुन्शी चन्द्रशेखर का एक कार्ड मिला, जिसमें न केवल उन्होंने उसकी दोनों कहानियों-क तारीफ की थी, बल्कि यह भी लिखा था कि वे तो उसे कोई कोहनी मश्क अदीब[1] समझते थे और कहानी की प्रशंसा करते हुए अन्त में लिखा था—'मेरे खयाल में कोई नई चीज़ कहने से कहीं बेह-तर है कि फितरत[2] का सच्चा खाका खींच दिया जाए।' तो उसे अपनी आंखों पर विश्वास न आया था। डाकिये से पत्र लेने के बाद वहीं खड़ा-खड़ा वह कई बार कार्ड पढ़ गया था। मुन्शीजी के कार्ड का एक-एक वाक्य उसके कानों में गूंज रहा था। कुछ भी करना उसके लिए असम्भव हो गया था। तब उसने साइकल उठाई थी और लाहौर के तूल-अर्ज़ में अपने तमाम मित्र-परिचितों को मुन्शीजी का पत्र कुछ इस अन्दाज़ में दिखाता फिरा था, जिसके बारे में ग़ालिब ने लिखा है :

---

1. प्रौढ़ लेखक 2. प्रकृति

कोई पूछे कि यह क्या है तो छुपाए न बने।

मुन्शी चन्द्रशेखर की इस प्रशंसा पर उसने उन्हें धन्यवाद दिया था और अपनी आगामी कहानियों के सिलसिले में उनका पथ-निर्देश चाहा था। और इसके बाद मुन्शीजी के साथ निरन्तर चलते रहने वाले पत्र-व्यवहार का यह परिणाम हुआ था कि न केवल उन्होंने उसके कहानी-संग्रह की भूमिका लिखना स्वीकार किया था, वरन् सचमुच लिख भी दी थी।

चेतन की बगल में अपनी कहानियों के मसौदे पर सबसे ऊपर मुन्शी चन्द्रशेखर की भूमिका थी; फिर हर कहानी का सार उसने एक-एक ऐसे गद्य गीत में दिया था, जो न सिर्फ अपने में एक छोटी-सी कहानी था, वरन् जिसे कहानी के फ्लाई लीफ पर दिया गया था और जो उस कहानी का सार भी प्रस्तुत करता था। उसने अपनी कहानियों के ये गद्य गीत इतने परिचितों-अपरिचितों को सुनाए थे कि उसी तरह वे उसे कण्ठस्थ हो गए थे, जैसे कभी अपने पंजाबी बैत और उर्दू गज़लें बार-बार सुनाने पर उसे याद हो जाती थीं।

वह कृष्णा गली से निकलकर शाह आलमी से होता हुआ शीतला मन्दिर के पास से गुज़र रहा था और मन ही मन उन गद्य गीतों का चुनाव कर रहा था,—जो वह 'चमन भाई' कहाने वाले उस लाला को सुनाने की सोचता था—जो इतना मूर्ख था कि अपने पिता अथवा माता के नाम पर प्रकाशन का नाम रखने के बदले अपने ही नाम से उसे चला रहा था। 'यह भोलाभाला दिखाई देने वाला लाला कहीं घोर अहंवादी है'—चेतन ने मन ही मन कहा, वह उसे पहला ही गद्य गीत सुनाएगा, जो उसने पाठकों, आलोचकों, मित्रों और स्नेहियों को सम्बोधित करते हुए लिखा है और उसके अर्थ समझाएगा और जब उसका दिल गर्म लोहे की तरह उदारता की ऊष्णता से फैल जाएगा तो वह चोट करेगा—और उसने मन ही मन वह गद्य गीत दोहराया :

प्यासा मुसाफिर तेरा दरवाज़ा खटखटा रहा है।
उसे अपने ठण्डे कमरे में बुला ले, जो
खस की टट्टियों से आने वाली हवा के कारण
जांफिज़ा और सरूर-अंगेज़ बन गया है। और

जहां बर्फ में बियर की बोतलें लगी
हैं और पानी यख[1] हो गया है।
और जहां ठण्डे शर्बत
किसी पाक दिल के नेक खयालात की तरह
खूबसूरत बोतलों में वन्द पड़े हैं।
तू उसे बुला और अगर अपनी कीमती
शराब और शर्बतों से दो बूंद नहीं दे सकता
तो तसल्ली के दो अलफाज़ के साथ
खाली पानी पिला दे। बटोही
प्यासा न रहेगा। नदी अपने पहलू में
फराख[2] दिल लिए
उसकी प्यास बुझा देगी। और
तेरा यह सामाने-राहत
मिट जाएगा। और तेरी खाली झोली
मुसाफिर की दुआ तक से महरूम[3]
आसमान की ओर ताकेगी।

चेतन मन ही मन अपने इस गद्य गीत पर झूम गया। उसे विश्वास हो गया कि इसका पर्याप्त प्रभाव लाला चमनलाल, प्रोप्राइटर 'चमन बुक डिपो' पर पड़ेगा।...

अपनी कहानियों और भूमिकास्वरूप उनके फ्लाई लीफ पर दिए गए गद्य गीतों में रमा चेतन मंजिल पर पहुंच गया था। चौखट में लगे चित्र की तरह लाला चमनलाल अपनी बुक डिपो में सजे हुए थे। चेतन ने बढ़कर 'आदाब अर्ज़ चमन भाई' कहा और उनके सामने कुर्सी पर जा डटा।

लेकिन जितनी बातें लाला चमनलाल से करने के लिए चेतन ने रास्ते-भर में सोची थीं, उनमें से वह एक भी नहीं कर पाया।

जब उसके 'आदाब' के उत्तर में खीसें निपोरते हुए 'चमन भाई' ने 'तस्लीम', 'तस्लीम' कहा तो न जाने चेतन ने उनकी आंखों में क्या देखा कि सिर को ज़रा-सा उनके निकट ले जाते हुए वे सब बातें भूलकर बड़े भेदभरे स्वर में उसने कहा, "चमन भाई, एक ज़रूरी सलाह के लिए मैं आपके पास आया हूं।"

चमन भाई की आंखें यह सम्मान पाकर एकदम फैल गईं और

1. हिम 2. उदार 3. वंचित

उन्होंने अपने सारे वजूद को जैसे उसकी सेवा में प्रस्तुत करते हुए कहा, "कहिए-कहिए, क्या हुक्म है?"

"बात यह है चमन भाई कि मुझे कहानियां लिखते हुए लगभग छ: बरस हो गए हैं और लाहौर का कोई भी रोज़नामा, हफ्तावार या माहनामा[1] ऐसा नहीं, जिसमें मेरी कहानियां न छपी हों। आप ही देखिए, (इस मरहले पर चेतन ने फाइल खोलकर अपनी कहानियों के तराशे उनके सामने रख दिए और एक-एक को उलटकर दिखाते हुए बोला :) कोई भी ऐसा अहं पर्चा नहीं, जिसमें मेरे अफसाने नहीं छपे, लेकिन आज तक मेरा एक भी मजमूआ मंजुरे-आम पर नहीं आया।"[2]

लाला चमनलाल की आंखों में शंका की हल्की-सी सिकुड़न पैदा हुई कि चेतन कहीं उन्हींसे तो संग्रह छापने को नहीं कहने जा रहा। चेतन ने उस शंका को लक्ष्य किया और उसने बिना रुके अपनी बात आगे बढ़ाई।

"मैं कविराज रामदास के साथ इस बार शिमला गया था। मुझपर उनकी बड़ी इनायत[3] है। उनके लिए मैंने बच्चों की देख-रेख पर किताब लिखी है। उन्होंने मुझपर ज़ोर दिया कि मैं अपने चुने हुए अफसानों का एक मजमूआ तरतीब दूं और वे उसे छपवा देंगे।"

यहां चेतन क्षण-भर को रुका कि यह बात लाला चमनलाल के उस ठस्स दिमाग में घर कर जाए। फिर बोला, "आप तो जानते हैं कि कविराज अपने दवाखाने से एक माहनामा निकालने लगे हैं, जिसमें उन्होंने कुछ सफहात[4] अदब के लिए भी वक्फ[5] कर रखे हैं और उस सिलसिले में मैं ही उनकी मदद करता हूं। छोटे-छोटे अफसाने और मज़मून लिखता हूं। कविराज को मेरे मज़मून और अफसाने बेहद पसन्द हैं। उन्होंने पिछले महीने यह पेशकश की कि वे कागज़ ले देंगे और मजमूआ[6] छपवाने में मेरी मदद करेंगे। बदले में उतने की किताबें मैं उन्हें दे दूंगा। वे अपने पर्चे के नये ग्राहकों को इनाम के तौर पर अपने 'विवाहित आनन्द' और मेरी कहानियों के मजमूए की एक-एक किताब देंगे।"

चेतन फिर यहां क्षण-भर रुका। तब अपने स्वर को कुछ और

1. मासिक पत्रिका 2. एक भी संकलन आम लोगों के देखने में नहीं आया। 3. कृपा 4. पृष्ठ 5. नियत 6. संग्रह

धीमा करके उसने कहा, 'अब मेरे सामने मसला यह है चमन भाई कि अपने रुपये के बदले वे तो किताबें ले लेंगे और अपने ग्राहकों में बांट देंगे। मैं उन छपी हुई किताबों का क्या करूंगा? (और इससे पहले कि चमन भाई कुछ कहें, उसने आगे कहा) यूं मैं जानता हूं कि मैं आपको दे दूंगा तो आप मेरा खर्च और रॉयल्टी निकाल ही देंगे, लेकिन जो बात मेरे मन में खटकती है, वह यह है कि जो किताब मुफ्त बंटती है, उसकी कोई अहमियत नहीं रह जाती।"

"हां, यह तो आप ठीक कहते हैं।" चमन भाई ने कहा।

"अब मेरे चुने हुए अफसानों की किताब है। इसमें तीन तो महाशय देवदर्शन के 'मन्दिर' ही में छपे हैं, जिनमें पहले ही पर खूब हंगामा मचा है।"

और चेतन ने फाइल खोलकर न केवल फोर्मन क्रिश्चियन कॉलेज की लड़कियों का पत्र पढ़कर सुनाया, वरन् महाशय देवदर्शन का नोट और मुन्शीजी का कार्ड भी उन्हें दिखाया।

सहसा चमनलाल की आंखें फैल गईं, "मुन्शीजी ने कहानी की तारीफ की है?"

"पढ़ लीजिए।" और चेतन ने फाइल अपनी ओर करके पूरा कार्ड चमनलाल को पढ़कर सुनाया। फिर बोला, "यही नहीं, तब से मुन्शीजी के साथ बाकायदा मेरी खतो-किताबत है। महाशय देवदर्शन ने मेरी कहानियों की सिफारिश 'लखनपाल ब्रदर्ज़' से की थी। उन्होंने कहा कि अगर महाशय देवदर्शन या मुन्शीजी उसका दीबाचः[1] लिख दें तो वे छाप देंगे और 15 प्रतिशत रॉयल्टी देंगे।'

वह क्षण-भर चुप रहा। फिर उसने कहा, "महाशयजी तो चाहते ही थे कि भूमिका लिखें, मैं एक बार कहता तो वे लिख देते, पर मैं मुन्शीजी को लिख चुका था।"

"क्या मुन्शीजी भूमिका लिखने को तैयार हो गए हैं?" लाला चमनलाल ने उत्साह से कहा। प्रकट ही चेतन की योजना सफल हो रही थी और उसके कहानी-संग्रह में लाला चमनलाल की दिलचस्पी बढ़ रही थी।

"लिखने को तैयार होने की बात नहीं," चेतन ने सोल्लास कहा, "उन्होंने लिख दी है और हक यह है कि बहुत अच्छी लिखी है, लेकिन मेरे मन में शक पैदा हो गया है और इसीलिए मैं आपसे

1. भूमिका

राय लेने आया हूं।"

और यहां चेतन ने लखनपाल ब्रदर्ज़ का वह किस्सा सुनाया, जो उसने कभी महाशय देवदर्शन से सुना था कि कैसे उन्होंने एक भी पैसा दिए बिना तुर्गनेव के उपन्यास का अनुवाद बानगी-बानगी ही में करवा लिया था।

"जो प्रकाशक इतना बददयानत है चमन भाई, उसके यहां अपनी किताब देने को मेरा जी नहीं होता। मुझे रॉयल्टी की फिक्र नहीं, पर कोई कहे कि रॉयल्टी देंगे और न दे तो मैं उसे ज़िन्दगी-भर माफ नहीं कर सकता।"

"ज़रा मुन्शीजी का दीबाच: तो दिखाइए!" लाला चमनलाल ने कहा।

"उन्होंने इसपर उन्वान[1] दिया है—तआरुफ[2]।" चेतन ने कहा और फाइल लाला चमनलाल के आगे कर दी। लाला चमनलाल भूमिका पढ़ने लगे। ज्यों-ज्यों उनकी निगाहें सतरों पर फिसलती जातीं, चेतन के सामने वे शब्द, वाक्य और पंक्तियां मूर्तिमान होती जातीं। मुन्शीजी के पत्र की तरह उनकी भूमिका भी उसे कण्ठस्थ थी।

चेतन नया कथाकार था। उसकी कहानियों में न वह प्रभाव था, न वे सारे गुण, जो मुन्शीजी ने प्रभाव के अंग बताए थे। उन्होंने लिख दिया था तो उसे अपनी कहानियों के इन गुणों में पूरा यकीन हो गया था। भूमिका पढ़ते हुए चमनलाल की आंखों में जो भाव पैदा हो रहे थे, वह पूरी एकाग्रता से मन ही मन उनका विश्लेषण कर रहा था। उसे लगा कि भूमिका को पढ़ते हुए चमनलाल पर पर्याप्त प्रभाव पड़ रहा है।

कहानियों के हर गुण—तासीर याने प्रभाव की व्याख्या करके और चेतन के कथाकार की प्रशंसा करते हुए मुन्शीजी ने एक-एक कहानी के गुण बताए थे। उनकी याद करके सहसा चेतन के मन में थोड़ी-सी चुभन हुई। अपने पहले कार्ड में जिन दोनों कहानियों की प्रशंसा मुन्शीजी ने की थी और लिखा था कि वे मानव-स्वभाव का सच्चा खाका खींचती हैं, उन्हींकी आलोचना उन्होंने भूमिका में कर रखी थी। 'मन्दिर' में छपने वाली पहली कहानी के बारे में उन्होंने लिखा था कि उसमें यथार्थता तो है, पर उनके विचार में लेखक ने

1. शीर्षक 2. परिचय

उसे 'बेदर्दी से, कहा जाए कि बेज़रूरत रौंद डाला है। जिस कहानी का अन्त उस यथार्थता की सुखद स्वीकृति में होना चाहिए था, उसे दुखद दुर्घटना बना दिया गया है', और दूसरी कहानी के बारे में उन्होंने लिखा था कि 'उसमें एक दुश्चरित्र और पत्थर-दिल पति की आत्मा तो है, पर आवश्यकता से कहीं ज़्यादा भयानक और डरावनी; कि यथार्थ जगत् में पश्चात्ताप का कोई मोल भले ही न हो, पर कहानी के जगत् में हम उसे असफल नहीं देखना चाहते!'

प्रकट ही मुन्शीजी ने जब पहला कार्ड लिखा था तो नये लेखक का प्रोत्साहन उनका ध्येय था, पर जब भूमिका की ज़िम्मेदारी उन्हें निभानी पड़ी तो जिन कहानियों की उन्होंने प्रशंसा की थी, उनकी एक-एक त्रुटि भी उन्होंने दिखा दी।

लेकिन चेतन उस उम्र से गुज़र रहा था, जब नये लेखक को आलोचना सह्य नहीं होती। जब उसकी अनुभवहीनता और आत्म-विश्वास की कमी उसे मरकहे बछेरे ऐसा बना देती है और वह पुट्ठे पर हाथ नहीं रखने देता। चेतन ने मन ही मन तय कर लिया था कि यदि उसके कहानी-संग्रह की छपाई का डौल कहीं बैठा तो वह 'तासीर', 'हफ़ीज़' जालन्धरी, 'तबस्सुम', हरिचन्द 'अख्तर' अथवा किसी अन्य सशक्त कवि अथवा आलोचक से उन दोनों कहानियों के सिलसिले में अपने पक्ष का समर्थन करवाएगा। कोई तैयार न हुआ तो वह पण्डित रत्न ही से कहेगा कि इस सन्दर्भ में कुछ पंक्तियां लिख दें।

लाला चमनलाल जब भूमिका पढ़ रहे थे तो चेतन को भय था कि मुन्शीजी के कार्ड की पंक्तियां और भूमिका की पंक्तियों में उन्हें कुछ विसंगति लगेगी, लेकिन जब लाला ने भूमिका पढ़कर फाइल उसकी ओर बढ़ाई तो उनके चेहरे पर किसी तरह की शंका अथवा शुबहे का आभास न था। तब चेतन ने स्वयं ही कहा, "मुन्शीजी ने उन्हीं दो कहानियों की तनकीद[1] की है, अपने कार्ड में उन्होंने जिनकी तारीफ की थी। शायद दीबाचः लिखते वक्त उन्हें लगा कि एकदम नये लेखक की उन्हें इतनी तारीफ नहीं करनी चाहिए, इसलिए उन्होंने वहां भी खामियां दिखा दीं, जहां वे नहीं हैं। मैंने ये कहानियां अपने चन्द दोस्तों को सुनाई हैं और मेरे दोस्त उर्दू के मशहूर अदीब और शायर हैं। उनका खयाल है कि वे एक-

1. आलोचना

दम मुकम्मल हैं। मजमूए के छपने की बात तय हो जाए तो मैं इस-पर एक और मज़मून लिखवाऊंगा, जिनमें इन शाहकार (मास्टर-पीस) कहानियों पर मुफस्सल[1] बहस रहेगी।"

लेकिन लाला चमनलाल ने जैसे चेतन की कोई बात नहीं सुनी, क्योंकि जब वे बोले तो जो बात उन्होंने की, उसमें चेतन की कहानियों अथवा मुन्शीजी की भूमिका का कहीं ज़िक्र नहीं था। उन्होंने बताया कि जब अपने वालिदे-बुज़ुर्गवार[2] से उन्होंने चमन बुक डिपो की ज़िम्मेदारी ली थी तो उसमें कच्चा माल छपता था—जन्त्रियां, पंचांग, किस्से और धार्मिक पुस्तकें। उनके पिता ने यही सब कच्चा माल छापकर अमृतसर में बिल्डिंग खड़ी कर ली थी, जिसका तीन सौ रुपया महीना किराया उन्हें आ रहा था। लेकिन लाला चमन-लाल को शुरू से ही कुछ शे'र-ओ-शायरी का शौक था। अमृतसर के प्रसिद्ध उर्दू शायर उस्ताद सादिक के सामने उन्होंने ज़ानु-ए-तलम्मज़ तह किया[3] और ऐसी गज़लें लिखीं, जिनकी दाद सभी हमअसरों[4] ने दी (और यह सब सुनाते हुए लालाजी ने उठकर रैक से बहुत ही खूबसूरत गेटअप में आवृत्त एक पुस्तक चेतन के हाथ में लाकर रखी—चमनिस्तां—)। "मेरी गज़लों और नज़्मों का यह पहला मजमूआ छपा है," उन्होंने कहा, "जिसकी तमहीद[5] हज़रत नूह नारवी ने लिखी है और दीबाचः सीमाब अकबराबादी ने!"

चेतन ने कहा कि उसने यह मजमूआ देख रखा है और इसीसे प्रभावित होकर वह उनकी ओर आकर्षित हुआ था (मन में उसने कहा कि उसकी लिखाई-छपाई, कागज़ और गेटअप के कारण ही वह प्रभावित हुआ था, वरना गज़लें तो जैसी हैं, वैसी ही हैं और शायर से पारिश्रमिक लेकर ही उनकी दाद दी जा सकती है—पर अपने ये भाव उसने अपने चेहरे पर नहीं आने दिए और लाला चमनलाल प्रसन्न हो गए)।

"पिताजी की वफात[6] के बाद जब मैंने चमन बुक डिपो का काम संभाला," लाला चमनलाल ने गर्व-स्फीत स्वर में कहा, "तो मैंने यह तय किया कि जन्त्री-फन्त्री, पंचांग-वंचांग और रद्दी किस्से छापने के बजाय मैं ऊंचे दर्जे का अदब छापूंगा और उर्दू पब्लिशिंग में एक

---

1. सविस्तार 2. समादरणीय पिता 3. शागिर्दी का घुटना टेका 4. सम-कालीनों 5. भूमिका 6. देहान्त

इन्कलाब बरपा कर दूंगा।"

चेतन ने दाद देते हुए कहा कि उन जैसे दो-एक पब्लिशर मैदान में आ जाएं तो उर्दू पुस्तकों के प्रचार-प्रसार में अभूतपूर्व उन्नति हो। यह उन्होंने अच्छा किया कि अपने प्रकाशन को अमृतसर से लाहौर ले आए। उनके लिए उचित मैदान यहीं है।

और तब सहसा लीला चमनलाल ने वह बात कही, जिसकी प्रतीक्षा चेतन इतनी देर से कर रहा था। उन्होंने कहा, "अपने लखनपाल ब्रदर्ज़ से बात कर ली है, वरना आप चाहते तो आपका यह मजमूआ मैं छाप देता।"

सहसा चेतन का दिल ज़ोर से धड़क उठा। उसके हृदय का रक्त उसके चेहरे की ओर दौड़ चला, लेकिन पूरे संयम से अपनी प्रसन्नता पर अधिकार पाकर, अपने शब्दों को अतिरिक्त उल्लास से बचाते और इस प्रयास में स्वर को और भी धीमा करते हुए उसने कहा, "चमन भाई, आप मेरी किताब छापें तो इससे बढ़कर खुशी की बात मेरे लिए और क्या हो सकती है! मैंने तो जब से आपको देखा है, आपकी शख्सियत[1] से मुतासिर[2] हुआ हूं और आपके हुस्ने-सुलूक[3] ने तो मेरा मन मोह लिया है। लखनपाल ब्रदर्ज़ की बात महाशय देवदर्शन ने कही थी और सच्ची बात है कि मेरा मन भी था, पर उनकी बददयानती की बात सुनकर मेरा हौसला पस्त हो गया है। मुझे रॉयल्टी-वॉयल्टी की फिक्र नहीं। नौकरी मेरी लग गई है, काम चलने लगा है। बस, आप किताब बढ़िया छाप दीजिए..."

"उस तरफ से आप निशाखातिर रहें। मैं इसका गेटअप इतना बढ़िया दूंगा कि आपकी और आपके दोस्तों की तबीयत खुश हो जाएगी। डस्ट-कवर बढ़िया आर्टिस्ट से बनवाऊंगा और इसरार कदीमी प्रेस में छपने को दूंगा। लेकिन रॉयल्टी का आप ज़रूर तय कर लीजिए। मैं अपने किसी दोस्त को शिकायत का मौका नहीं देना चाहता। पन्द्रह नहीं, मैं दस फीसदी रॉयल्टी दूंगा, लेकिन जो कहता हूं, वह दूंगा ज़रूर!"

"अरे चमन भाई, आप इसकी फिक्र न करें।" चेतन का सारा तनाव खत्म हो गया और वह ढीला होकर कुर्सी पर पीछे को पसर गया। "रॉयल्टी के खाते में मुझे अपने यहां की कुछ किताबें दे

---

1. व्यक्तित्व 2. प्रभावित 3. सद्व्यवहार

दीजिएगा। यदि एक फीरोज़ल्लगात[1] दे दें तो क्या बात है! उर्दू डिक्शनरी की मुझे बड़ी ज़रूरत है। रही बाकी पैसों की बात, तो आप उतने की मेरी ही किताब की कॉपियां दे दीजिएगा। वादा करता हूं कि बेचूंगा नहीं, न ऐसे दोस्तों में बांटूंगा, जो किताब खरीद सकते हैं।"

"नहीं-नहीं, आप बेच भी सकते हैं, मुझे इसमें कोई एतराज़ नहीं। किताबें लेना चाहें, किताबें ले लीजिएगा; रॉयल्टी लेना चाहें, रॉयल्टी।"

और औदार्य की परम अनुभूति के साथ फूलकर लाला चमन-लाल भी कुर्सी पर फैल गए।

"तो यह बात पक्की हो गई?" चेतन ने उठकर हाथ बढ़ाते हुए कहा, "मैं अपने दोस्तों को बता दूं—पण्डित रत्न और महाशय देवदर्शन चाहते हैं कि मेरे अफसानों का मजमूआ जितनी जल्दी हो, छप जाए।"

लाला चमनलाल ने अपना हाथ उसके हाथ पर रख दिया। "आप शौक से ऐलान कर दीजिए। आप मसौदा मुझे दीजिए, मैं आज ही कातिब के हवाले करता हूं।"

"लेकिन मैं चाहता था, मुन्शीजी के 'तआरुफ' के साथ एक तमहीद (भूमिका) भी रहे।" चेतन ने कहा, "मैं पंडित रत्न, तबस्सुम साहब, अख्तर साहब—किसीसे भी लिखवा लूंगा। थोड़ा वक्त लगेगा। जब आप छापने ही लगे हैं तो ज़रा ढंग से छपे।"

"उस सबके लिए कुछ वरक छोड़ देते हैं और कहानियों की किताबत शुरू करा देते हैं। आपके पास अपनी कहानियों के तराशे तो हैं ही। उनकी मदद से आप तमहीद लिखवा लीजिए।"

चेतन ने मसौदा चमन भाई की ओर बढ़ा दिया और उठा, "अच्छा, तो अब इजाज़त दीजिए। आज ही से मैं इसकी तमहीद के पीछे पड़ता हूं और इंशाअल्लाह हफ्ते-पखवाड़े में लिखवा लूंगा।"

चमन भाई ने उसके बढ़े हुए हाथ को बड़े तपाक से अपने दोनों हाथों में दबा लिया। उनके हाथ को आभार से दबाकर और हिला-कर चेतन पलटा और दुकान की सीढ़ियां उतर आया।

---

1. उर्दू शब्दकोश

12

चेतन जब दफ्तर के बाद रात को घर पहुंचा तो उसे तत्काल नींद नहीं आई। यद्यपि रात का तीसरा पहर शुरू हो चुका था, लेकिन गर्मी और उमस में ज़रा भी कमी न आई थी। इसके अलावा चेतन के दिमाग को दिन-भर के इम्प्रेशन घेरे हुए थे। वह इस बीच दो बार उठकर पानी पी चुका था। जब दिन ने रात में भी उसका पीछा न छोड़ा तो वह चुपचाप उठा। तकिये के नीचे से उसने चाबी उठाई और डेवढ़ी में जाकर बैठक का दरवाज़ा खोला। उसकी पत्नी गर्मी के बावजूद आंगन में बेसुध सोई थी। एक नज़र उसपर डालकर वह बैठक में चला गया। कमरा बेहद गर्म था। उसने बत्ती जलाई। तहमद के उलटे छोर से गर्दन और सीने का पसीना पोंछा। फिर वह मेज़-कुर्सी पर बैठ गया और अपनी छपी हुई उर्दू कहानियों के तराशों की फाइल उसने निकाली। उसमें से अपनी ताज़ी लिखी और काफी पसन्द की जाने वाली कहानी—'कुर्बानगाहे-इश्क' छांटी। सामने पड़ी तख्ती पर कागज़ लगाए। पसीने से सीज न जाएं और सियाही फैलने न लगे, इस खयाल से उसने कलाई के नीचे एक साफ मोटा कागज़ रखा और एकाग्रचित्त होकर कहानी का अनुवाद करने लगा।

वह कहानी उसे विशेष प्रिय थी। उसकी थीम और उसके निभाव पर वह मुग्ध था। कहानी नितान्त रूमानी, अयथार्थ और काल्पनिक थी। लेकिन पण्डित रत्न वैसी ही कहानियां 'स्ट्रैण्ड', 'कोलियर्ज़ वीकली', 'ट्रू स्टोरीज़' आदि अंग्रेज़ी पत्र-पत्रिकाओं से रूपान्तरित करते थे और उन्होंने इसकी थीम की खूब दाद दी थी। जब उसने लिखी थी और उन्हें सुनाई थी तो वह उन्हें इतनी पसन्द आई थी कि उन्होंने 'बहार' के सम्पादक महाशय धर्मचन्द से उसे छापने की विशेष सिफारिश की थी और स्वयं सम्पादक की ओर से कहानी पर विशेष नोट दिया था। कहानी इतनी लोकप्रिय हुई थी कि दो-तीन स्थानीय तथा निकटस्थ नगरों की पत्र-पत्रिकाओं में भी उद्धरित हुई थी और चेतन अपनी उस कहानी को न केवल मास्टरपीस समझता था, वरन् उसे विश्व-साहित्य की कोटि की गिनता था।

चेतन एक घण्टे तक बिना रुके कहानी का अनुवाद करता

रहा। उसे उर्दू से हिन्दी अनुवाद करने में खासी कठिनाई पेश आ रही थी। चूंकि उर्दू का उसे अभ्यास हो गया था, इसलिए उसकी उर्दू खासी मुश्किल थी। कठिन उर्दू शब्दों के उपयुक्त हिन्दी पर्याय उसे मिल नहीं रहे थे। फिर हिन्दी लिखने का उसे ज़रा भी अभ्यास न था। कई शब्दों के सन्दर्भ में उसके मन में शंका थी कि शायद वह हिज्जे ठीक नहीं लिख रहा, पर वह रुका नहीं। बराबर अनुवाद करता रहा। जहां उसे हिन्दी शब्द नहीं सूझा, उसने उर्दू ही रहने दिया। हिज्जों के लिए उसने शब्दकोश नहीं देखा (उसके पास था भी नहीं)। वह बिना रुके निरन्तर लिखता गया। लगभग एक घंटा अनुवाद करने के बाद उसे लगा कि उसका दिमाग एकदम खाली हो गया है। उसकी आंखें झपने लगीं। वह उठा। उसने बत्ती बन्द की। कमरे को ताला लगाया और सुराही से पानी का गिलास पीकर अपने बिस्तर पर जा लेटा। दूसरे क्षण वह गहरी नींद सो गया।

सवेरे उठा तो सबसे पहले उसे खयाल आया कि अपनी कहानियों के तराशों की फाइल लेकर चातकजी के पास जाए, उन्हें उर्दू में छपी अपनी दो-तीन बढ़िया कहानियां सुनाए और पूछे कि अनुवाद के लिए उसने जो कहानी चुनी है, वह हिन्दी के लिए उपयुक्त है या नहीं; लेकिन फिर क्षण-भर सोचकर उसने तय किया कि वह उस कहानी को हिन्दी में परिवर्तित करके ही चातकजी के पास जाएगा। वह उन्हें पहले दो-तीन उर्दू कहानियां ही सुनाएगा और यदि उन्होंने भी 'कुर्बानगाहे-इश्क' ही पसन्द की और उसे हिन्दी में अनूदित करने का परामर्श दिया तो वह दूसरी फाइल से अनुवाद निकालकर उन्हें दे देगा कि ज़रा इसकी हिन्दी ठीक कर दीजिए, बहुत गलतियां हुई हों तो वह उसे पुनः कॉपी करके उन्हें दे जाएगा और कहेगा कि यदि वे 'मंजरी' के ताज़ा अंक में उसे छाप देंगे तो वह अत्यन्त आभारी होगा।

यह ठीक है कि मुन्शी चन्द्रशेखर ने उससे हिन्दी में कहानियां मांगी थीं, पर वह उन्हें तब कहानी भेजना चाहता था, जब उसे हिन्दी में लिखना अथवा अच्छी तरह अनुवाद करना आ जाए। 'मंजरी' का अंक उसने अनारकली के चौरस्ते पर 'फजल बुक डिपो' में देखा था। सुन्दर कागज़, बढ़िया टाइप, निर्दोष छपाई और आकर्षक मुखपृष्ठ। सामग्री का चयन देखकर उसे हिन्दी की प्रमुख

हिन्दी मासिक पत्रिकाओं की याद हो आई थी। यदि उसकी कहानी 'मंजरी' में छप जाए तो कितना अच्छा हो! 'चातकजी प्रेमी जीव हैं, उसने सोचा, 'मेरी इस प्रेम-कहानी को वे खूब पसन्द करेंगे।'···और नित्य कर्म से निबट, लस्सी का गिलास पीकर, वह मेज़ पर बैठ गया और एक-डेढ़ बजे तक उसने पूरी की पूरी कहानी हिन्दी में कर डाली। फिर उसने स्नान किया। चन्दा खाना पकाकर रख गई थी। उसने खाना खाकर पतली लस्सी का डेढ़ गिलास पिया और बैठक में ज़मीन पर चटाई बिछाकर सो गया।

पत्नी के पैरों की चाप के साथ ही वह उठा। चन्दा ने मुंह-हाथ धोकर दूध की लस्सी बनाई। पीकर उसने चन्दा को अपनी कारगुज़ारी सुनाई और बोला, "मैं यह सोचता हूं कि यदि बहन कृपालदेवी मेरी कहानी के हिन्दी हिज्जों की गलतियां ठीक कर दें तो मैं उसे फिर से साफ लिखकर चातकजी के पास ले जाऊं। हिन्दी शब्दों की गलतियां तो वे सुधार देंगे, पर यदि उन्हें हिज्जे भी ठीक करने पड़े तो शायद उन्हें उलझन हो और मेरी कहानी पड़ी ही रह जाए।"

"जैसा आप कहें," चन्दा ने कहा, "मैं कल इसे ले जाऊंगी।"

लेकिन चेतन को इतनी ताब कहां! उसने कहा, "तुम नहाकर कपड़े बदल लो, अभी दे आते हैं। मैं स्वयं इस सिलसिले में उनके यहां जाऊंगा तो उनपर और भी असर पड़ेगा। हो सकता है, वे इसे आज ही देख रखें। तब तुम कल उनसे ले आना। मैं परसों कहानी लेकर चातकजी से मिलने जाऊंगा। यदि वह 'मंजरी' के ताज़ा अंक में छप जाए तो क्या बात है!"

और जैसे उसकी कहानी सचमुच 'मंजरी' में छप रही हो, वह उत्साह से कमरे में घूमने लगा और बिना किसी चेतावनी के उसने खुली खिड़कियों और खुले दरवाज़े अपनी पत्नी को बांहों में भरकर चूम लिया, "मेरी जान, तुम जल्दी तैयार हो जाओ। अभी चलते हैं और यह काम निबटा आते हैं।"

चन्दा सिर से पैर तक लाल हो आई, पर उसने न कोई विरोध किया, न अपने पति को इस बदतमीज़ी पर डांटा। वह चुपचाप तैयार होने चली गई।

जब वह अपनी पत्नी के साथ बहन कृपालदेवी के घर पहुंचा तो वे अपने सुरुचिपूर्ण ड्राइंगरूम में कोच पर अधलेटी-अधबैठी कॉपियां

देख रही थीं। चेतन के साथ चन्दा को देखकर उन्होंने समझा कि वह शायद उसकी पढ़ाई-लिखाई के बारे में पूछने आया है और बिना उसे बात करने का अवसर दिए, उन्होंने चन्दा की पीठ थप-थपाते हुए उसके सरल, हंसमुख स्वभाव और तीक्ष्ण बुद्धि की प्रशंसा की। "इसे छोटी-छोटी लड़कियों में बैठने में संकोच था," उन्होंने अपने सारे के सारे दांत दिखाते हुए कहा, "आजकल तो बालिश्त-भर की लड़कियां 'प्रभाकर' में पढ़ने आती हैं। पर मैं इसे सदा अपने निकट बैठाती हूं। मुझे तो यह बिलकुल अपनी छोटी बहन-सी लगती है।"···और उन्होंने उसे बांह में लेकर अपने साथ कोच पर बैठा लिया। चेतन सामने बैठा तो उसने अपना मन्तव्य प्रकट किया। जब उन्हें मालूम हुआ कि चेतन 'म्लेच्छ भाषा' त्याग-कर 'मातृभाषा' में लिखना चाहता है तो वे बड़ी प्रसन्न हुई।··· चेतन को उर्दू काव्य और उर्दू भाषा बड़ी अच्छी लगती थी और उर्दू के सन्दर्भ में 'म्लेच्छ भाषा' का प्रयोग बुरा लगता था, पर बहन कृपालदेवी आर्यसमाजी बाप की बेटी थीं और वह उनके मनो-विज्ञान से परिचित था, इसलिए उसने बहन कृपालदेवी के साथ किसी तरह की बहस में उलझना उचित नहीं समझा और कहा कि अपना छोटा भाई समझकर (जालन्धर के नाते इतना तो अधिकार उसका है ही) वे उसकी कहानी की हिन्दी ठीक कर दें।

"'मंजरी' के सम्पादक मेरी कहानी चाहते हैं।" उसने रद्दा जमाया, "यदि आप इसे आज ही देख दें तो मैं कल इसे फिर से कॉपी करके उन्हें दे आऊं। (यहां चेतन को खयाल आया कि जाने कहानी चातकजी को पसन्द आए न आए, वे 'मंजरी' में छापें न छापें, इसलिए उसने इतना और बढ़ा दिया) हो सकता है, उन्हें पसन्द आ जाए और वे इसे 'मंजरी' के लिए स्वीकार कर लें।"

यह कहते हुए चेतन ने कहानी का मसौदा उन्हें दिया और बोला, "हिन्दी में यही मेरी पहली कहानी है। यूं कहूं कि यही पहली कहानी मैंने उर्दू से हिन्दी में की है, क्योंकि अभी सीधे हिन्दी में लिखने के लिए मुझे बहुत अभ्यास करना होगा। मुझे हिन्दी में लिखने की आदत नहीं। इसे उर्दू से हिन्दी में करते हुए मुझे लगा है कि जो थोड़ी-बहुत हिन्दी मैंने सीखी थी, उसे भी भूल गया हूं। आप ज़रा मेरे हिज्जे ठीक कर दीजिएगा। हो सकता है, मैंने छोटी की जगह बड़ी और बड़ी की जगह छोटी मात्रा लगा दी हो।

मिश्रित अक्षरों में भी गलती हो सकती है। आपको कष्ट तो होगा, पर यदि आप मेरी दो-एक कहानियां ठीक कर देंगी तो मैं चल निकलूंगा। एक बार जो गलती आप ठीक कर देंगी, वह दोबारा नहीं होगी, इसका मैं आपको विश्वास दिलाता हूं।"

बहन कृपालदेवी ने कहानी सोत्साह ले ली और बोलीं कि उन्हें कॉपियां तो देखनी हैं, पर सोने से पहले वे उसकी कहानी एक नज़र देख लेंगी और वह कल दस के करीब उसे विद्यालय से ले ले।

तब चेतन ने कहा कि यदि किसी शब्द की जगह उन्हें अच्छा शब्द सूझे तो वह भी हाशिए में लिख दें। और वह उठा।

लेकिन बहन कृपालदेवी इतनी प्रसन्न हो गई थीं कि उन्होंने अपनी छोटी बहन को शर्बत बनाने के लिए कहा और स्वयं उठकर दो तश्तरियों में मीठा-नमकीन ले आईं। चेतन ने लाख कहा कि वे घर से लस्सी पीकर चले थे, लेकिन उन्होंने बिना नाश्ता किए उन्हें उठने नहीं दिया।

13

दूसरे दिन चेतन सुबह ज़रा जल्दी उठ गया। बहन कृपालदेवी ने दस बजे आने को कहा था। तब सहसा उसके मन में आया कि क्यों न वह पण्डित रत्न के जाए घर और अपने उर्दू कहानी-संग्रह की भूमिका के बारे में उनसे परामर्श कर आए। विचार आया कि उसे कार्यरूप में परिणत करने को वह उतावला हो उठा। जल्दी-जल्दी नित्य कर्म से निबट वह पैदल ही शीशमहल रोड की तरफ चल पड़ा। पण्डित रत्न के घर पहुंचा तो वे दफ्तर को जाने की तैयारी कर रहे थे। उनके सामने उसने सारी स्थिति रखी। पण्डितजी ने उसे सलाह दी, वह 'हफीज़', 'तासीर' और 'तबस्सुम' आदि बड़े नामों के फेर में न पड़े। वे लोग निहायत मसरूफ हैं। उसका मसौदा रख लेंगे और महीनों सनद नहीं देंगे। वे उसे पण्डित हरिचन्द 'अख्तर' के नाम चिट्ठी दे देते हैं। वे बहुत अच्छे कवि और निबन्धकार हैं। उन्हींने 'हफ़ीज़' जालन्धरी के काव्य-संग्रह की भूमिका लिखी है। वे पंजाब लेजिस्लेटिव कौंसिल के पुस्तकालयाध्यक्ष हैं। उनके पास काफी समय है। चेतन यदि उन्हें चिट्ठी दे देगा तो वे उसका काम कर देंगे।

और चेतन उनसे चिट्ठी लेकर उलटे पांव वापस फिरा। यद्यपि गर्मी में तीन-चार मील का चक्कर पैदल तय करने से वह थक गया था, पर वह घर में रुका नहीं। पत्नी उसकी विद्यालय चली गई थी। मकान-मालकिन से अपने पोर्शन की चाबियां लेकर (जिन्हें वे एक-दूसरे की अनुपस्थिति में ऊपर दे आते थे) चेतन नीचे आया। रसोईघर खोलकर उसने पानी का गिलास पिया। पण्डितजी की चिट्ठी को संभालकर दराज में रखा और कमरा बन्द करके निस्बत रोड 'कृपालदेवी विद्यालय' गया। बहन कृपालदेवी से अपनी संशोधित कहानी वापस लाया। चेतन को इस बात का सन्तोष हुआ कि उसमें गलतियां अधिक नहीं थीं। घर आकर बैठक खोल, कमीज़ और बनियान उतार, वह मेज़ पर बैठ गया। सामने उसने तख्ती रखी और कलाई के नीचे कागज़ रखकर कहानी को सुन्दर अक्षरों में साफ-साफ कॉपी करने लगा।

दो बज गए थे, जब वह अन्तिम पंक्ति लिखकर उठा। पहले उसने सोचा कि नहा-धो और खाना खाकर सो जाए, पर वह चाहता था कि उसकी कहानी यदि चातकजी को पसन्द आ जाए और वे 'मंजरी' के ताज़ा अंक में छाप दें तो उसका श्रम सफल हो जाए। इसलिए दोपहर को सोने का लोभ उसने संवरण किया। नहाकर हल्का खाना खाया, ताकि उसे नींद न आए। नये कपड़े बदले। कहानी का मसौदा और तराशों की फाइल उठाई और कमरे से बाहर निकला। वह डेवढ़ी ही में था कि उसे खयाल आया, यदि चातकजी दफ्तर में न मिले, उसकी दोपहर ही बर्बाद हो जाएगी। तब फिर बैठक का दरवाज़ा खोल उसने मेज़ की दराज से पण्डित रत्न की चिट्ठी निकाली कि चातकजी से भेंट न होगी तो वह पण्डित अख्तर के दफ्तर चला जाएगा और अपने कहानी-संग्रह की दूसरी भूमिका वाला काम निबटा आएगा।

लेकिन चेतन को यह मालूम नहीं था कि अगर वह जल्दी में है तो यह ज़रूरी नहीं कि सारी दुनिया भी जल्दी में हो। वह 'हिन्दी पुस्तक भवन' पहुंचा और उसने ऊपर 'मंजरी' के दफ्तर की ओर निगाह डाली तो खिड़की खुली थी। वह खट-खट सीढ़ियां चढ़ गया। सामने खिड़की के आगे दूध-धुली खादी के कुर्ते-धोती में सुशोभित कवि चातक मेज़-कुर्सी सजाए बैठे काम में रत थे। उसने अभिवादन

किया तो उन्होंने बैठे-बैठे और पूर्ववत् सामने रखा मसौदा देखते हुए कहा, "आओ, आओ! मैं कल ही तुम्हारी प्रतीक्षा कर रहा था। तुम आए नहीं तो मैंने समझा कि भूल गए।"

"दिन को मैं काम करता रहा," चेतन ने कहा, "रात की ड्यूटी है। दोपहर को सो जाता हूं। आज तो केवल आपसे मिलने के लिए सोने का मोह छोड़कर चला आया हूं। आपका घर देखा होता तो ऐसी शिखर-दोपहरी में नहीं आता।"

"अरे भाई," चातकजी ने मसौदे से निगाह उठाकर उसकी ओर देखा, "मेरा घर तो तुम्हारे घर के बिलकुल पास है। शाह आलमी से रत्नचन्द रोड की ओर चलो तो जहां कृष्णा गली के मकान शुरू होते हैं, वहीं दो मकान आमने-सामने बने हैं। उधर बाकी गलियों में अभी कोई मकान नहीं बना। दायें वाले मकान के ऊपर हम रहते हैं।"

"मैं आज ही आपके साथ जाकर देख आऊंगा," चेतन ने कहा। फिर क्षण-भर रुककर उसने अपना मन्तव्य प्रकट किया, "यह मेरी प्रकाशित उर्दू कहानियों की फाइल है, मैं आपको दिखाने के लिए लाया था।"

और बिना उनका उत्तर सुने अथवा उनके चेहरे की ओर देखे, उसने फाइल इनके सामने मेज़ पर रखी और उनके बराबर खड़े होकर वह एक-एक कहानी दिखाता गया कि कौन कहां छपी है और किस पत्र अथवा पत्रिका का कितना महत्त्व है।... (कहानियां उर्दू में थीं। उर्दू की पत्र-पत्रिकाओं में छपी थीं। चातकजी उर्दू नहीं जानते थे, पर चेतन का उद्देश्य केवल उन्हें अपने कथाकार का महत्त्व जनाना था। मुन्शी चन्द्रशेखर ने जिन कहानियों की प्रशंसा की थी, उन्हें दिखाना और उनके बारे में मुन्शीजी की सम्मति का उल्लेख करना भी वह नहीं भूला।)...फाइल दिखाकर उसने कहा, "यदि आप थोड़ा समय दें तो मैं अपनी एक-दो उर्दू कहानियां सुनाऊं। जो कहानियां आपको पसन्द होंगी, उन्हें मैं हिन्दी में कर दूंगा।" और बिना रुके उसने इतना और जोड़ दिया, "दरअसल एक कहानी तो मैंने हिन्दी में कर भी ली है। आप समय देंगे तो वह भी सुनाऊंगा।"

अपनी ही रौ में जब चेतन इतना कह चुका और फाइल खोलकर उनके सामने कहानी सुनाने को उद्यत बैठ गया तो उसने सुना,

वे अपने सामने रखे मसौदे की ओर संकेत करते हुए कह रहे थे, "कल इतवार है, लेकिन प्रेस खुलेगा, मुझे कम से कम चार फर्मों का मैटर आज प्रेस को दे देना है। दो का मैं दे चुका हूं, लेकिन अभी दो का शेष है। मैं तो खाना खाने भी घर नहीं गया। तुम अभी बैठो। दो-तीन घण्टे में इस काम से छुट्टी पा लेता हूं, फिर घर चलेंगे।"

और वे उसका उत्तर सुने बिना मसौदे पर झुक गए।

चेतन का सारा उत्साह मन्द हो गया। तीन घण्टे चुपचाप बैठना उसके अत्यन्त क्रियाशील मस्तिष्क के लिए घोर यातना के बराबर था। तब उसने सोचा कि क्यों न वह इस बीच कौंसिल की लाइब्रेरी जाकर कहानी-संग्रह की भूमिका का डौल बैठा आए। पण्डित अख्तर मिल जाएं तो उनको वे दोनों विवादास्पद कहानियां सुना आए और फाइल से उन कहानियों के तराशे भी निकालकर दे आए, जो उसने कहानी-संग्रह में संकलित की हैं। साथ ही मुन्शीजी की भूमिका भी उन्हें सहेज दे।

वह उठा, "मैं ज़रा कौंसिल की लाइब्रेरी हो आऊं।" उसने कहा, "आप इतने में अपना काम खत्म कर लीजिए।"

क्षण-भर को उन्होंने कलम रोकी। सिर उठाया, "ठीक है। मैं पांच-एक बजे तक काम खत्म कर लूंगा। तब तक तुम आ जाना। फिर इकट्ठे घर चलेंगे और सुने-सुनाएंगे।"

चेतन ने उन्हें 'नमस्कार' किया और फाइल को बगल में दबा-कर सीढ़ियां उतर गया।

लेकिन जब पांच के बदले वह चार ही बजे नितान्त असफल, थका और पसीने से तर 'मंजरी' के कार्यालय में वापस आया तो चातकजी मेज़ पर नहीं थे। कुछ क्षण वह इस आशा में कुर्सी पर बैठा रहा कि शायद प्रेस गए हों और कुछ देर बाद आ जाएं। जब वह दस-पन्द्रह मिनट तक बैठा रहा और चातकजी के आने की उसे कोई सुन-गुन न मिली तो वह उठकर प्रेस गया। मालूम हुआ कि चातकजी सभी फॉर्म दे गए हैं और वहां किसीको पता नहीं, कहां गए हैं। तब चेतन 'हिन्दी पुस्तक भवन' गया। वहां मैनेजर से उसने चातकजी के बारे में पूछा। पता चला कि शुक्लाजी आए थे और एक ज़रूरी काम से उन्हें साथ ले गए हैं।

तब उसने सोचा कि वह पांच बजे तक उनकी प्रतीक्षा करे, लेकिन जब भरी दोपहरी में मील-डेढ़ मील चलकर कौंसिल के पुस्तकालय पहुंच और पण्डित 'अख्तर' के साथ मिलकर भी उसके हाथ निराशा ही लगी, क्योंकि उन्हें कौंसिल से बुलावा आ गया था और कोई कागज़ लेकर उसी वक्त पहुंचना था, तो उसे हठात् यह इलहाम हुआ कि आज उसका काम नहीं होगा। वह बेकार बैठा झींकता रहेगा। वह ऊपर 'मंजरी' के दफ्तर को जाने वाली सीढ़ियों के पास क्षण-भर को रुका, फिर चातकजी की प्रतीक्षा करने का खयाल छोड़, सिर झुकाए भारी कदमों से घर की ओर चल पड़ा।

कृष्णा गली को वापस आते हुए उसका कण्ठ बेतरह सूख रहा था और मुंह का ज़ायका कड़वा गया था। मेयो हस्पताल के पंचरस्ते पर पहुंचकर वह रत्नचन्द रोड की ओर मुड़ गया कि ऊपर कृष्णा गली नम्बर-1 से होकर जाने के बदले बांसों के टाल के बराबर खुली जगह से होकर सामने से घर जाए।

अभी वह सड़क पर ही था कि उसे सामने डेवढ़ी में चन्दा खड़ी दिखाई दी। उसका ध्यान सामने नहीं था वह बाईं ओर गली में देख रही थी। चेतन को यह देखकर सन्तोष हुआ कि चन्दा ने उसकी बात पर ध्यान दिया है। इसके आने के दूसरे या तीसरे दिन जब चेतन एक सुबह सब्ज़ी मण्डी से तरकारी लेकर आया था तो उसने उसे नंगे सिर ब्लाउज़ और पेटीकोट में परम देहातिनों की तरह डेवढ़ी के दरवाजे में खड़े देखा था। उसके ब्लाउज़ का ऊपर का हुक टूटा हुआ था और उसे अपना होश नहीं था। तब चेतन का दिमाग खराब हो गया था। वह बहुत बोला-बका था और उसने डांटा था कि फिर कभी उसने चन्दा को नंगे सिर और उघड़े तन डेवढ़ी में खड़े देख लिया तो वह खून कर देगा। चन्दा ने आंखें भर ली थीं और वह चुप हो गया था। फिर उसने उसे समझाया था कि मेरी जान, यह बस्ती गज़ां की बेरी वाली गली का तुम्हारा चौक नहीं। यह लाहौर की कृष्णा गली है और सामने चलती सड़क है। डेवढ़ी की चौखट में जब जाओ तो पूरी तरह तन ढांककर जाओ।

चन्दा ने कपड़े तो ठीक पहने थे, पर वे उतने साफ नहीं थे। 'जब यह कॉलेज में जाने लगेगी, तभी इसे ठीक से पहनना-

ओढ़ना आएगा,' चेतन ने मन ही मन सोचा और क्षण-भर को वहीं रुककर उसने अपनी पत्नी के चेहरे पर निगाह डाली। गोल-मटोल, पर ध्यानमग्न होने के कारण कुछ सुता हुआ आभाहीन मुख, लेकिन सौन्दर्य की उस कमी को उस चेहरे पर अनायास खिले भोलेपन ने पूरा कर दिया था। चेतन आगे बढ़ा। तभी चन्दा की निगाह उस-पर पड़ी। उसकी पूरी बत्तीसी खिल गई। मोतियों की उन दो पंक्तियों ने क्षण-भर पहले आभाहीन दीखने वाले उस मुख को कुछ अजीब-सी द्युति से उद्भासित कर दिया और उन निर्जीव-सी दीखने वाली बड़ी-सी आंखों में अचानक चमक आ गई। लेकिन चेतन जब डेवढ़ी में पहुंचा तो उसके थके-चिढ़े, उतरे मुख को देख-कर अचानक चन्दा का चेहरा उतर गया।

वह उसके पास से निकलकर बैठक में गया। फाइलें उसने मेज़ पर रखीं, कुर्ता-बनियान उतारकर कुर्सी पर फेंक दी और धरती पर चटाई बिछाकर चित लेट गया।

चन्दा भागकर सिरहाना ले आई। उसके सिर के नीचे सिर-हाना रखकर वह वहीं फर्श पर बैठ गई और उसके पसीने से तर घुंघराले बालों में हाथ फेरते हुए उसने पूछा कि क्या बात है, वह दोपहर को सोया क्यों नहीं, कहां गया था। खाना भी लगता है, उसने नहीं खाया।

"मेरा गला सूख रहा है, तुम मुझे ज़रा लस्सी या शिकंज्वी पिलाओ!"

"नींबू तो नहीं है, मैं लस्सी बनाती हूं।" और चन्दा उठकर भाग गई और दो मिनटों में दूध की लस्सी का बड़ा-सा गिलास ले आई। लगभग एक ही सांस में गिलास खत्म करके उसे वापस देते और फिर लेटते हुए चेतन ने पूछा, "इसमें तो बर्फ थी। कहां से आई?"

"मैं विद्यालय से आते-आते लेती आई थी।" चन्दा ने मोतियों की लड़ियां बिखेरते हुए कहा, "गल रही थी, तभी मैं चौखट में खड़ी आपकी राह देख रही थी।"

चेतन की सारी थकन और खीझ हवा हो गई। उसने वहीं चटाई पर लेटे-लेटे पत्नी का सिर अपने सीने पर रख लिया और धीरे-धीरे दिन-भर की अपनी सारी बेकार भटकन की गाथा उसे कह सुनाई।

"सुबह से लेकर अब तक सात-आठ मील का चक्कर तो हो ही गया होगा।" बात खत्म करके उसने कहा, "दोपहर तो इसी फिराक में सोया नहीं। दोनों जगह नाकाम रहा। पिण्डलियां और टखने बेतरह दुख रहे हैं और मन में बड़ी झल्लाहट हो रही है।"

चन्दा धीरे से उठी। "आप बहुत उतावले हैं," उसने पति की पिण्डली दबाते हुए कहा, "नाहक कौंसिल हाउस गए। एक काम आज हो जाता, दूसरा फिर हो जाता। धूप में इतनी दूर जाने की क्या ज़रूरत थी! कल इतवार है, आराम से जाइएगा और कहानी चातकजी को दे आइएगा।"

चेतन हंसा, "मैं अपनी आदत से मजबूर हूं।" और उसने करवट बदल ली। चन्दा पिण्डलियां दबाती रही।

और यद्यपि पांच बज गए थे, तो भी चेतन गहरी नींद सो गया।

14

यद्यपि चेतन ने भी कहा था और चन्दा ने भी तय किया था कि वह इतवार को जाकर चातकजी को अपनी कहानी दे आएगा, लेकिन उस इतवार की बात तो दूर रही, वह उसके अगले इतवार भी उनके यहां नहीं जा सका।

शाम को घण्टा-भर सोने के बाद जब वह उठा था तो उसकी सारी चिन्ता दूर हो चुकी थी। आसमान पर इस बीच जाने किधर से बादल घिर आए थे और ठण्डी-ठण्डी हवा रमकने लगी थी। चेतन के लिए घर में बैठे रहना कठिन हो गया था। उसने चन्दा से तैयार होने को कहा था और स्वयं नहाने चला गया था। नहाकर और कपड़े बदलकर वह चन्दा के साथ बाहर निकला। तय हुआ कि वे निस्बत रोड पर सैर को जाएंगे, 'क्रिस्टल' में रोज़ की एक-एक बोतल पीएंगे और वापसी पर अगर मन हुआ, तो कुछ क्षण को कमला के यहां जाएंगे।

यह कमला के यहां जाने का प्रस्ताव उसकी पत्नी ने रखा था। जब वे घर से निकले थे और मेयो हस्पताल के चौक में आ गए थे तो पंचरस्ते पर क्षण-भर रुककर चेतन ने पूछा था, "किधर चलोगी चन्दा?"

"आपका मन उदास है। चलिए, ज़रा दो घड़ी कमला के यहां हो आएं।"

मां के जाने के बाद वे दो-चार बार मौसी रामरक्खी के यहां हो आए थे। कमला के यहां उसके पति के आकर्षण का केन्द्र जमुना है, यह चन्दा से छिपा न था और जब उसने कमला के यहां जाने की बात कही तो उसका अभिप्राय जमुना के यहां जाने ही से था। जमुना उसे अच्छी लगती है और उसके मन में उस अनाथ के लिए स्नेह और सहानुभूति है, यह बात चेतन ने अपनी पत्नी से छिपाई भी नहीं थी।...कमला के यहां जाने की बात सुनते ही चेतन ने एक तेज़ निगाह चन्दा के मुख पर डाली; लेकिन व्यंग्य का उस भोले चेहरे पर आभास तक न था। उसके बदले एक बड़ी मीठी, त्यागमयी मुसकान वहां खेल रही थी।...चेतन ने क्षणिक आवेश में अपनी पत्नी को बांह में भर लिया। वे उस पंचरस्ते पर न खड़े होते तो वह उसे चूम भी लेता। फिर उसने कहा, "नहीं, क्रिस्टल से लक्ष्मी मैन्शन्ज़ तक तो जाएंगे, फिर समय रहा तो कमला के यहां जाएंगे।" (मन ही मन उसने तय कर लिया कि कमला के नहीं जाएंगे।)

कृष्णा गली से निकलकर खरामां-खरामां टहलते हुए दोनों क्रिस्टल पहुंचे थे। क्रिस्टल रेस्तरां नया-नया खुला था और अपनी आधुनिक बनावट तथा प्रकाश-व्यवस्था के कारण अनायास आंखों को आकर्षित करता था। चेतन जब उधर से गुज़रता, उसके मन में वहां जाने की इच्छा होती थी, लेकिन वह कभी चन्दा को साथ लेकर वहां आएगा, यह सोचकर वह अपनी उस इच्छा को मन ही मन दबा लेता। इसीलिए उस शाम जब वे बहुत दिनों के बाद इकट्ठे सैर को निकले थे, चेतन ने क्रिस्टल चलने का प्रस्ताव किया था।

मेयो हस्पताल के सामने से वे निस्बत रोड की ओर को मुड़े तो चेतन अपनी पत्नी को उन सभी हिन्दी साहित्यकारों के बारे में बताने लगा, जिनसे उसका नया-नया परिचय हुआ था। काफी देर तक लेखकों के बारे में बात करते हुए हठात् उसने कहा, "चातकजी की बात नहीं, हम सभी 3लेखक और कवि एक जैसे हैं। घोर अहवादी और इसके बावजूद अन्तर् में कहीं निहायत बच्चे। अपनी रद्दी रचनाएं भी हमें अच्छी लगती हैं और दूसरों की उत्कृष्ट भी रद्दी।

अपनी रचनाएं सुनाने और उनकी दाद पाने का मोह हमसे न जाने कैसी-कैसी बचकानी हरकतें करा देता है! ··· अब मैं सुबह से लेकर क्यों इतना परेशान रहा हूं! मैं चातकजी को अपनी उर्दू कहानियां सुनाना चाहता था। उनके पास समय नहीं था तो तपती धूप में कौंसिल-हाउस जा पहुंचा। यह महज़ बचपना नहीं तो क्या था!"

चन्दा ने महसूस किया, उसका पति फिर गलत राह पर मुड़ गया है। वह फिर उदास हो जाएगा। उसने चेतन की बात बीच ही में काट दी, "पर आप कहानियां सुनाने तो इसलिए गए थे कि आपको अनुवाद के लिए कहानी चुननी थी और अख्तर साहब को आपके संग्रह पर भूमिका लिखनी थी।"

लेकिन चेतन उस डगर पर दूर तक निकल गया था और रुकना या पलटना उसके लिए मुश्किल था। "कहानी तो मैंने चुन ही ली थी," उसने लगभग आक्रोश-भरे स्वर में कहा, "उसका अनुवाद भी कर लिया था। मैं तो चातकजी को कहानियां 'सुनाना' चाहता था कि उनपर मेरा कुछ रोब पड़े। वे उनकी प्रशंसा करें। फिर अख्तर साहब तो उर्दू पढ़ सकते हैं। लेकिन मेरे मन में तो उन्हें भी सुनाने ही की इच्छा थी। तब चाहे न सही, पर अब तो मैं अपनी नीयत की जांच-परख कर ही सकता हूं। मैं चाहता था—मुन्शीजी ने मेरी कहानियों की जो आलोचना की है, अख्तर साहब उन्हें सुनकर उससे उलट बात कह दें। (चन्दा उसकी बात काटकर कुछ कहने जा रही थी कि चेतन ने आवाज़ को और तेज़ कर दिया) हां··· हां··· यही इच्छा मेरे मन में थी। अख्तर साहब उन कहानियों की वैसी तारीफ न करते तो मैं उन्हें अपनी बात समझाता और उनसे अपने कहानी-संग्रह की भूमिका उसी ऐंगल से लिखवाता।··· चिल-चिलाती धूप में ठण्डी सड़क पर चलते हुए मैं यही सब सोच रहा था। तभी मेरी चप्पल गर्मी से फूले हुए कोलतार में चिपक गई और मेरा पैर जल गया था।"

चन्दा क्या कहे, अपने पति को कैसे तसल्ली दे, वह समझ नहीं पाई। कुछ क्षण दोनों चुपचाप चलते रहे। फिर सहसा चेतन फट पड़ा, "हम सारे लेखक और कवि, जो दूसरों के मनोविज्ञान को जानने और उकेरने का दम भरते हैं, दूसरों की मूर्खताओं का मज़ाक उड़ाते हैं और उनपर ठहाके लगाते हैं, खुद कैसी हिमाकतें करते हैं, यह तुम नहीं जान सकतीं।"

आत्मभर्त्सना के उस मूड में चेतन और न जाने क्या-क्या कहता कि वे क्रिस्टल पहुंच गए।

रेस्तरां पर एक निगाह डालते ही चेतन का मूड बदल गया। पहले उसका मन हुआ कि बाहर ही सड़क के किनारे खुले में बैठें, लेकिन जब-जब वह उधर से गुज़रा था, उसके मन में अन्दर जाकर बैठने की इच्छा हुई थी, इसलिए वह अपनी पत्नी के आगे-आगे अन्दर बढ़ गया और एक कुर्सी पर बैठते और अपनी पत्नी को सामने मेज़ की दूसरी ओर बैठने का आदेश देते हुए मस्ती से उसने बैरे से पूछा, "क्यों भाई, कुछ ठण्डा-वण्डा है?"

साफ वर्दी पहने बैरे ने तत्काल मीनू उसके हाथ में दे दिया। चेतन घर से चला था तो उसने तय किया था कि दोनों पति-पत्नी रोज़ (Rose) की एक-एक बोतल पिएंगे, लेकिन जब उसने देखा कि रोज़ में दूध मिलाकर मिल्क-रोज़ लेने में दो आने ही ज़्यादा लगते हैं तो उसने बड़ी उदारता से उसीके लिए ऑर्डर दे दिया।

बैरा ट्रे पर दो गिलास रखे हुए आया। चेतन को गिलासों का दूधिया गुलाबी पेय देखने में बहुत अच्छा लगा। उसने एक गिलास अपनी पत्नी को दिया, एक स्वयं लिया और बोला, "यहां बहुत उमस है। चलो, बाहर चलकर बैठते हैं।"

और यह कहते ही वह उठा और गिलास में रखी नली से गुलाबी पेय सिप करता हुआ बाहर की तरफ चल दिया।

उसकी पत्नी भी उठी, गिलास और अपना-आप संभालते हुए वह उसके पीछे चल दी।

दोनों बाहर एक मेज़ के दायें-बायें पड़ी दो कुर्सियों पर आ बैठे।

वहां ताज़े छिड़काव के कारण धरती से मिट्टी की सोंधी-सोंधी खुशबू आ रही थी। आकाश पर एक बड़ा-सा बादल का टुकड़ा झूल रहा था और ठण्डी-ठण्डी हवा रमक रही थी। दोनों धीरे-धीरे मिल्क-रोज़ सिप करने लगे।

चेतन का मूड बिलकुल बदल गया था। वह अपनी पत्नी को भविष्य की योजनाएं सुनाने लगा। "मैं कल सुबह ही चातकजी के जाऊंगा।" उसने कहा, "उर्दू कहानियां उन्हें सुनाने की कोई ज़रूरत नहीं। मैं उन्हें 'कुर्बानगाहे-इश्क' का हिन्दी वर्शन दूंगा कि वे ज़रा

पढ़कर देखें। यदि कहानी उन्हें पसन्द हो और भाषा वे ठीक कर दें तो मैं उसे कापी करके उन्हें दे आऊंगा और यदि वे 'मंजरी' के लिए स्वीकार कर लें तो फिर क्या बात है!"

कुछ क्षण चुपचाप मिल्क-रोज़ सिप करने के बाद उसने कहा, "मुझे मुन्शीजी ने लिखा है कि वे उर्दू में कहानी लेकर क्या करेंगे; कि मैं उन्हें अपनी कहानी हिन्दी में करके भेजूं, लेकिन हिन्दी मेरी अभी अच्छी नहीं और अनगढ़ भाषा में उन्हें कहानी भेजने में मुझे संकोच होता है।"

तभी चन्दा ने प्यारी-सी मुस्कान से कहा, (जिसके बारे में चेतन का खयाल था कि ऐसे प्यारेपन से केवल चन्दा ही मुस्करा सकती है और उस मुस्कान में भी वह मोती बिखरा देती थी।) "लेकिन बहनजी ने आपकी कहानी देख तो दी है। उसे ही मुन्शीजी को भेज दीजिए।"

चेतन क्षण-भर अपनी पत्नी की ओर देखता रहा। उसकी निगाह की तेज़ी से चन्दा का मुख लज्जारुण हो गया और उसने आंखें झुका लीं।

चेतन हंसा। उसकी पत्नी कितनी भोली थी!

"तुम्हारी बहनजी ने कहानी ठीक तो कर दी है, पर वे लेखिका या आलोचिका तो नहीं हैं। उन्होंने ज़्यादा से ज़्यादा हिज्जे ठीक कर दिए हैं, लेकिन भाषा केवल शुद्ध हिज्जों से तो नहीं बनती। भाषा मुनासिब शब्दों से बनती है। उर्दू शब्दों की जगह ठीक प्रचलित हिन्दी शब्द हों तो कहानी हिन्दी की लगेगी, वरना अनूदित मालूम होगी। मैंने हिन्दी में कहानी पढ़ी है। उसमें वह ज़ोर और रवानी नहीं, जो उर्दू में है। इसीलिए मैं चाहता हूं कि दो-एक कहानियां चातकजी ठीक कर दें और उन्हें 'मंजरी' में छाप दें। जैसी कहानियां मैं आजकल लिख रहा हूं, मुन्शीजी के पत्र में तो वैसी एक भी नहीं छपती। वे आदर्शवादी कहानियां छापते हैं और पण्डित रत्न कहते हैं कि ज़रूरी नहीं, कहानी आदर्शवादी हो। उनका कथन है कि कहानी वही अच्छी है, जिसमें कोई अछूता ख्याल कला की पूरी बारीकी और चतुराई के साथ निभा दिया जाए। पण्डितजी को 'कुर्बानगाहे-इश्क' बेहद पसन्द है। पर ये हिन्दी वाले दाल-भाती लोग हैं, उन्हें एग्रेसिव इश्क की यह कहानी जाने पसन्द आती है या नहीं?"

चेतन ने इस बात की चिन्ता नहीं की कि उसकी पत्नी को उसकी बात समझ आई है या नहीं। वह क्षण-भर तक मिल्क-रोज़ सिप करता रहा। फिर उसने कहा, "दो-एक कहानियां 'मंजरी' में छप जाएं तो तुम देख लेना, हिन्दी की कोई ऐसी पत्रिका नहीं होगी, जिसमें मेरी कहानियां न छपें। उर्दू पत्रिकाएं सिर्फ लाहौर में छपती हैं, एकाध दिल्ली या लखनऊ से भी निकलती हैं, लेकिन हिन्दी पत्रिकाएं लाहौर ही से नहीं, लखनऊ, इलाहाबाद, बनारस, कलकत्ता और इंदौर से निकलती हैं; लेकिन वक्त आएगा कि वे देश के हर प्रान्त से निकलेंगी और तब देश का कोई ऐसा कोना न होगा जो मेरे नाम या मेरी रचनाओं से अपरिचित रह जाए।"

चेतन हवा के घोड़े पर सवार था और जाने अपनी पत्नी को और क्या-क्या योजनाएं सुनाता कि सहसा एक चंचल-सी युवती ने पीछे से आकर चन्दा की आंखें बन्द कर लीं।

गोरा रंग, गदराया बदन, लेकिन कमर का खम सुस्पष्ट, माथे पर बड़ी-सी बिन्दी, ढेर से गहने और गहरे नीले रंग की तारों-टंकी मुकेश की साड़ी। उस क्षण जब वह युवती चन्दा की आंखें दबाए थी और चन्दा विवश-सी उसके हाथों पर हाथ फेरती हुई उसे पहचानने का प्रयास कर रही थी, चेतन सोचता रहा कि उसने इस सुन्दर लड़की को कहां देखा है। तभी जब अपने हाथ हटाते, चन्दा के हाथों को अपने दोनों हाथों में लेते, हंसते और आंखें नचाते हुए उसने कहा, "क्योंरी चन्दो, दो ही साल में अपनी सहेली की छोह[1] भूल गई!" तो सहसा चेतन को बिजली के कौंधे की लपक-सा खयाल आया कि यह तो वही लड़की है, जो गहनों में लदी और ब्याह के लाल जोड़े में सजी चेतन की शादी के दिन पण्डित वेणीप्रसाद के आंगन में आई थी, जिसने दरवाज़े ही से आंखें नचाकर चेतन के इर्द-गिर्द बैठी अपनी सहेलियों को सुनाकर कहा था, 'आया नी पुत्त नटनी दा' और जब चेतन ने ऐन-मैन उसकी भंगिमा और स्वर की नकल उतारते हुए वही वाक्य दोहरा दिया था तो वह लजाकर उलटे पांव भाग गई थी—मोहिनी!—चेतन को हठात् उसका नाम भी याद हो आया।···

दोनों सहेलियां ज़रा परे होकर बतिया रही थीं। चेतन वहीं

1. स्पर्श

बैठा अपने ध्यान में मग्न था। गिलास उसने खाली कर दिया था और सिर्फ स्ट्रॉ मुंह में लिए हुए बर्फ का पानी चूस रहा था कि उसने देखा—मोहिनी का पति हाथ बढ़ाए उसके पास आ गया है और अंग्रेज़ी में कह रहा है, "मैं लेखराज भाटिया हूं—मोहिनी का पति।"

चेतन ने घबराहट में गिलास बायें हाथ में लिए-लिए उठकर अपनी स्वाभाविक गर्मजोशी से लेखराज भाटिया से हाथ मिलाया। तब उन्होंने बताया कि वे लोग गुरदासपुर में थे। इधर उनके भाई लक्ष्मी इन्श्योरेंस कम्पनी के हेड ऑफिस में मैनेजर हो गए हैं। सो वे भी इंस्पेक्टर होकर यहीं आ गए हैं और निकट ही ग्वालमण्डी में रहते हैं। श्री लेखराज भाटिया ने जेब से अपना विज़िटिंग कार्ड निकाला, उसपर अपने घर का पता लिखकर चेतन को दिया और कहा कि वे कभी उसके यहां भी दर्शन दें।

चेतन उनसे कार्ड ले रहा था कि उसकी दृष्टि परे, मोहिनी से बातें करती हुई अपनी पत्नी के चेहरे पर गई—उसने देखा कि चन्दा का मुस्कराता-हंसता मुख सहसा अजीब तरह से भयाक्रान्त और विवर्ण होकर रुलाई में विकृत हो रहा है। विज़िटिंग कार्ड जेब में रखते हुए चेतन उधर बढ़ा। चन्दा दोनों हाथों से मुंह ढांपे सुबक-सुबककर रोने लगी थी।

"क्या हुआ मोहिनी?" चेतन ने चिर-परिचित की तरह तीखे, शंका-भरे स्वर में पूछा।

"मैंने तो कुछ नहीं कहा।" मोहिनी ने पश्चात्ताप-भरे स्वर में कहा, 'मैंने तो सहज स्वभाव पूछा था कि तुम्हारे पिता की अब कैसी तबीयत है? मैं लाहौर आने के पहले बस्ती गज़ां गई थी। मुहल्ले में कांव-कांव हो रही थी कि चन्दा का पिता पागल हो गया और आप दोनों में से कोई वहां खबर लेने नहीं पहुंचा। मैंने यही बात दोहरा दी। पर इसे तो पता ही नहीं।"

चेतन के दिल में कुछ धक् से हुआ। जब वह बोला तो उसका स्वर लड़खड़ा गया।

"कौन पागल हो गया! प⋯प⋯ पण्डित दीनबन्धु?" और फिर मोहिनी की आंखों में स्वीकार का भाव देखकर उसने कुछ और तीखे तथा ऊंचे स्वर में पूछा, "कब? ⋯ कैसे?"

"नीला की शादी के बाद ही।" मोहिनी ने कहा, "उन्हें तो

चन्दा के ताऊ लाहौर के पागलखाने में दाखिल करा गए हैं और इसकी मां यहीं अमृतधारा के पीछे गोविन्द गली में सेठ वीरभान सर्राफ के यहां रसोई का काम देखती है।"

"मां ने न चिट्ठी लिखी, न यहीं आकर मिली।" चेतन ने अपनी पत्नी की तरफ से सफाई दी, "किसीने भी तो हमें कुछ नहीं बताया।" फिर उसने बढ़कर चन्दा की पीठ थपथपाई। उसे तसल्ली दी कि वह घबराए नहीं। वे अभी सीधे गोविन्द गली जाकर मां से मिलेंगे और ठीक हालत का पता लगाएंगे। उसके पिता पागलखाने में होंगे तो भी उन्हें कष्ट न हो और उनका पूरा इलाज-उपचार हो सके, वह इस सबका भरसक प्रयास करेगा। शहर का कोई बड़ा नेता नहीं, जिसे वह नहीं जानता और जिस तक उसकी पहुंच नहीं। उप-सम्पादक है तो क्या हुआ, उसके मित्र तो सम्पादक हैं और पत्रकार आर्थिक रूप से भले गरीब हो, पर रसूख के लिहाज़ से गरीब नहीं होता है।

चन्दा चुप हो गई। तब उसने पलटकर हाथ का गिलास तिपाई पर रखते हुए मिस्टर लेखराज भाटिया की तरफ हाथ बढ़ाया और उनसे छुट्टी चाही। उन्होंने लाख कहा कि कुछ पल उनके साथ भी बैठे, पर चेतन ने कहा कि पता तो उनका उसने ले ही लिया है, ज़रा शान्ति से आएगा। उसने उनसे गोविन्द गली की लोकेशन मालूम की। भूल न जाए, इसलिए उन्हींसे पेन लेकर उसी कार्ड पर वीरभान सर्राफ का पता नोट किया, काउण्टर पर जाकर पैसे चुकाए और एक बार फिर उन पति-पत्नी को 'नमस्कार' कहकर चल दिया। चन्दा उसके पीछे-पीछे घिसटती-सी चलने लगी।

15

जब रात को दो बजे के करीब भीगता हुआ चेतन वापस घर पहुंचा तो चन्दा जाग रही थी।

जब एक बजे काम खत्म करके वह चलने की तैयारी करने लगा तो फिर पानी मूसलाधार बरसने लगा। वह दफ्तर में काफी देर रुका रहा, लेकिन जब पानी के थमने का कोई आभास नहीं मिला तो अनिच्छापूर्वक वह दफ्तर की सीढ़ियां उतरा। उसने चप्पलें हाथ में ले लीं, चश्मा उतारकर जेब में रखा और गली के घुप्प

अंधेरे में भीगता, रास्ता टटोलता चल पड़ा।

जब उसने चौड़ी सड़क पर कदम रखा तो मूसलाधार वर्षा के बावजूद, सख्त तनाव और भय के कारण, उसकी कमीज़ अन्दर पसीने से तर हो चुकी थी।

पानी का ज़ोर कम हो गया। वर्षा हल्की-हल्की बूंदियों में बरसने लगी। ऊपर आकाश में बादल हल्के हो गए। चेतन ने सन्तोष की सांस ली। जेब से चश्मा निकालकर कमीज़ के सूखे कॉलर से उसे पोंछा और नाक पर रख लिया, चप्पलें पहनीं और आश्वस्त होकर वह धीरे-धीरे चलने लगा। कुछ दूर चलने पर वह बाईं ओर अथवा बीच सड़क चलने के बदले दाईं ओर हो गया। उसने दायें हाथ से हस्पताल की फसील का सहारा ले लिया और उसका दिमाग जानी-पहचानी सड़क के खुलेपन और हस्पताल की दीवार से मिलने वाली सुरक्षा के कारण फिर उसी लीक पर चल दिया, जिसे उसने अपने ससुर के पागल होने की बुरी खबर सुनने के बाद क्षण-भर को भी नहीं छोड़ा था। दफ्तर में वह बरबस काम करता रहा था, लेकिन बीच-बीच उसका दिमाग भटक जाता था और कई खबरों का अनुवाद उसे दोबारा करना पड़ा था। अनुवाद दोबारा देखकर ही वह ज़ख्मी साहब को देता रहा था।

···वह स्टेशनमास्टर का लड़का, एक प्रतिष्ठित समाचार-पत्र का उप-सम्पादक, रिपोर्टर के नाते शहर के सभी गण्यमान्य लोगों से परिचित और कथाकार के नाते छोटी-मोटी ख्याति का स्वामी, उसकी सास वहीं लाहौर में एक सेठ की रसोई करती है और बर्तन-भाड़े मलती है, बार-बार यही बात उसे कोंच रही थी। उसके किसी मित्र-परिचित को पता चलेगा तो क्या होगा? वह कैसे मित्रों से आंख मिला पाएगा? इस स्थिति से समझौता करना उसे एकदम असम्भव लगता था।···मौसी रामरक्खी को, कमला को, जमुना को पता चल जाएगा कि उसकी सास यहीं निकट ही चौका-बर्तन करती है···तब वह कैसे उनके यहां जा पाएगा, कैसे अपनी पत्नी को विद्यालय में पढ़ा पाएगा, कैसे कृष्णा गली में रह पाएगा···और अपने पिता, अपने ससुर, अपनी सास और अपनी पत्नी के विरुद्ध एक दुर्वार क्रोध और झुंझलाहट से उसके मन-प्राण सुलग उठे थे—उसे पता नहीं चला, कब उसने मेयो हस्पताल की दीवार का सहारा छोड़ा और कब रत्नचन्द रोड पार कर कृष्णा

गली में दाखिल हुआ। वह तब चौंका जब वह अपने घर के सामने खड़ा था।

चेतन ने डेवढ़ी में जाकर छाता बन्द किया। उसे दीवार के साथ खड़ा कर वह ज़ोर से किवाड़ खटखटाना और आवाज़ देना चाहता था कि तभी अन्दर बत्ती जल उठी।

चन्दा जाग रही थी।

दूसरे क्षण दरवाज़े की सिटकनी खुलने की आवाज़ आई। चेतन ने छाता उठाकर उसकी नोक से दरवाज़ा खोला। उसकी दृष्टि अपनी पत्नी पर गई। उसका चेहरा उदास और सुता हुआ था और आंखें लाल थीं। लगता था, जैसे वह काफी रोती रही है। चेतन को अपनी पत्नी का उदास चेहरा कभी अच्छा न लगता था और उस वक्त तो वह उसे कद्रे कुरूप ही लगी। लेकिन न उसका अपना वैसा मूड था, न अवसर कि वह कोई मज़ाक करता, चन्दा की हंसी मोती बिखेरती और उसके चेहरे को उद्भासित करती हुई खिल पड़ती और उसे कुछ अजीब-सा भोला सौन्दर्य प्रदान कर जाती।···चेतन ने किवाड़ बन्द किए। छाते को वहीं दरवाज़े के कोने में रखकर सिटकनी चढ़ा दी। फिर पलटकर उसने अपनी पत्नी के कंधे को हल्के से थपथपाया। "क्यों, सोई नहीं?"

अजीब है कि उसके स्वर में उस क्रोध का लेश तक न था, जो कुछ ही क्षण पहले उसके दिल-दिमाग को खौला रहा था।

एक उदास मुस्कान चन्दा के चेहरे पर फैल गई, "बत्ती बुझाकर सोने जा रही थी कि आपके पैरों की चाप सुनाई दी।"

चेतन ने देखा—रसोईघर वाली दीवार की तरफ दो चारपाइयां साथ-साथ बिछी हैं और उनके बिस्तरों पर सलवट भी नहीं।

"क्या लेटी भी नहीं?"

"नहीं, पढ़ने लगी थी।"

"लेकिन दो बजने को आए हैं।"

चन्दा ने इसका जवाब नहीं दिया। क्षण-भर रुककर उसने कहा, "कपड़े बदल डालिए। भीग गए हैं।"

और उसने बिस्तर से तहमद उठाकर अपने पति को दे दिया।

तहमद पहन और नेकर-कमीज़ उतारकर कुर्सी पर फैलाते हुए चेतन ने फिर अपनी पत्नी की पीठ थपथपाई, "तुम बेकार चिन्ता

करती हो, सब ठीक हो जाएगा।"

चन्दा जैसे उस थपकी ही की राह देख रही थी। वह बेआवाज़ आंसू बहाने लगी।

लेकिन चेतन का ध्यान उधर नहीं था। वह देख रहा था कि खिड़कियां बन्द हैं और अन्दर उमस है। उसने बढ़कर दोनों खिड़कियां खोल दीं और परदे गिरा दिए। वर्षा-भीगी हवा पुरानी धोती के उन परदों को फड़फड़ाती हुई उसके शरीर में ठण्डी सरसराहट दौड़ा गई। चेतन जाकर चारपाई पर ढह गया और भीगी नेकर से पिण्डलियां और पैर अच्छी तरह पोंछकर उसने टांगें बिस्तर पर फैला दीं।

तभी उसका ध्यान चन्दा की ओर गया। वह उसी तरह खड़ी चुपचाप रोए जा रही थी। चेतन ने उसे अपने पास बुलाया। उसका सिर अपने सीने से लगाकर वह प्यार से बार-बार उसे थपथपाने लगा।

"क्या कहा मोहिनी ने," उसने बड़े स्नेह से, लगभग पुचकार में उसे चूमते हुए पूछा। "मोहिनी की बात सुनते ही मैं इतना परेशान हो गया कि फिर तुमसे बात नहीं कर सका। क्या कहा था मोहिनी ने?" उसने दोहराया, "कैसे वे पागल हो गए? कैसे उन्हें इतनी जल्दी पागलखाने भेज दिया गया?"

चन्दा कुछ नहीं बोली। बस, बेआवाज़ आंसू बहाती रही।

चेतन ने प्यार से आंखों के नीचे उसके गाल चूम लिए। उसके मुंह का स्वाद नमकीन हो गया। लेकिन उसकी परवाह न कर वह बार-बार उसे सीने से लगाकर चूमता और उससे सब कुछ बताने का अनुरोध करता रहा।

चन्दा के आंसू थम गए। वह उसके साथ सट गई और मोहिनी ने उसे जो बताया था, वह सब उसने चेतन को बता दिया।—मोहिनी ने कहा था, मुहल्ले में कुछ लोगों का खयाल है, चन्दा के पिता सचमुच पागल हैं, लेकिन दूसरे ऐसे भी हैं, जो इससे सहमत नहीं और उनका कहना है कि उनके भाई-भतीजों ने ज़बरदस्ती उन्हें पागलखाने में बन्द करवा दिया है।

"लेकिन हुआ यह सब कैसे?" सहसा चेतन ने पूछा।

"मोहिनी कहती है कि एक सुबह वे तायाजी के घर गए और उन्होंने तायाजी को गालियां देनी शुरू कीं, अपने सभी कपड़े फाड़

डाले और मरने-मारने पर तैयार हो गए। इतना ज़ोर उनमें आ गया कि चार-छ: आदमियों ने बड़ी मुश्किल से उन्हें पकड़कर बांधा। जब दो-तीन दिन तक यही हुआ तो तायाजी ने अपने मित्रों और कुछ मुहल्ले वालों की मदद से थाने में रपट लिखाई और पुलिस की सहायता लेकर उन्हें पागलखाने दाखिल करा गए।"

वह क्षण-भर चुप रही। फिर उसने कहा, "लेकिन दूसरे लोग कहते हैं कि बड़े भाई ने औने-पौने में जो मकान का हिस्सा उनसे लिया है और भट्ठा मामा के लड़के हरमोहन की मार्फत हथिया लिया है, उसीके दु:ख से वे पागल हो गए हैं।"

और चन्दा फिर सिसकने लगी।

"मेरे पिता तो चींटी तक पर हाथ नहीं उठाते। किसीने उन्हें ऊंची आवाज़ से बोलते नहीं सुना। जाने सचमुच उन्होंने गालियां दीं और तायाजी पर हाथ उठाया या लोगों ने यूं ही उड़ा दिया। मुझे तो न इसपर विश्वास आता है कि पिताजी ने तायाजी को गालियां दीं और न इसपर कि तायाजी या रणवीर ने वैसी ज़्यादती की। मैं तो वहीं पली हूं और तायाजी को पिता-समान और उनके बेटे-बेटियों को अपने सगे भाई-बहनों से बढ़कर मानती रही हूं।"

चेतन ने उसीकी धोती के छोर से चन्दा की आंखें पोंछीं और बोला, "यहां उनसे कोई मिला है?"

"मां हफ्ते में दो बार जाती है। उसका खयाल है कि अब वे ठीक हो गए हैं।"

"तब फिर घबराने की क्या बात है?" सहसा अपनी पत्नी को दोनों बांहों में भरकर उसे अपने सीने से लगाते और प्यार करते हुए चेतन ने कहा, "हम उन्हें पागलखाने से ले आएंगे। मैं डॉक्टर सत्यपाल और डॉक्टर गोपीचन्द भार्गव से चिट्ठियां ले लूंगा। हम उन्हें छोटी-सी दुकान खोल देंगे। तुम्हारी मां को किसीके यहां चौका-बर्तन करने की ज़रूरत नहीं होगी। मैं ग्राहक लाने में, उनकी दुकान का प्रचार करने में उनकी सहायता करूंगा। मेरा दिन खाली रहता है। मैं स्वयं दुकान पर बैठूंगा। उन्हें किसी तरह की तकलीफ न होने दूंगा। मैंने अपने भाई की प्रैक्टिस जमा दी है तो उनकी जमाने में मुझे क्या देर लगती है! तुम क्यों घबराती हो, सब ठीक हो जाएगा।"

उसके सीने से लगे-लगे, झलमलाती आंखों से चन्दा ने अपने

पति की ओर देखा और जैसे कृतज्ञता से अभिभूत होकर उससे लिपटकर उसने रोते-रोते उसे ज़ोर से चूम लिया। "आप कितने अच्छे हैं!" उसने रुंधे गले से कहा और उसके सीने पर सिर रखकर बेआवाज़ सुबकने लगी।

दो वर्ष में यह पहली बार था कि चन्दा ने अपने पति को चूमा था। चेतन को रोमांच हो आया। उसने दोनों बांहों में उसे बेतरह भींच लिया।

16

सात दिन बाद इतवार ही को—निहायत तपती दोपहरी में—नया सूट-बूट और हैट पहने और नई टाई लगाए चेतन अपनी पत्नी और सास के साथ पैदल ही अपने ससुर को देखने पागलखाने जा रहा था।

उसकी जेब में न केवल कांग्रेस के प्रधान, डॉक्टर सत्यपाल, पीपल्ज़ सोसाइटी के मन्त्री डॉक्टर भार्गव की चिट्ठियां थीं, वरन् उसने डोगरा की सहायता से हेल्थ मिनिस्टर डॉक्टर नारंग के सचिव से भी एक चिट्ठी ले ली थी कि पण्डित दीनबन्धु के सिलसिले में उनके दामाद की दरख्वास्त पर हमदर्दी से विचार किया जाए और जो भी मदद हो सकती हो, इस सम्बन्ध में उसे दी जाए।

उन दिनों बड़ी सरकारी संस्थाओं के इंचार्ज या तो अंग्रेज़ होते अथवा इंग्लिस्तान-पलट अंग्रेज़ी-ज़दा हिन्दुस्तानी। ऐसे किसी डॉक्टर से तहमद-कमीज़ या कुर्ते-पायजामे में मिलना चेतन को ठीक न लगा था। हफ्ते के अन्दर-अन्दर निरन्तर दौड़-धूप करके, न केवल उसने सिफारिशी चिट्ठियां प्राप्त कर ली थीं, वरन् अतिरिक्त काम करके दरम्याने दर्जे के कपड़े का एक सूट सिलवा लिया था और एक टाई, हैट और नया जूता भी खरीद लिया था।

उसकी पत्नी गर्मी के बावजूद रेशमी साड़ी पहने हुए थी। अपने संघर्ष में चेतन कभी इतने पैसे नहीं बचा पाया कि उसके लिए साधारण साड़ियां खरीद सके और वह वक्त-बेवक्त दहेज में मिली कीमती साड़ियां पहने रहती थी। अपने बढ़िया सूट और पत्नी की

बढ़िया साड़ी के कारण चेतन चाहता था कि वे पागलखाने तांगे में जाएं। इस काम के लिए उसने रुपये भी बचा रखे थे और एक तांगे वाले से आने-जाने के ढाई रुपये तय भी कर लिए थे, लेकिन उसकी सास तांगे में बैठने को तैयार न हुई थी। उसे चेतन के इस प्रस्ताव पर हैरत हुई थी। वह लड़की का कोई पैसा कैसे छू सकती है अथवा अपने ऊपर खर्च करवा सकती है! विवश हो, नये सूट और रेशमी साड़ी की चिन्ता छोड़, (जिनके कारण वे दोनों उस गर्मी और भयानक उमस में बेहाल हो रहे थे) वे पैदल ही चल पड़े थे।

चल तो वे पड़े थे, पर जैसे वे चल रहे थे, उसे चलना नहीं कहा जा सकता, घिसटना ही कहा जा सकता है। गर्मी और धूप के बावजूद चेतन अपनी आदत के अनुसार तेज़-तेज़ चलता, लेकिन उसकी सास और पत्नी बहुत पीछे रह जातीं। किसी पेड़ की छाया में दम लेने लगतीं और चेतन अपनी गति पर रोक लगाकर उनकी प्रतीक्षा करता। उनके साथ-साथ चलता, फिर वह अपने ध्यान में मग्न आगे बढ़ जाता और वे पूर्ववत् घिसटती हुई पीछे चली आतीं।

पिछले इतवार दोनों मां से मिलने गोविन्द गली में सेठ की हवेली गए थे। गली के परे रुककर चेतन ने अपनी पत्नी को भेजा था। जब वह कुछ क्षण बाद मुंह लटकाए वापस आई थी तो चेतन ने पूछा था, "क्या हुआ?"

"मां पिताजी से मिलने पागलखाने गई हुई है। वह हर बृहस्पत और इतवार को जाती है।"

"कब आएगी?"

"पागलखाना चार बजे खुलता है। बहुत दूर जेल रोड पर है। मां पैदल आती-जाती है। दीया-जले लौटती है।"

'यथा विधाता विधीयति तदैव शुभाय।' चेतन ने हितोपदेश की वही उक्ति मन ही मन दोहरा ली, जो वह ऐसे अवसरों पर दोहराया करता था और उसमें 'मेरे लिए' (मह्यम) उसने अपनी ओर से जोड़ लिया। उसे दिन के उजाले में गली में खड़े होकर भी अपनी सास से बात करने में संकोच था। उसका कोई मित्र-परिचित ही उसे अपनी सास से बातें करते देख सकता था। पूछने पर वह क्या जवाब देता! वे शाम को छः बजे के करीब आएंगे

और मां को गली ही में मिल लेंगे। हवेली पर दस्तक देने या सेठ अथवा सेठानी से मिलने के अस्वस्ति-बोध से मुक्ति मिलेगी और गली के नीम-अंधेरे में चन्दा की मां से बात करना भी आसान होगा।

घर जाकर लेटने के बावजूद वे सो नहीं सके थे और बातें करते रहे थे। चेतन अपनी पत्नी को समझाता रहा था कि किस प्रकार वह उसके पिता की दुकान जमा देगा। और उसने उस ज़रूरी सामान की एक लम्बी लिस्ट बना डाली थी, जो वह शुरू-शुरू में दुकान में रखना चाहता था। इसके बाद उसने अपनी पत्नी को दूसरी व्यावहारिक बातें समझाई थीं।

यूं अपनी पत्नी को कारबार की बुनियादी बातें समझाने और स्कीमें बनाने में लेटे-लेटे, बिना ज़रा भी पलक लगाए, उसने दोपहर गुज़ार दी थी और सचमुच जब चन्दा की मां छः-सात मील की मंज़िल पार कर थकी-हारी हस्पताल से वापस आ रही थी, वे उसकी प्रतीक्षा में गोविन्द गली के सिरे पर खड़े थे। चेतन ने दूर से अपनी सास को आते देखा—मैली-सी धोती और ब्लाउज़, पैरों में घिसे हुए स्लीपर, धूल-भरे रूखे-सूखे बाल, नीम-अन्धी आंखें, ढलकते हुए पपोटे, ढीली-लटकती झुर्रियां, खुरदरे हाथ और जैसे दुःख और मेहनत, धूल और पसीने से काला पड़ा हुआ चेहरा—उसने अपनी पत्नी से कहा कि वही बढ़कर उससे बातें करे। चन्दा ने सुबह वाली ही रेशमी साड़ी पहन रखी थी। वह भागकर अपनी मां से लिपट गई।

चेतन ने ज़रा दूर ही से अपनी सास को 'नमस्कार' किया और वहीं खड़ा रहा।

दोनों मां-बेटियां देर तक रोती और बातें करती रही थीं। फिर चन्दा अपनी मां को पति के पास ले आई थी और चन्दा की मां ने अपने दामाद को बताया था कि उसका ससुर पागल-वागल कुछ नहीं। "उनके सिर को कुछ खुश्की चढ़ गई थी बेटा," उसने कहा, "इसी क़ारण उन्होंने बड़े भाई से झगड़ा कर लिया और उन सबने मिलकर उन्हें पागलखाने में डाल दिया।" यह सब बताकर उसने कहा कि उसका बस चलता तो वह पागलखाने ही में रहती। वह लाहौर आकर पागलखाने गई भी थी, पर उसे वहां रखने को कोई तैयार नहीं हुआ। सो उसने इन बेचारे सेठ का आसरा ले

लिया। अब वह हफ्ते में दो बार बादाम की गिरियां और दूध लेकर जाती है, अपने पति को खिलाकर आती है और अब वे ठीक हो गए हैं।

तब चेतन ने कहा था, "मां, तुम नौकरी करना छोड़ दो। हमारे पास चलकर रहो।"

चन्दा की मां ने उसकी तरफ ऐसे देखा जैसे वह बड़ी ही मूर्खता-भरी बात कर रहा हो। फिर उसने कहा था, यह कैसे हो सकता है! लड़की के घर का तो वह पानी भी नहीं पी सकती। हां, पण्डितजी पागलखाने से आ जाएं, कोई काम कर लें तो वह नौकरी छोड़ देगी।

तब चन्दा ने रुंधे गले से पूछा था, "मां, तुम्हें यहां कोई तकलीफ तो नहीं?"

"नहीं बेटी, ये सेठ और सेठानी बड़े भले हैं," उसकी मां ने उसे तसल्ली दी, "बच्चा वच्चा कोई है नहीं। इतनी बड़ी हवेली भायं-भायं करती है। कुछ दिन पहले अपनी बहन की लड़की को उन्होंने गोद में लिया है। पन्द्रह-सोलह वर्ष की गुटकनी-सी लड़की है—कृष्णा। मुझे मां जैसा मानती है। भगवान सेठानी की गोद भर दे, जिसने मुझ गरीब को मुसीबत में सहारा दिया है।"

"मां, हम पण्डितजी को पागलखाने से ले आएंगे।" चेतन ने कहा, "उन्हें-दुकान खुलवा देंगे। तुम विश्वास रखो, मैं छः महीने के अन्दर-अन्दर उनकी दुकान चलवा दूंगा। कहीं दूसरी जगह कमरा लेकर रहना और यह नौकरी छोड़ देना।" और उसने इतना और जोड़ा, "आते इतवार को हम पागलखाने चलेंगे।"

"तुम किसी तरह डॉक्टर से मिल-मिलाकर उन्हें उस जेल से निकलवाओ।" चेतन की सास ने कहा, "वे कोई काम कर लें तो मुझे और क्या चाहिए!"

"वह सब हो जाएगा।" चेतन ने सोत्साह कहा था, "सिफारिशी चिट्ठियां लेने में कठिनाई नहीं होगी। मैं खुद जाकर पागलखाने के डॉक्टर से मिलूंगा और हम उन्हें ले आएंगे।"

धूप के बावजूद चेतन काफी आगे निकल गया था। लॉरेंस रोड खत्म हो गई थी। जेल रोड शुरू हो गई थी। एक बंगले के गेट पर बिगन बेलिया अन्दर लगे पेड़ पर चढ़ गई थी और उसके लाल-लाल फूलों के गुच्छे जैसे सूरज को चुनौती देते हुए भरपूर

खिले थे। सड़क पर गेट के पास छांह का एक बड़ा-सा चकत्ता बन गया था। चेतन वहां जा खड़ा हुआ। उसका नया जूता धूल से भर गया था। पहले उसने सोचा कि रूमाल निकालकर उससे जूता झाड़ ले, लेकिन अभी पूरी जेल रोड पड़ी थी। जूते तो फिर धूल से भर जाएंगे। तब उसने सोचा कि डॉक्टर से मिलने को जाने से पहले वह उन्हें साफ कर लेगा। लेकिन पसीने से उसका बुरा हाल था। उसने रूमाल निकालकर मुंह और गर्दन का पसीना पोंछा। फिर हैट उतारकर, इस बात का ध्यान रखते हुए कि बाल बिगड़ न जाएं, उसने उनपर रूमाल फेरा। हैट के अन्दर बुर्जी कागज़ पर पसीने के कतरे चमक रहे थे। उसने हैट को अन्दर से साफ किया। रूमाल एकदम गीला हो गया। उसने हैट का बैण्ड खोलकर उसे कलाई में डाल लिया और रूमाल हाथ के उलटी तरफ फैलाकर उसे सुखाने के लिए हिलाने लगा।

उसकी सास और पत्नी चुपचाप घिसटती हुई चली आ रही थीं, 'ये कुछ सोच भी रही हैं या बेज़बान जानवर की तरह चुपचाप चली आ रही हैं'—चेतन ने मन ही मन कहा। लेकिन नहीं, वे बोलती चाहे ज़्यादा न हों, पर सोच से खाली नहीं थीं।

उसकी सास सोचती चली आ रही थी—'संसार में किसके दिन एक जैसे रहे हैं, जो उनके रहते। चढ़ना—गिरना—यह तो मनुष्य के साथ लगा ही है। फिर चढ़ने-गिरने वाला मनुष्य कौन? यह तो वह सर्वव्यापक, सर्वशक्तिमान खिलाड़ी है, जो चाहता है तो अपने खिलौनों को सिंहासन पर बैठा देता है; चाहता है तो दर-दर की ठोकरें खिलवाता है। फिर दुःख कैसा? जो उसे मंज़ूर होगा, वह करेगा। उसकी इच्छा के आगे सर नवाने के सिवा कोई चारा नहीं।'

चन्दा को लेकिन मां पर गुस्सा था—बहुत गुस्सा था। पिता पागल हो जाए और लड़की को पता न दिया जाए! यह भी कोई बात हुई! उसका पति ठीक ही तो कहता है। यह और बात है कि पिछले सात दिनों में उसने अपने पति को कई तरह से समझाया है—'दुःखों और तकलीफों ने मां को भला-बुरा सोचने लायक नहीं रखा। उसका दिमाग ठीक नहीं। उसकी गलती पर ध्यान न दीजिए!'····'मां मुझे बहुत प्यार करती है। पांच लड़कों के बाद सिर्फ मैं ही बची हूं और उसने कभी मुझे दुःख नहीं पहुंचने दिया।

इसीलिए उसने बताया नहीं होगा।'···'उसे संकोच होता है। क्या वह नहीं जानती कि लाहौर में ही, जहां हम रहते हैं, ऐसी नौकरी करने में हमारी हेठी होती है? इसीलिए शायद वह चुपचाप आकर नौकरी करने लगी। अगर सहसा मोहिनी से हमारी भेंट न हो जाती तो हम महीनों इस बात का पता न पा सकते और पिताजी इस बीच स्वस्थ होकर लौट भी गए होते।'···उसने पति को ऐसी ही दलीलों से समझा-बुझा दिया, पर वह स्वयं अपने-आपको नहीं समझा सकी। उसकी मां ने उसे क्यों नहीं बताया? ···क्यों नहीं बताया? यदि वह गूजरी के दूध पर पली है तो क्या अपने मां-बाप की बेटी नहीं? उनके दु:ख से उसे दु:ख नहीं होता? ···और उसकी आंखें झलमला आतीं, पर वह बरबस आंसुओं को बहने से रोक लेती। बचपन के उल्लास-भरे दिन—जिनमें केवल उसके पिता का अपार स्नेह, उसकी याद के आकाश पर शुक्र तारे की तरह चमकता था।

वही उसके स्नेही पिता जब इतने बीमार हुए कि होश-हवाश तक खो बैठे तो उसे पता न दिया गया। वह अपने पति के साथ लाहौर की दिलचस्पियों के मज़े उड़ाती रही···चन्दा का गला भर आया और आंखें छलछला आईं···

चन्दा अपनी मां के पास ही गेट की छाया में आकर खड़ी हो गई। आंचल से उसने अपनी भर आने वाली आंखों को पोंछा। क्षण-भर वह इसी दुविधा में खड़ी रही कि बैठे या न बैठे। उसे चलने का वैसा अभ्यास न था—ऐसी चिलचिलाती और उमसभरी दोपहरी में वह कभी इतना नहीं चली थी और बेहद थक गई थी। उसका जी हुआ—मां ही की तरह धम् से धूल में बैठ जाए, पर उसका पति खड़ा था और उसके शरीर पर कीमती साड़ी थी—उसे मां की तरह बैठने का साहस नहीं हुआ। तो भी वह खड़ी न रह सकी। अच्छी तरह साड़ी को समेट, वह पैरों के बल चहारदीवारी के साथ सटकर बैठ गई और पुनः आश्वस्त होने के लिए उसने अपनी मां से वही प्रश्न किया, जो वह पिछले हफ्ते में न जाने कितनी बार कर चुकी थी।

"मां, सच कहो, अब पिताजी को बिलकुल होश है?"

चेतन की सास जैसे सोते-सोते जगी।

"हां बच्ची, पिछले बृहस्पत को जब मैं गई थी तो तुम्हारे

पिता सबको पहचानते थे। चौकीदार और सन्तरी के साथ हंस-हंसकर बातें कर रहे थे।"

चन्दा ने फिर पूछा, "मां,उनसे मशक्कत तो नहीं कराई जाती?"

"नहीं बेटा, वे काम करते ही नहीं। चौकीदार ही उस दिन कह रहा था कि और सब काम करते हैं, पण्डितजी नहीं करते।"

"और मां, उनकी सेहत कैसी है?"

"पहले से तो अच्छे ही दीखे बेटी!"

और चन्दा फिर अपने विचारों में गुम हो गई। तीनों चुपचाप अपने-अपने ध्यान में मग्न सुस्ताते रहे। फिर चेतन की सास लम्बी सांस भरकर और घुटनों पर हाथ रखकर उठी। उसने दूध का लोटा और बादामों की पोटली उठाई और तीनों चल पड़े।

सामने पागलखाने का मज़बूत सीखचों वाला, बड़ा ऊंचा, मेहराबदार गेट अभी बन्द था। चेतन ने अपनी सास और पत्नी को वहीं एक पेड़ की छाया में रुकने को कहा और स्वयं जाकर सन्तरी से पूछा तो मालूम हुआ कि अभी उसके खुलने में देर है। तब उसने डॉक्टर का पता किया। सन्तरी ने बताया कि लंच के बाद अभी तक नहीं आए। चार बजे के बाद आएंगे। चेतन वापस आ गया और तीनों दरवाज़े के सामने पागलखाने के विशाल अहाते में बने छोटे-से बागीचे में आकर बैठ गए।

चेतन की सास चुपचाप आम के पेड़ पर लगे हरे-पीले, कच्चे-पके आमों को देखती हुई भविष्य की कल्पनाओं में डूब गई—यदि सुख के बाद दुःख और दुःख के बाद सुख का नियम है तो इतना दुःख भोगने के बाद सुख के दिन अवश्य आएंगे। हफ्ते में दो बार उसे अपने पति से मिलने की आज्ञा थी। तब नौकरी करके जो वह बचा पाती, उससे बादाम खरीद, उनकी गिरियां निकाल, दूध और मिश्री लेकर दोपहर की कड़ी धूप में पैदल इतनी लम्बी, सपाट, तपती-जलती सड़कें पार कर आती थी और बड़े प्रेम तथा श्रद्धा से अपने पति को बादाम खिला, दूध में मिश्री घोलकर पिलाती थी···इन लगभग दो महीनों में अपनी तपस्या के फलस्वरूप उसे पूरा यकीन हो गया था कि उसके पति को आराम आ रहा है। पिछली बार जब वह आई थी तो उन्होंने उसे पहचान लिया था और जब उसने बताया था कि उनकी लड़की और दामाद आते

इतवार को उनसे मिलने आएंगे तो वे बड़ खुश हुए थे।···और वहां पागलखाने के बागीचे में आम की घनी छाया के नीचे घास पर लेटे-लेटे वह कल्पना कर रही थी कि आज वे उनको घर ले जाएंगे।

इससे ज़रा परे अपनी पत्नी के बराबर टांगें पसारे, हाथ पीछे टिकाए बैठा हुआ चेतन मन ही मन उस सम्वाद को दोहरा रहा था, जो वह अपने ससुर को देखने के बाद हस्पताल के इन्चार्ज डॉक्टर से करना चाहता था। उसके पास सिफारिशी चिट्ठियां तो थीं, इसपर भी वह जानता था कि उसे डॉक्टर को बताना होगा, क्यों पण्डितजी को पागलखाने से निकालकर घर ले जाना ज़रूरी है और वह कई तरह की युक्तियां, अंग्रेज़ी के चुस्त वाक्य अपने मन में दोहरा रहा था। सहसा सीधे बैठकर उसने दाईं ओर लेटी अपनी सास से पूछा, "मां, आज हम चन्दा के पिताजी को ले जाएंगे तो वे रहेंगे कहां?"

"तुम चिन्ता न करो बेटा! सेठ की बड़ी हवेली है। बाल-बच्चे हैं नहीं, बहुत-से कमरे खाली पड़े हैं। सेठानी ने एक कमरा मुझे दे रखा है, उन्हें कोई तकलीफ नहीं होगी।"

चेतन आश्वस्त हो गया और जाने कैसे पिछले दिनों की स्मृतियों में उसकी याद उस बरसाती भीगी रात पर अटक गई, जब शाम को उसने अपने ससुर के पागल होने का समाचार सुना था; वह रात के दो बजे बरसते पानी में घर पहुंचा और उसकी पत्नी रोते-रोते उससे लिपट गई थी तो एक अपार करुणा, जिसे वह सिवा प्यार के दूसरा नाम न दे पाता था, चेतन के अणु-अणु में भर गई थी और दो वर्षों में पहली बार अपनी पत्नी के संसर्ग में उसने उस शारीरिक पुलक का आभास पाया था, जिसका संकेत कविराज ने शिमला छोड़ते समय उसे अपने उपदेश में दिया था और जो शब्द चेतन के दिमाग में हमेशा के लिए अंकित हो गए थे।

अजीब बात है कि उनके तन और मन का यह सम्मिलन उतना काम-वश नहीं था, जितना एक ओर उस बुरी खबर से उपजने वाले दु:ख और भय तथा दूसरी ओर उस स्थिति से उत्पन्न होने वाली अपार करुणा तथा सहानुभूति के कारण—और उस रात के तीसरे पहर जब बाहर केवल टपटपाती बूंदियों के सिवा कोई आवाज़ नहीं थी, और अन्दर अपार करुणा और स्नेह से भरकर

उसने अपनी पत्नी के आंसू अपने होंठों से पोंछ दिए थे और उसके पिता की ओर से उसे आश्वस्त कर दिया था और दो वर्षों में पहली बार चन्दा ने कृतज्ञता से अभिभूत होकर उसे बांहों में भरकर चूम लिया था तो उसके बाद उसकी पत्नी का जो रूप उसके सामने आया था, वह उसके लिए एकदम नया था। न उसने बत्ती बुझाने पर ज़ोर दिया था, न वह लज्जा से निस्पन्द बनी रही थी। कभी वह उसे ठहरे-निथरे पानी की बेकिनार झील ऐसी लगी थी, जिसमें वह डूबकर अपने उत्तप्त मन को शान्त कर लेता था। लेकिन उस रात चन्दा उसे उत्तरी ध्रुव के उस बर्फानी घर ऐसी लगी, जो चर्बी की बत्ती से रोशन और गर्म हो और बाहर की ठण्ड में अजानी उष्णता देता हो। जो धीरे-धीरे पिघलता हुआ उसे अपने में समो लेना चाहता हो।···

उसके पास ही आलथी-पालथी मारे बैठी उसकी पत्नी की निगाहें फाटक पर टिकी थीं, जिसपर एक सन्तरी पहरा दे रहा था और वह सोच रही थी—इसके अन्दर न जाने कितनी बेगिनती कोठरियां हैं और न जाने कौन-सी कोठरी में उसका पिता पागल बनाकर बन्द कर दिया गया है। न जाने किस तरह इस भयानक गर्मी में अपनी कोठरी में लेटा वह अपने बीते दिनों की याद कर रहा है! उसे ज़रूर ही अपनी लड़की की याद आती होगी। वह ज़रूर उसे कठकरेज समझता होगा। इतने दिनों से पिता पागलखाने की जेल में बन्द है और बेटी उसे देखने तक नहीं आई! ···और बेटी को इस सबका पता भी नहीं। किसीने उसे खबर नहीं दी।···चन्दा का गला भर आया और वह आंचल में मुंह छिपाकर चुपचाप रोने लगी।

तभी पागलखाने के घण्टे में चार का गजर बजा। बड़ा फाटक खुल गया। चेतन चौंककर उठा। उसने नीचे घास पर पड़ा रूमाल उठाया, झाड़कर उसने फिर उससे अपने जूते पोंछे और तहाकर पतलून की जेब में रख लिया। अपना कॉलर और टाई ठीक कर उसने सर पर हैट रखा, ऊपर की जेब से रेशमी रूमाल निकालकर हाथ में लिया और पागलखाने के फाटक तक गया। उसने सन्तरी को अपना परिचय दिया और कहा कि उसे पण्डित दीनबन्धु से मिलना है। यह कहते हुए तनिक ओट में होकर उसने एक रुपया सन्तरी के हाथ में थमा दिया।

रिश्तेदारों को गेट के अन्दर जाने की इजाज़त नहीं थी। सीखचों के बाहर से वे अपने सम्बन्धी पागलों को देख या उनसे बातचीत कर सकते थे; पर चेतन, उसकी पत्नी और उसकी सास को सन्तरी ने ज़रा-सा गेट खोलकर अन्दर कर लिया। चेतन अपनी पत्नी के साथ एक बेंच पर बैट गया। उसके लाख ज़ोर देने के बावजूद उसकी सास वहां धरती पर पैरों के बल सहमी-सी बैठ गई। तभी चौकीदार के साथ उन्होंने पण्डितजी को आते देखा। चेतन ने मार्क किया—उसके ससुर ने भी दूसरे पागलों ऐसे मोटे, खुरदरे कपड़े पहन रखे हैं। कई दिन से हजामत न बनी होने के कारण उनके चेहरे पर दाढ़ी बढ़ आई थी। दूर से वे उसे पहले ऐसे ही स्वस्थ लगे। उनके चेहरे पर वही मूकता थी और उनकी आंखें शून्य में टिकी थीं।

चन्दा का जी हुआ, अपने पिता से जाकर लिपट जाए, पर जब उसे देखकर भी उन्होंने नहीं देखा तो जाने क्या गोला-सा अन्दर से उठकर उसके गले में आ गया और उसने आंचल से आंखें ढांप लीं।

जब पण्डितजी निकट आ गए तो चौकीदार ने कहा, "बैठ जाओ!"

वे उन लोगों के सामने दीवार के साथ ज़मीन पर पैरों के बल बैठ गए और चूतड़ उन्होंने फर्श पर टिका दिए। फिर चौकीदार तथा उन तीनों की ओर देखकर वे अकारण हंस दिए।

चेतन की सास ने बादामों की पोटली खोल कर गिरियों का कागज़ उनकी ओर बढ़ाया।

तब चेतन ने उन्हें ध्यान से देखा और उसने जाना कि उसके ससुर पहले से आधे भी नहीं रहे। उनका चेहरा, जो बढ़ी हुई दाढ़ी के कारण दूर से भरा-भरा लगता था, चेतन को एकदम पीला और विवर्ण लगा। उनके दांतों पर पीली-पीली मैल चढ़ी हुई थी, और जब उसकी सास ने बादामों की पोटली उनके आगे बढ़ाई तो चेतन ने देखा—बादाम लेते हुए उसके ससुर का हाथ कांप रहा है।

पण्डितजी ने दो-तीन फंकों ही में मकई के भुने हुए दानों की तरह गिरियां चबा डालीं। तब चेतन की सास आंचल से मिश्री की डली खोलकर दूध में घोलने लगी।

लेकिन चन्दा चुप न रह सकी। हृदय में अनायास उठ आने वाले आवेग को दबाकर और आंखें पोंछकर उसने अपनी मां से पूछा, "मां, क्या ये हमें पहचानते नहीं?"

अपनी नीम-अन्धी आंखों से अपने पति को देखकर चेतन की सास ने कहा, "क्यों नहीं बेटी!" और फिर सिर का पल्ला तनिक नीचे कर उसने चन्दा की ओर संकेत करते हुए अपने पति से पूछा, "क्यों, इसको पहचानते नहीं?"

"पहचानता क्यों नहीं!" हंसते हुए पण्डितजी ने कहा।

"भला कौन है यह?"

"मेरी बीवी, और कौन है!"

चन्दा ने फिर आंचल से मुंह ढांप लिया और चेतन ने उसकी सिसकी सुनी।

तब चेतन की सास ने उसकी ओर संकेत किया और पूछा, "भला यह कौन है?"

"हमारे भाई ही तो हैं।" यह कहकर पण्डितजी ने सबकी तरफ इस तरह देखा, जैसे कह रहे हों, क्या तुम लोगों ने मुझे पागल समझ लिया है? और बोले, "यही तो मुझे यहां पागलखाने में छोड़ गए हैं।"

रोनक्खी-सी होकर चेतन की सास ने कहा, "क्या मुझे भी नहीं पहचानते?"

"वाह!" चेतन के ससुर अपने पीले दांत दिखाते हुए कुछ अजीब-सी करुणा से हंसे, "अपनी मां को भी न पहचानूंगा, जो मुझे रोज़ बादाम खिलाती और दूध पिलाती है!"

यह कहते हुए उन्होंने ज़ोर से ठहाका लगाया और दूध का बर्तन अपनी पत्नी के हाथ से लगभग छीनकर गट-गट पीने लगे।

चौथा खण्ड

17

दूसरे दिन चेतन नोट-बुक में लिख रहा था :

'मैं क्या करूं? मेरी समझ में कुछ नहीं आता। स्थिति वहीं है, जहां मोहिनी से मुलाकात की शाम थी। मेरा ससुर धुत्त पागल

है, मेरी सास नज़दीक ही सेठ वीरभान के घर चौका-बर्तन कर, सात रुपये महीना पा रही है और मैं स्टेशनमास्टर पण्डित शादीराम का बेटा ही नहीं, लाहौर का प्रसिद्ध जर्नलिस्ट और अफसानानिगार हूं। मेरी सास कभी मेरे यहां न आएगी और न ही मैं इस स्थिति से समझौता कर सकूंगा। मैं क्या करूं! मुहल्ला छोड़ दूं? मैं क्या करूं! कहां जाऊं!'

कॉपी को वहीं घुटनों पर रखे चेतन ईज़ी चेयर पर पीछे को लेट गया। उसके दिमाग में तूफान मचा था और उसे शान्त करने का कोई उपाय उसे सूझ न पा रहा था।

उसकी सारी योजनाएं, सारे सपने, यथार्थ स्थिति के एक हल्के-से स्पर्श से हवा हो गए थे और समस्या वहीं की वहीं थी और उसकी तोप साहित्यकारी और पत्रकारी किसी काम न आ रही थी, बल्कि उसके मार्ग की बाधा बनी हुई थी। यदि वह कोई शहर का छोटा-मोटा क्लर्क या दुकानदार होता तो शायद वह यों परेशान न होता। वह क्या करे, कौन-सी सूरत निकाले! उसकी समझ में कुछ न आ रहा था। उसका दिमाग एक दलदल-सा बना हुआ था, जिसमें कोई भी विचार स्थिर न हो रहा था। और वह उदास, परेशान, खीझा और थका हुआ लेटा था। जाने कितनी देर वह उसी तरह लेटा रहा। पसीने से उसके कपड़े तर हो गए थे। बाहर शाम गहरा गई थी। कमरे में भी गहरा अंधेरा छा गया था, पर बिना रोशनी जलाए चेतन उसी तरह दीवार की ओर को मुंह किए निःस्पन्द लेटा पड़ा था।

तभी चन्दा ने आकर बत्ती जलाई थी, कहा था कि खाना तैयार है, दफ्तर का समय हो गया है, वह उठे, नहाकर खाना खा ले।

चेतन चुपचाप उठा था। उसने पतलून उतारकर तहमद पहन ली थी। नहाने को उसका जी न हुआ था। वैसे ही वह रसोई में जा बैठा था और खाना खाकर दफ्तर चला गया था।

रात जब वह लौटा था तो आकाश पर बादल घिरे हुए थे, तेज़ ठण्डी हवा झोंके दर झोंके बह रही थी। चेतन ने डेवढ़ी में पांव रखा था तो बूंदियां बरसने लगी थीं। दिन की थकी-हारी उसकी पत्नी गहरी नींद सो गई थी। उसने दो-एक बार दस्तक दी तो वह उठी। उसने दरवाज़ा खोला। अन्दर जाकर चेतन ने

चिटखनी लगाई, बत्ती बन्द की और चुपचाप बिस्तर पर जा लेटा।

लेट गया, लेकिन बेहद थका होने के बावजूद उसे नींद नहीं आई। चन्दा प्रायः पड़ते ही सो जाती थी। लेकिन कुछ देर तक अपने बिस्तर पर लेटे रहने के बाद चेतन को लगा कि वह भी जाग रही है। एक-दो बार चेतन ने उसके करवट लेने और लम्बी सांस खींचने की आवाज़ सुनी, लेकिन वह अपने बिस्तर पर निस्पन्द पड़ा कमरे के अंधेरे में तकता रहा। एक-दो बार उसके जी में आया, अपनी पत्नी को इस तरह छुए कि वह उसके बिस्तर पर आ जाए, लेकिन वह निश्चल पड़ा रहा। पड़ा रहा और टुकुर-टुकुर अंधेरे में तकता रहा। सात दिन पहले बरसाती रात के उस करुणा-भरे क्षण में उसकी पत्नी उसके कितने निकट आ गई थी! वे दोनों एक-दूसरे में जैसे विलीन होकर एक हो गए थे और अब सात दिन बाद ही वह उससे कितनी दूर हो गई थी! वह नहीं हो गई थी, चेतन ही दूर खिंच आया था, जैसे उसके पिता के पागल होने और सेठ वीरभान के यहां उसकी मां के नौकरी करने में सभी दोष चन्दा का हो। पागलखाने से आने के बाद वह एकदम पत्थर बन गया था। सान्त्वना का एक शब्द भी उसने पत्नी से न कहा था।

आंखें बन्द किए दोनों देर तक जागते रहे थे। करवटें बदलते रहे थे और फिर बिना एक भी बात किए सो गए थे।

लम्बी सांस भरकर चेतन फिर सीधा होकर बैठ गया। उसने घुटनों से नोट-बुक उठाई। लिखा हुआ पैरा पढ़ा और फिर नये पैरे से लिखने लगा :

'घर में मेरा मन नहीं लगता। बीवी से बात करने को जी नहीं होता।...यथैव विधाता वधीयति तथैव शुभाय।...लेकिन इस स्थिति में शुभ क्या है? मैं इस स्थिति से क्या फायदा उठा सकता हूं?...

'मैं समझता हूं, मुझे अपने-आपको काम के समन्दर में गर्क कर देना चाहिए। मेरे पास न वक्त होगा, न मैं सोचूंगा। मैं अपनी उर्दू किताब छपवाऊंगा। अपनी कहानियां हिन्दी में करूंगा। हिन्दी वालों की गोष्ठियों में जाऊंगा। जिस्मानी तौर पर मैं चाहे घर से बंधा रहूं, पर मन से बहुत दूर चला जाऊंगा। शायद विधाता को

यही मंज़ूर है। शायद इसीमें कोई बेहतरी हो। इसके सिवा कोई चारा नहीं। मैं इसी मसले पर सोचता रहूंगा तो पागल हो जाऊंगा।'

18

पन्द्रह दिन के अन्दर-अन्दर अनथक परिश्रम से न केवल चेतन ने अपने मन मुताबिक पण्डित हरिचन्द 'अख्तर' से अपने संग्रह की भूमिका लिखवा ली, वरन् पुस्तक छपवा भी डाली। यूं तो उसे रॉयल्टी के बदले पुस्तकें ही लेनी थीं, पर वह इतनी पुस्तकें घर ले जाकर कहां रखेगा, यह सोचकर उसने लाला चमनलाल से केवल पच्चीस पुस्तकें लीं और जैसे आसमान में उड़ता हुआ सा घर आया।

"लो मेरी जान, किताब की पहली प्रति। तुम्हारी ही भेंट करता हूं।" घर पहुंचकर उसने किताब पर अपनी पत्नी के लिए एक पंक्ति लिखने को होल्डर उठाते हुए कहा।

पहले चेतन ने कुछ रूमानी पंक्तियां सोचीं। जैसे :

अपनी प्यारी चन्दो के लिए

या

अपनी चन्दो के लिए पहली प्रति

या

चन्दा के लिए, जो झील की तरह विशाल
और गहरी है और धरती की तरह सहिष्णु

या

अपने दुःख-सुख की संगिनी चन्दा के लिए

लेकिन दो-एक वाक्य सोचते न सोचते पुस्तक प्रकाशन के उल्लास में वह अपनी जिस कठिन स्थिति को भूले हुए था, (जिसका कारण उसकी यही संगिनी थी) वह उसके ज़ेहन में लौट आई। तब 'संगिनी' से वह 'जीवनसंगिनी' तक पहुंच गया और उसने एक निहायत गैर-रूमानी रूखा-फीका वाक्य लिखा :

अपनी जीवनसंगिनी चन्दा के लिए
पहली प्रति

और दस्तखत करके उसने पुस्तक अपनी पत्नी को दे दी।

लेकिन चन्दा शायद उसके इसी उल्लास के क्षण की प्रतीक्षा कर रही थी। किताब लेकर उसकी लिखाई-छपाई की प्रशंसा करते हुए उसने चेतन से कहा कि वह उसे भी उर्दू पढ़ा दे, ताकि वह भी उसकी कहानियों को पढ़ सके।

चेतन उत्साहित हो आया और उसने अपनी पत्नी को उर्दू पढ़ाने की योजना बना डाली। तभी चन्दा ने धीरे से कहा कि वह अपनी मां से मिलने जाना चाहती है।

चेतन का सारा उत्साह भंग हो गया और इतने दिनों से दबा हुआ उसका क्रोध फिर उभर आया। "मैं वहां जाना पसन्द नहीं करता और न यही पसन्द करता हूं कि तुम वहां जाओ," उसने रुखाई से कहा, "अपनी मां से कहो कि वह तुम्हें यहीं आकर मिल जाया करे।" और क्षण-भर रुककर उसने कहा, "जाने हमको यह मकान भी छोड़ देना पड़े और दूर कहीं ऋषिनगर या गोपालनगर घर ढूंढ़ना पड़े।"

चन्दा ने जैसे अन्तिम बात नहीं सुनी। उसने आंखें फर्श में गाड़े सिर्फ इतना ही कहा, "मेरी मां ने यह घर नहीं देखा, नहीं तो वह कब की आकर मिल जाती।"

"ठीक है!" चेतन ने और भी रुखाई से कहा, "आज तो देर हो गई है, कल उसे लाकर घर दिखा देंगे।" और फिर सहसा अकारण झुंझलाते हुए उसने चन्दा की मैली-सी धोती की ओर संकेत करते हुए कहा, "यह कैसी मैली-चीकट धोती तुमने पहन रखी है! क्या तुम्हारे हाथ टूट गए हैं, जो तुमसे अपने कपड़े भी साफ नहीं होते?"

और क्रोध का एक उबाल-सा उसके अन्दर उमड़ पड़ा। उसे विश्वास था, वह घर पर रहेगा तो उसका सारा क्रोध उसकी पत्नी पर बरस पड़ेगा। दफ्तर जाने में अभी काफी समय था। उसने अपने कहानी-संग्रह की कुछ प्रतियां उठाईं और अपने उर्दू साहित्यकार मित्रों में बांटने के लिए चल पड़ा। दूसरी प्रति वह पण्डित रत्न को देगा, यह उसने तय किया और तीसरी महाशय देवदर्शन को। मन ही मन अपने मित्रों की सूची बनाता हुआ वह शीशमहल रोड की ओर चल पड़ा कि दफ्तर से आते ही पण्डित रत्न को पकड़ ले, उन्हें एक प्रति दे और फिर उनके साथ जाकर महाशय देवदर्शन, ज़ख्मी साहब, लाला जीवनलाल कपूर आदि को प्रतियां दे

आए।

महाशय देवदर्शन तो उसके निकट रेलवे रोड पर ही रहते थे। पण्डित रत्न को पुस्तक देकर वह उनके साथ उनके यहां गया। जब उन्हें पुस्तक देकर वे उनके मकान से नीचे उतरे तो चेतन ने कहा कि यदि दो मिनट उसके घर रुकें तो वह खाना खाकर उनके साथ ही दफ्तर चल दे। पण्डित रत्न मान गए थे। वह उनके साथ घर आया था। पांच मिनट में खाना खाकर वह ज़ख्मी साहब और कपूर साहब के लिए पुस्तकें लेकर दफ्तर चला गया था। पण्डित रत्न कुछ देर बैठे थे, तभी महाशय जीवनलाल कपूर आ गए थे और पण्डितजी के यार की पहली पुस्तक को उलट-पलट देखते और बाछें खिलाते हुए उन्होंने पण्डितजी को बधाई दी थी और चेतन की पीठ पर ज़ोर से शाबाशी का हाथ जमाया था। 'पीर जिन्हां दे टप्पने, चेले जान छड़प्प,'[1] पंजाबी कहावत दोहराते हुए उन्होंने जोर से ठहाका लगाया था और पण्डितजी को साथ लेकर चले गए थे।

रात सोने से पहले चेतन ने नोट-बुक में चन्द पंक्तियां लिखीं :

'आज चन्दा ने अपनी मां से मिलने की बात कही तो अचानक मेरा दिमाग खराब हो गया। पन्द्रह दिन से लगातार मैं अपने-आपको दूसरे कामों में लगाए रहा हूं, लेकिन मन के किसी छिपे कोने में अपनी स्थिति पर एक नामालूम झुंझलाहट दबी रहती है। अगर मेरी सास वहां से नौकरी छोड़ दे तो कितना अच्छा हो! कल मैं उसे घर दिखाने के लिए लाऊंगा और एक बार फिर कोशिश करूंगा, अगरचे मुझे उम्मीद नहीं कि वह मानेगी।'

दूसरे दिन दस बजे के करीब चेतन अपनी पत्नी को लेकर गोविन्द गली गया। चन्दा से उसने कह दिया कि वह पहले की तरह गली में खड़ा रहेगा और वह भी ऊपर न जाए। अपनी मां को बुलाकर समझा दे कि वह आध घण्टे की छुट्टी लेकर आए और घर देख जाए।

---

1. जिनके उस्ताद कूदने वाले होते हैं, उनके चेले पलक झपकते वे छलांग लगा देते हैं।

वह गली में खड़ा रहा था और चन्दा जाकर अपनी मां को ले आई थी। घर तक चेतन अपने-आपको किसी तरह रोके रहा था, लेकिन घर पहुंचकर अभी वह आराम से बैठी भी न थी कि चेतन ने बात शुरू कर दी थी।

हालांकि बात करने से पहले भी उसे लगता था कि इस संदर्भ में बात करना बात गंवाने के बराबर है, लेकिन कहकर वह मन का बोझ हल्का कर लेना चाहता था।

उसकी सास पूर्ववत् फर्श पर बैठ गई थी, चन्दा चारपाई पर बैठी थी और चेतन कुर्सी पर। बात उसने सीधे नहीं रखी। घुमाकर उसने कहा, “अम्मा, मैंने डॉक्टर से पूछा था। पण्डितजी को अभी पागलखाने में बहुत दिन लगेंगे। तुम्हारी उमर अब मेहनत-मशक्कत करने की नहीं। तुम क्यों वहां इतनी तकलीफ सहती हो? नौकरी छोड़कर यहां आ जाओ। दामाद और बेटे में आखिर क्या फर्क होता है! मैं तुम्हारे बेटे के बराबर हीतो हूं···”

लेकिन उसकी अनपढ़ और भोली सास उसका मन्तव्य नहीं समझी। उसे तसल्ली देते हुए बोली, “नहीं बेटे, कोई वैसी मेहनत-मशक्कत मुझे वहां नहीं करनी पड़ती। सेठ, सेठानी और कृष्णा तीन ही तो जने हैं। जहां अपने लिए दो रोटियां पकाती हूं, चार उनके लिए भी उतार देती हूं। सेठ बहुत सीधा-सादा खाना खाते हैं। मुझे वहां कोई तकलीफ नहीं, तुम चिंता न करो।”

अब चेतन उसे कैसे समझाता कि तकलीफ तुम्हें नहीं, मुझे है। तुम्हारे वहां काम करने से मेरा अहं आहत होता है। मेरी प्रतिष्ठा पर आंच आती है। सो उसने फिर घुमाकर कहा, “अम्मा, डॉक्टर ने बताया है, पण्डितजी के इलाज को अभी बहुत देर लगेगी। इलाज तो उनका वहां हो ही रहा है। तुम वापस बस्ती गज़ां चली जाओ और अपने घर, अपने सगे-सम्बन्धियों, जेठ-जेठानियों में रहो···”

लेकिन उसकी सास ने उसकी बात काट दी और कहा, “बेटा, मेरा घर वहीं है, जहां मेरा पति है। जेठ और उनके बेटे-बेटियों की गुलामी मैंने बहुत कर ली है। उनकी गुलामी करने और बदले में दो रोटियां और दस ताने-मेहने पाने के बदले दस उंगलियों से कमाती हूं, अपना पेट पालती हूं और चन्दा के पिता की सेवा करती हूं। मुझे और कुछ नहीं चाहिए। भगवान यही चाहता है

तो मैं इसीमें खुश हूं। मैं उनकी कोई मदद नहीं कर सकती, पर हफ्ते में दो बार उन्हें देख तो आ सकती हूं, और कौन जानता है, मेरी सेवा से भगवान खुश हो जाए और उन्हें ठीक कर दे। उनके दिमाग की खुश्की दूर हो जाए…”

चेतन चिल्लाकर कहना चाहता था कि उनके दिमाग में खुश्की नहीं, वे पागल हैं, धुत्त पागल! लेकिन वह चीखा न चिल्लाया। उसने अपनी उर्दू कहानियों की फाइल, अपने नये उर्दू कहानी-संग्रह की एक प्रति और 'कुर्बानगाहे-इश्क' का हिन्दी अनुवाद उठाया और मां-बेटी को बातें करता छोड़ घर से निकल गया।

19

चातकजी खाना खाने के लिए घर जाने को दफ्तर की सीढ़ियां उतर रहे थे, जब चेतन ने नीचे खड़े-खड़े उन्हें 'नमस्कार' किया।

मुस्कराकर और बायें हाथ से बालों की लट हटाते हुए चातकजी ने वहीं से उसके 'नमस्कार' का उत्तर दिया।

वे अभी सीढ़ी पर ही थे कि चेतन ने कहा, “मैं आपको कहानी सुनाने के लिए आया था।”

नीचे आकर उसके कन्धे को थपथपाते हुए चातकजी ने हंसकर कहा, “चलो, घर चलते हैं और वहीं सुनते-सुनाते हैं। खाने का समय हो गया है और मैं सुबह आठ बजे से दफ्तर में बैठा हूं। भूख लग आई है।”

तब चेतन ने अपना उर्दू संग्रह उनकी खिदमत में पेश किया। “यह मेरी उर्दू कहानियों का संग्रह है। कल ही छपकर बाहर आया है। मुंशी चन्द्रशेखर ने इसकी भूमिका लिखी है।”

चातकजी ने चलते-चलते रुककर संग्रह लिया। क्षण-भर जिल्द पर छपे नाम को देखते रहे। उर्दू की तो वे वर्णमाला तक नहीं जानते थे।

“क्या नाम है?” उन्होंने पूछा।

“सीरत की पुतली।”

तब उन्होंने मुख-पृष्ठ पलटा। अन्दर पोस्तीन पर चेतन ने लिखा था :

'अपने प्यारे मेहरबान दोस्त चातकजी के लिए
मुहब्बत और खुलूस के साथ'

उसने दोनों पंक्तियां पढ़कर सुनाईं।

चातकजी खुश हो गए। किताब बन्द करके उन्होंने उसकी पीठ थपथपाते हुए उसे बधाई दी। फिर चलते हुए बोले, "तुम खाना खाकर चले थे या अभी फिर घर जाओगे?"

"खाकर तो नहीं चला," चेतन ने उनके साथ चलते-चलते कहा, "पर मुझे भूख नहीं और मैं खाना गोल कर जाने का आदी हूं।"

"खाना गोल करोगे तो क्या लिखोगे? भूखे भजन न होई गोपाला!"

और मन ही मन उसे अपना नया चेला मानकर वे उसपर काव्य और कला के भेद खोलते गए और चेतन चुपचाप सुनता गया। तभी उनका घर आ गया।

ऊपर पहुंचते ही कवि ने उसका परिचय अपनी लम्बी-तगड़ी, नितान्त अनपढ़ और अनगढ़ पत्नी को दिया और कहा कि उनके साथ ही चेतनजी के लिए भी खाना परस दे।

चेतन ने एक-दो बार इनकार किया और कहा कि वे उसके खाने की चिन्ता न करें, पर कवि ने पानी का लोटा लेकर उससे कहा कि वह हाथ-मुंह धो ले। चेतन ने हाथ-मुंह धो लिए तो कवि ने स्वयं मुंह पर छींटे मारे और धोती के छोर से मुंह-हाथ पोंछते हुए चौके में आसन पर आ विराजे। उनके बराबर एक दूसरा आसन बिछा था। उन्होंने चेतन को उसपर बैठने के लिए कहा।

कवि-पत्नी ने—जो लम्बी-तगड़ी होने के बावजूद नकियाकर कुछ अजीब-सी लटकती आवाज़ में बोलती थी, जिसके श्यामवर्ण, अनगढ़ और असुन्दर सरापे को देखकर चेतन पर कवि के 'चातकपन' का भेद अनायास खुल गया था—चेतन को साग्रह एक-दो रोटियां ज़्यादा खिला दीं और यह सोचकर कि उसे बराबर वहां आना पड़ेगा, चेतन ने तुरन्त उससे देवर-भाभी का नाता जोड़ लिया।

लेकिन जिस कारण उसने खाना वहीं खाना स्वीकार लिया, उसका वह मनोरथ सिद्ध नहीं हुआ। वह उस दिन कवि को अपनी कहानी नहीं सुना सका।

खाना खाने के बाद चातकजी उसे अपने कमरे में ले गए और इससे पहले कि वह फाइल खोलता और कहानी सुनाता, चातकजी उसे अपना खण्डकाव्य सुनाने लगे।

काव्य सुनना शुरू करने के पहले ही चेतन की आंखें करकरा रही थीं। काव्य सुनते-सुनते उसे कई बार झपकी आ गई। तब उसके सुनने का भरम कवि पर खुल न जाए, इस खयाल से उसने पीठ और सिर दीवार से टेक लिए थे और परम तन्मय भाव से आंखें बन्द कर ली थीं। दो-एक बार उन्होंने पूछा भी था कि वह सुन रहा है ना? तब पूर्ववत् आंखें बन्द किए केवल सिर के इशारे से उसने संकेत किया कि वे पढ़ते जाएं, वह दत-चित्त होकर सुन रहा है।

लेकिन जब कवि ने काव्य समाप्त किया तो उसने भी आंखें खोल दीं। तकिये के सहारे लेटकर और पत्नी को नींबू के शर्बत का आदेश देकर कवि करवट के बल उसकी ओर हो बैठे। प्रकट ही वे चेतन से प्रशंसा के दो शब्दों की अपेक्षा रखते थे। लेकिन चेतन सचमुच अन्त में ऊंघ गया था और उसे भय था कि कवि जान न गए हों कि वह काव्य सुनता नहीं, सोता रहा है।

जब चेतन ने दाद नहीं दी तो कवि स्वयं ही बोले, "इस काव्य को लिखने की प्रेरणा मुझे तब हुई थी, जब मैंने अपनी स्वर्गगता छोटी-सी दुधमुंही बच्ची स्नेहलता को एक बार गोद में लिया था और किसी अकथनीय आनन्द से मेरा मन विभोर हो उठा था। लेकिन अभी यह काव्य आधा भी न लिखा गया था कि वह मुझे छोड़कर चली गई। तब से टूटे हुए दिल की तरह यह मेरा काव्य भी अधूरा पड़ा रहा। फिर मैंने एक दिन अपनी उस स्वर्गगता बच्ची से आशीर्वाद मांगा कि वह मुझे अपनी इस यादगार को पूरी करने की सामर्थ्य दे और सहसा एक दिन मेरी लेखनी अबाध गति से बह चली और काव्य पूरा हो गया। मैं अपनी बच्ची को इतना प्यार करता था, जितना कोई नहीं कर सकता। इसी तरह मेरी इस 'मायाविनी' को भी मेरे जितना कौन पसन्द कर सकता है!"

"हरगिज़ नहीं!" सहसा चेतन ने कहा।

कवि चौंके और चेतन भी चौंका। लड़खड़ाते शब्दों में अपनी उस उद्धतता को छिपाते हुए उसने कहा, "आपने ··दर-असल···सच ही कहा। इतने सुन्दर काव्य से प्यार करना खुद उस

क्षण को छू लेना है, जब कवि को उसे लिखने की प्रेरणा मिली और ज़ाहिर है कि यह हर किसीके बस की बात नहीं; लेकिन जो भी इसे दोबारा पढ़ेगा, वह इसे आपसे भी ज़्यादा प्यार करने लगेगा। एकसाथ दिल और दिमाग को झंझोड़ देने वाली चीज़ लिखी है आपने।"

तब कवि के थके म्लान मुख पर हठात् बड़ी प्यारी-सी मुस्कान खेलने लगी। चेतन ने एक और रद्दा जमाया। "यह हमारी बद-किस्मती है," उसने कहा, "कि देश गुलाम है, विदेशी लेखकों के सामने हिन्दुस्तान की अहमियत कुछ भी नहीं, वरना क्या रवीन्द्र-नाथ ठाकुर के बाद यहां एक भी लेखक को नोबल पुरस्कार न मिलता!"

चातकजी ने प्रसन्न होकर कहा कि उनके एक स्नेही ने भी यही बात कही थी। वे इसका अंग्रेज़ी अनुवाद कराने की सोच रहे हैं।

चेतन ने चाहा कि अपनी भी एक-दो कहानियां उन्हें सुना डाले, पर चातकजी इतने उत्साह में थे कि कमरा उन्हें बहुत छोटा-सा लगने लगा। वे उठे। उनकी पत्नी दो गिलास नींबू का शर्बत ले आई थी। उन्होंने खड़े-खड़े शर्बत का गिलास पिया और उससे बोले कि वह नये कपड़े निकाल दे। वे इतने में नहा लेते हैं।

चेतन ने पूछा, "कहीं जाना है क्या?"

"आज इतवार है। शुक्ल साहित्य सदन और करुण काव्य कुटीर में इतवार को छना करती है," उन्होंने कहा, "वहीं चलेंगे। नीरवजी भी होंगे और दूसरे हिन्दी साहित्यकार भी। मौज रहेगी।"

चेतन का चेहरा उतर गया, पर अपनी निराशा को बरबस छिपाते हुए उसने कहा, "मैं आपको अपनी दो-एक कहानियां सुनाना चाहता था। एक कहानी मैं हिन्दी में भी करके लाया था।"

"अरे भाई, तुम्हारी कहानियां सुनेंगे, देखेंगे, उन्हें सब पत्र-पत्रिकाओं में छपवाएंगे। घबराते क्यों हो! अभी तो चलो, तुम्हें गोपालनगर ले चलें। एक-दो ठण्डाई के गिलास पिलाएं। कुछ कविताएं सुनाएं।"

चेतन पहले ही कविता सुनकर अघा गया था, उसने सिर्फ इतना कहा, "मैं तो कोई नशा नहीं करता!"

"फिर तुम कवि क्या बनोगे!"

और हंसते हुए कवि स्नानागार में चले गए। चेतन भागा-भागा घर गया। फाइल और कहानी उसने मेज़ पर रख दी। चंदा को बताया कि खाना उसने चातकजी के यहां खा लिया था और वह चातकजी के साथ गोपालनगर जा रहा है। हो सकता है, उसे कुछ देर हो जाए। फिर मुंह-हाथ धोकर और बालों में कंघी करके वह चातकजी के घर पहुंचा। कुछ क्षण बाद ही दूध-धुली खादी के धोती-कुर्ते में लैस, तह किया रेशमी साफा कन्धे पर रखे और बालों की लट माथे पर डाले कवि चातक आ गए। वे बहुत अच्छे मूड में थे। उन्हें अपने महाकवि होने का पूरा विश्वास था और महाकवि कैसे बनता है, इसपर अपने बहुमूल्य विचार प्रकट करते हुए वे चेतन के साथ चल पड़े।

दूसरे दिन चेतन सुबह नोट-बुक में लिख रहा था :

'मेरा ज्योतिष वगैरह में कुछ वैसा विश्वास नहीं, पर यदि उस शास्त्र में कुछ सच्चाई है और हमारे दिन अच्छे-बुरे नक्षत्रों के अनुसार बीतते हैं और हम लाख कोशिश करें, होता वही है, जो उन्हें स्वीकार होता है तो कल निश्चय ही मेरा कोई बुरा नक्षत्र टेढ़ी आंख से मेरे भाग्य को देख रहा होगा। काम में सफलता मिली नहीं, उलटे दिन-भर बोर होना पड़ा।

'चातकजी ने पूरा का पूरा खण्ड-काव्य सुना डाला और करुणजी ने सतसई। वे सब तो भांग के गिलास चढ़ाकर नशे में झूमते हुए सुनते रहे, लेकिन मैं तो नशा नहीं करता। बैठा बोर होता रहा। दफ्तर में छुट्टी न होती तो उसी बहाने उठ आता, पर चातकजी से कह चुका था कि आज छुट्टी है, सो रात दस बजे लौटा।'

चेतन के सामने पिछली शाम की गोष्ठी अपने नन्हे से नन्हे ब्योरे के साथ आ गई। उसे कवि करुण पर दया हो आई, जिन्होंने ज़िन्दगी में इतना दु:ख पाया था और इतना कष्ट सहकर, सात सौ दोहों और लम्बी-लम्बी व्याख्याओं से भरपूर, इतनाबृहद ग्रन्थ लिखा था, जिसे छपवाने में उनकी पत्नी की सारी जमा-पूंजी खर्च हो गई थी; उनका आधा वेतन ऋणदाताओं की भेंट हो रहा था और उन्हें एक जून खाना पड़ रहा था। लेकिन इन सबके बाद चेतन को

लगा था कि उस सारे यथार्थ चित्रण और उन लम्बी, ऊबाऊ व्याख्याओं के बावजूद उनकी सतसई और चाहे जो हो, काव्य नहीं है। एक दोहे ने भी उसके मन को नहीं छुआ था। चेतन के दिमाग में रसखान, वृन्द, कबीर, बिहारी के अनेक दोहे गूंज गए, जो उसने बी० ए० में पढ़े थे और उसे आज भी कण्ठस्थ थे। करुणजी का एक भी दोहा उसे वैसा न लगा था।...गोष्ठी में उनके मित्र जो रिमार्क कस रहे थे, उससे चेतन को साफ लगा था कि उन्होंने भांग की उस गोष्ठी में करुणजी को विदूषक का दर्जा दे रखा है और वे स्पष्ट ही उनका मज़ाक उड़ाते हैं, और यह सब देखकर चेतन को बड़ी तकलीफ हुई थी, क्योंकि बातें करुणजी की ठीक थीं। शब्द, छन्द, तुक वगैरह सब ठीक थे—बस, कविता नाम की चीज़ का वहां अभाव था। चातकजी को उनके घर छोड़कर फिर दूसरे दिन आने और अपनी कहानी सुनाने का वादा करके जब वह रात को दस बजे के करीब घर लौटा था और खाना खाकर लेटा था तो गई रात तक यही सब सोचता रहा था।

उसने घुटनों पर रखी हुई नोट-बुक उठाई और थोड़ी जगह छोड़कर लिखा :

'कवि चातक और करुण निश्चय ही अपने-आपको महान कवि समझते हैं। इसमें सन्देह नहीं कि शब्दों और छन्दों पर भी उनका अधिकार है, पर उनके यहां वह चीज़ नहीं, जो दिल अथवा दिमाग को छू ले और उन्हें बराबर कोंचती रहे और जिसका कोई प्रभाव हमेशा के लिए मन पर रह जाए।

'पता नहीं, मेरी रचनाओं में अभी वह चीज़ आई कि नहीं। जैसे उन्हें अपनी रचनाएं पसन्द हैं, वैसे ही मुझे भी हैं, लेकिन कवि की महज़ अपनी पसन्द इस सिलसिले में शायद कोई माने नहीं रखती।'

कुछ जगह छोड़कर चेतन ने फिर लिखा:

'मुझे लिखने में जितना सुख मिलता है, उतना किसी चीज़ में नहीं मिलता। दुनिया के तमाम झगड़े-झंझट और दुःख-दर्द से भागकर मेरा मन साहित्य में त्राण ढूंढ़ता है। मैं लिखता हूं तो सब कुछ भूल जाता हूं। मुझे किसी चीज़ में इतना रस नहीं मिलता, जितना अपने भावों को कागज़ पर उकेरने में। मैं निश्चय ही अपनी सारी

ज़िन्दगी इसके अर्पण कर दूंगा और जैसाकि पिता उपदेश देते थे, इसी फन में कमाल हासिल करूंगा और एक दिन महान लेखक और कवि बनकर रहूंगा।'

चेतन ने नोट-बुक में इतना ही लिखा था कि चन्दा विद्यालय से आ गई। चेतन उठा। उसने नोट-बुक दराज़ में रखी। अपनी उर्दू कहानियों की फाइल उठाई। बिना उसकी ओर देखे उसने कहा, "मैं ज़रा चातक जी को कहानी सुनाने जा रहा हूं। हो सकता है, मुझे देर हो जाए। तुम फिक्र न करना। वे मेरा काम कर नहीं रहे। उनके सिर पर सवार होना ज़रूरी है।"

और इतना कहकर वह बाहर निकल गया।

चन्दा कहना चाहती थी, 'आप चातकजी के यहां जितना चाहे धरना दीजिए, पर आप मुझसे क्यों रूठे हैं! आंख तक नहीं मिलाते!'

पर उसने कुछ नहीं कहा। चुपचाप अपने पति को जाते देखती रही। वह उसकी व्यथा समझती थी, पर उसके पास उसका कोई इलाज नहीं था। वह चारपाई की पट्टी पर बैठ गई और कुछ देर धोती के आंचल से हवा करती रही। फिर लम्बी सांस भरकर उठी और घर के कामकाज में लग गई।

पांचवां खण्ड

20

पागलखाने से आने के बाद, अपनी सास के हठ की वजह से, चेतन अत्यन्त विक्षुब्ध था। सास को अपना घर दिखा देने और यह जान लेने के बाद कि उसकी मनःस्थिति उसकी सास की समझ में नहीं आती और उसकी हर बात उसकी सास के मस्तिष्क पर से पत्थर की बूंद-सरीखी फिसल जाती है। वह न फिर कभी स्वयं गोविन्द गली गया था और न उसने अपनी पत्नी को वहां जाने दिया था। उसकी सास ही हफ्ते में एकाध बार आती थी और अपनी बेटी से मिल जाती थी, लेकिन इस तमाम अर्से में वह एक बार भी उसके सामने नहीं पड़ा था। पत्नी से ज़्यादा बात करने से वह कन्नी काटता रहा था और खाली वक्त को उसने दूसरी सरगर्मियों से

भर लिया था—इतना कि अपनी व्यक्तिगत समस्या उसके अन्तर् की गहराई में कहीं बहुत नीचे चली गई थी।

बहुत नीचे चली गई थी, लेकिन एकदम खत्म हो गई हो, ऐसी बात नहीं।···उसकी पत्नी चुप और उदास रहती थी तो चेतन को वह असुन्दर लगती थी। पहले की तरह उसे हंसा देने और उसके चेहरे को खिला देने की मानसिक स्थिति में वह नहीं था। वह न उससे बात करता, न घुमाने ले जाता। चन्दा के स्वभाव में जो सफाई और स्फूर्ति अपने पति के स्नेह के कारण आ गई थी, वह न जाने कहां चली गई। वह निर्जीव और निस्पन्द, यन्त्रवत् सारे काम किए जाती। अपने पहनने-ओढ़ने की तरफ से वह नितान्त बेपरवाह हो गई थी। वह इतनी उदास और इसीलिए असुन्दर, सुस्त और फूहड़ लगती थी कि चेतन को उसकी सूरत तक से वहशत होने लगी थी। वह उसके नैकट्य से भागता था और बदले में उसे उदास और कुरूप तथा निर्जीव बना जाता था। चूंकि इस तमाम अर्से में वह अपनी उस समस्या का कोई समाधान न पा सका था, इसलिए तमाम पलायन के बावजूद उसका तनाव बढ़ता गया था, वह चिड़चिड़ा और रूखा हो आया था।

इस बीच साप्ताहिक 'गुरु घण्टाल' के मालिक-सम्पादक श्री जीवनलाल कपूर ने पण्डित रत्न के माध्यम से उसे अपने यहां से एक नये निकलने वाले साप्ताहिक 'भूंचाल' की सम्पादकी ऑफर की थी। यद्यपि कपूर महाशय चाहते थे कि चेतन तत्काल 'भूंचाल' का सम्पादन संभाल ले और वे अखबार का डेक्लेरेशन दे दें; उन्होंने ज़ख्मी से कह भी दिया, लेकिन चेतन ने फैसला करने में लगभग एक महीना लगा दिया। उसके मन में कोई चीज़ वहां नौकरी करने का सख्त विरोध करती थी, पर महाशयजी ने 'गुरु घण्टाल' में 'भूंचाल' का ऐलान कर दिया था। सम्पादक के रूप में उसके नाम का विज्ञापन भी दे दिया था। तब ज़ख्मी साहब ने ज़ोर दिया, पण्डित रत्न ने समझाया और आखिर वह 'वीर भारत' छोड़कर 'भूंचाल' में चला गया। लेकिन रात की नौकरी की बजाय दिन की नौकरी करने की दूसरी सुबह ही इतने दिन से चला आने वाला उसका मानसिक तनाव ज़्यादा कसे तार की तरह हल्के-से स्पर्श से टूट गया।

अपनी पत्नी और सास के खिलाफ इतने दिन से रुका हुआ

उसका क्रोध एक निहायत मामूली घटना के कारण—बेमालूम-सी चिनगारी से बारूद के अम्बार की तरह—संयम, सीमा और शिष्टाचार की सीमाओं को लांघता हुआ फट पड़ा।

लाहौर में गुलाबी जाड़ा उतर आया था। दिन-भर गर्मी पड़ती, लेकिन शाम खुनक हो जाती और रात के तीसरे पहर कम्बल या रज़ाई लेने की ज़रूरत महसूस होती। चेतन और उसकी पत्नी रात को दो चारपाइयां बैठक में बिछा लेते। सुबह उठकर एक चारपाई और बिस्तर उठाकर पिछले कमरे में रख देते, एक चारपाई पर बिस्तर संवारकर पलंगपोश बिछा देते और मेज़ (जो रात को घसीटकर खिड़की के पास कर दी जाती) अपनी जगह करके बैठक को टिप-टॉप कर देते। लेकिन जितने दिन तक चेतन 'वीर भारत' में रात की ड्यूटी पर जाता रहा, यह सब आठ-साढ़े आठ बजे, उसके जगने के बाद ही होता। चन्दा सुबह उठकर दबे पैरों चलती हुई इस तरह चिटखनी खोलती कि ज़रा भी आवाज़ न हो। दर-वाज़ा खोलकर बाहर चली जाती और अपने पीछे दरवाज़ा भिड़ा जाती कि आंगन अथवा ड्योढ़ी की किसी आवाज़ से चेतन की नींद न खुल जाए। लेकिन दिन की नौकरी के कारण चेतन रात ग्यारह बजे ही सो गया था। वह रात की ड्यूटी देता था तो चन्दा शाम को खाना-वाना और चौका-बर्तन खत्म करने के बाद एक-डेढ़ घण्टा पढ़कर दस बजते न बजते सो जाती थी। चेतन के साथ वह भी ग्यारह बजे तक जागती रही थी। चेतन तो सुबह साढ़े पांच बजे ही उठ गया, लेकिन चन्दा गहरी नींद सोई रही।

चेतन का जी हुआ, रज़ाई हटाकर उठे, ओवरकोट पहने और सुबह की ठण्डी स्वच्छ हवा में लॉरेंस तक सैर को जाए; पर वह चुपचाप रज़ाई लिए लेटा रहा। लेकिन उसकी नींद पूरी तरह खुल गई थी। बेकार लेटे रहना उसके स्वभाव के विप-रीत था। लेटे-लेटे वह 'भूंचाल' के लिए कहानी सोचने लगा। काफी देर सोचने और निरन्तर करवटें लेने के बावजूद पहले कोई थीम उसके दिमाग में नहीं आई, लेकिन फिर उसने कहानी सोच ली। उसके लिए लेटे रहना अब कठिन हो गया। रोशनदान से सुबह का उजला प्रकाश आने लगा था। बाहर सड़क पर आवा-जाई शुरू हो गई। डेवढ़ी से किसीके तेज़-तेज़ गुजरने की आवाज़ आई। चेतन

ने रज़ाई हटा दी और उठ बैठा। चन्दा बराबर में अब भी गहरी नींद सोई थी। रज़ाई से उसने मुंह-सिर ढंक रखे थे। चेतन ने उसे टहोका दिया। जब वह नहीं उठी तो उसने रज़ाई झटके के साथ उसके चेहरे से हटा दी। वह अब भी बेसुध सोई थी। उसके बासी चेहरे को देखकर चेतन की वितृष्णा और झल्लाहट बढ़ गई। उसने उसे फिर टहोका दिया कि उठे, दिन चढ़ आया है।

चन्दा नहीं उठी। कुनमुनाकर उसने करवट बदल ली और रज़ाई उसने फिर मुंह पर खींच ली। चेतन बिफर गया। चिल्लाने लगा और रज़ाई उसने फिर हटा दी।

चन्दा उठी। उसने निहायत मैली-चीकट धोती पहन रखी थी, रूखे बाल उसके माथे और गर्दन पर बिखरे थे, सूरमे के बिना बड़ी-बड़ी आंखें बुझी हुई दिखती थीं, होंठ सूखे और श्रीहीन थे—आज कई महीने बाद सुबह उठते ही उसने अपनी पत्नी का बासी चेहरा देखा था। रोज़ तो जब वह उठता था, चन्दा नहा-धोकर काम में लगी होती थी।—अपने पति की गहरी नज़र को देखकर चन्दा मुस्कराई—एक दयनीय और उदास मुस्कान, जो उसके चेहरे के बासीपन और कुरूपता को और भी उभार गई—काश, चेतन कोई मज़ाक कर सकता और चन्दा की बत्तीसी खिल जाती और उसके दांतों के मोती उसके चेहरे को उद्‌भासित करते हुए उसकी कुरूपता हर लेते! लेकिन चेतन ने सिर्फ इतना कहा, "जल्दी करो, यह चारपाई और विस्तर उठाएं, कमरा ठीक करें। मैंने अभी एक कहानी सोची है और मैं उसे रफ लिख लेना चाहता हूं।"

और उठकर उसने डेवढ़ी का दरवाज़ा और बाहर सड़क पर खुलने वाली खिड़कियां खोल दीं। चन्दा ने बिस्तर गोल करके कन्धे पर रखा और दूसरे हाथ से चेतन के साथ मिलकर चारपाई टेढ़ी खड़ी की। वे उसे बाहर निकालने जा रहे थे कि सहसा चेतन की नज़र चारपाई के दूसरी ओर खड़ी अपनी पत्नी की मैली-चीकट धोती पर गई। वह बमका, "यह बिस्तर और चारपाई छोड़ो, पहले जाकर यह मैली, गन्दी धोती बदलो। कोई आ ही जाता है।"

"चलिए, इसे बाहर निकालिए।" चन्दा ने हाथ से चारपाई का पाया उठाते हुए कहा, "झड़ू-बुहारी करके बदलूंगी। इतनी सुबह कौन आता है!"

और जैसे उसकी बात को झुठलाने के लिए ही होनी की तरह

बाहर से चातकजी की आवाज़ आई, "कहो भाई चेतन, कैसे हो? निम्मोजी कल ही आई हैं दिल्ली से। बड़ा प्यारा मौसम है। इन्हें लॉरेंस तक घुमाने जा रहा हूं। इधर से निकला तो सोचा, तुम दोनों को भी ले लूं।"

चेतन चौंककर पलटा। डेवढ़ी में चातकजी और उनके पीछे एक चंचल लड़की खड़ी थी। यद्यपि मुश्किल से सवा छ:-साढ़े छः का समय था, पर चातकजी एकदम दूध-धुली खादी का धोती-कुर्ता पहने, उसपर सफाई से तूश ओढ़े, बालों को संवारे और उस सर-कश लट को माथे पर बिखेरे थे और वह लड़की अपनी चुंधी आंखों को नीले चश्मे में और चेचक के हल के दागों को बड़े हलके पाउडर की तह में छिपाए, अपनी पतली-छरहरी देह पर जोगिया रंग की साड़ी और उसी रंग की कश्मीरी शॉल ओढ़े थी और खासी खूब-सूरत लग रही थी।

चेतन को देखकर उसने दोनों हाथ जोड़कर बड़ी अदा से माथे पर रख दिए।

चेतन उसके 'नमस्कार' का उत्तर देना भूल गया। उन दोनों पर एक नज़र डालकर उसने कन्धे पर बिस्तर उठाए, टेढ़ी चार-पाई का पाया पकड़े, मैली-चीकट धोती पहने अपनी पत्नी को देखा। उसका खून खौल उठा। दांत पीसते हुए दबे स्वर में उसने अपनी पत्नी के पास जाकर कहा, "आ गया कि नहीं कोई सुबह-सुबह!" और कुर्सी पर पड़ी लोई उठाते और उसे कन्धों पर डालते हुए डेवढ़ी में निकल आया, "इसको तैयार होने में बहुत देर लगेगी।" उसने पीछे को सिर का संकेत करते हुए कहा, "चलिए, मैं चलता हूं।"

और वह उन दोनों से पहले बाहर निकल गया।

चेतन आध घण्टे बाद ही लौट आया—बेहद उखड़ा और झल्लाया हुआ।

चन्दा रसोईघर में वही मैली-चीकट धोती पहने बर्तन मल रही थी। चेतन आंगन में जाकर बमकने लगा कि वह इतनी गन्दी और मैली धोती क्यों पहने रहती है⋯कि उसका कौन मर गया है, जिसका वह सोग मना रही है⋯कि जब चेतन ने कहा था, पहले जाकर धोती बदल ले तो उसने क्यों फौरन उसकी बात

नहीं मानी? क्यों उसके मित्रों के सामने उसे बेइज़्ज़त किया?··· वह निम्मो दिल्ली के कॉलेज में पढ़ती है, काव्य और कला में रुचि लेती है, वह उनके बारे में क्या सोचती होगी? यही न कि यह कवि और कथाकार बनने वाला व्यक्ति और उसकी पत्नी निहायत गन्दे, गलीज़ और फूहड़ हैं।···

चेतन बमक रहा था, जब भाई साहब क्लिनिक को जाने के लिए तैयार होकर अपने कमरे से निकले और बिना एक भी शब्द कहे, चुपचाप उसके पास से होकर बाहर चले गए।

उनके जाते ही चेतन के क्रोध का पारा जैसे सातवें आसमान पर जा चढ़ा। वह दांत किचकिचाता हुआ बोला, "यह तुमने धोती पहन रखी है, लगता है, जैसे कीचड़ लपेट रखा हो। तुम्हारी मां ने क्या तुम्हें सफाई-अफाई का ज़रा भी खयाल रखना नहीं सिखाया! ···गूजरी ने तो तुम्हें दूध पिलाया है, पर क्या पाला भी गूजरी ने ही है? कभी ब्लाउज़ के नीचे अंगिया नहीं पहनतीं, पेटीकोट के नीचे अण्डरवियर नहीं पहनतीं, पागलों और गंवारों की तरह डेवढ़ी में जा खड़ी होती हो।" (चेतन अपने क्रोध में यह भूल गया कि उसकी पत्नी ये दोनों चीज़ें पहनने लगी है और अब वह डेवढ़ी में उस तरह नहीं खड़ी होती, पर दुर्वार क्रोध के अधीन उसने उसके पिछले गुनाह भी नयों के साथ शामिल कर लिए।) "तुम्हें इस बात का ज़रा भी खयाल नहीं कि तुम बस्ती गज़ां के किसी टुच्चे दुकानदार की बीवी नहीं हो, बल्कि एक मशहूर पत्रकार और कथाकार की बीवी हो। तुम क्यों मेरी सारी इज़्ज़त धूल में मिलाने पर तुली हो···"

बिना इस बात की परवाह किए कि उसकी आवाज़ ऊपर तक जाती है, चेतन गुस्से से पागल होकर चिल्लाता रहा। जब उसकी पत्नी ने उत्तर में एक भी शब्द नहीं कहा तो वह और भी झल्ला गया। "मैं इतनी देर से बक रहा हूं और तुम मुंह में घुंघनियां डाले बैठी हो," वह और भी ज़ोर से चिल्लाया, "मैं क्या कुत्ता हूं, जो भूंक रहा हूं? क्या तुमने मुझे भी अपने पिता की तरह पागल समझ लिया है? ···क्या मैं झूठ-मूठ चिल्ला रहा हूं···गलत चिल्ला रहा हूं? तुम मुंह से कुछ तो फूटो! ···"

लेकिन जब इसपर भी उसकी पत्नी ने कोई जवाब नहीं दिया और वह चुपचाप उसी मन्द गति से बर्तन मलती रही तो चेतन

वहीं रसोईघर की चौखट में बैठ गया। सहसा उसका ध्यान रसोई-घर की नाली की ओर गया, जिसके खुरे पर बैठी वह बर्तन मल रही थी। जाने कितने दिनों से नाली और खुरा साफ नहीं किए गए थे। तह दर तह उनमें राख और कीचड़ जमा था। चेतन का क्रोध उधर मुड़ गया...“यह ब्राह्मणों की रसोई है? मेहतरों की रसोई भी इससे साफ होगी।”...और उसने मंजी-धुली एक कटोरी और गिलास उठाया।...“ये तुमने बर्तन साफ किए हैं? किसी-पर ज़रा भी तो चमक नहीं...क्या तुम्हारी मां ने तुम्हें बर्तन मलना या रसोईघर साफ करना भी नहीं सिखाया?”

चेतन के सिर पर जैसे जुनून सवार हो गया। उसने अपनी पत्नी की बांह पकड़कर उसे उठाया और रसोईघर के बाहर धकेल दिया, “हटो, मैं तुम्हें बर्तन मलकर दिखाता हूं।”

और वह बाल्टी लेकर, उसे मांज-धो, गुसलखाने के नल से ताज़ा पानी भर लाया। फिर उसने सारे बर्तन दोबारा मले। धोए। और जब वह उन्हें टोकरे में सजाने गया तो उसने देखा कि वहां जो बर्तन रखे हुए हैं, उनपर धूल की मोटी परत जम गई है। तब जैसे दुगुने जोश और क्रोध से बड़बड़ाता वह टोकरे के सारे बर्तन नाली पर ले आया। वे सारे बर्तन उसने बड़े मनोयोग से मांजे-धोये और पोंछे। फिर टोकरे को धोया-पोंछा और उसमें वे सारे के सारे बर्तन करीने से सजाए।

उसकी पत्नी इस बीच राख-सने हाथ लिए आंगन में ममहित-सी खड़ी रही। डेवढ़ी से वापस आकर चेतन बमका, “अब क्या सारी उम्र यहीं खड़ी रहोगी? जाकर कमरे साफ करो और अपनी यह बेशकीमती पोशाक बदलो।”

चन्दा ने कुछ नहीं कहा। उसने नल पर जाकर हाथ धोए और झाड़ू लेकर अन्दर कमरा साफ करने चली गई।

चेतन ने बाल्टी को अच्छी तरह मांजा-धोया। कोहनियों तक अपने हाथ साबुन से साफ किए। फिर बाल्टी भरकर रसोईघर की नाली पर रख आया और जाकर बैठक में बिस्तर पर ढह गया। उसका क्रोध, जो इतना बकने-झकने के बावजूद शान्त नहीं हुआ था, ऐसी आंधी की तरह उसके दिमाग पर छा गया, जिसका वेग छत और छप्पर उड़ाने के बाद कम हो जाए, पर जो और भी ऊंची होकर आकाश की गहराइयों में फैल जाए और उसे धुंधला दे!

तभी उसकी पत्नी अन्दर वाला कमरा साफ करके आ गई और बैठक में झाड़ू देने लगी। चेतन वैसे ही लेटा रहा। न उसकी पत्नी ने उसे उठने को कहा, न वह स्वयं उठा। चन्दा ने धीरे से बांह बढ़ाकर चारपाई के नीचे से मिट्टी बुहार ली और चुपचाप, बिना धूल उड़ाए, धीरे-धीरे कमरे में झाड़ू देने लगी।

चेतन ने दीवार की ओर करवट बदल ली। सहसा उसकी दृष्टि कोनों में जमी धूल पर गई, जहां चारपाई के नीचे चन्दा के हाथ की झाड़ू पहुंच नहीं सकी थी। उसने चारपाई के नीचे सिर झुकाकर देखा। खिड़की से आने वाली रोशनी में फर्श पर दो-तीन जगह धूल के चकत्ते दिखाई दिए और उसका सारा क्रोध वापस आ गया। वह दुगुने क्रोध से उछल कर उठा। "यह झाड़ू दे रही हो या बेगार टाल रही हो!" वह चिल्लाया, "किसीने तुम्हें कमरा बुहारना भी नहीं सिखाया! यह कोनों अंतरों को किस खैरात में बख्शा जा रहा है! बस्ती गज़ां में क्या कोने-अंतरे नहीं झाड़े-बुहारे जाते?"

और वही जुनून फिर उसके सिर पर सवार हो गया। उसने पागलों की तरह बिस्तर गोल किया। उसे जाकर पिछले कमरे में रख आया। फिर उसने चारपाई को एक पहलू खड़ा किया। अपनी पत्नी से झाड़ू छीनकर उसने एक-एक कोना-अंतरा अच्छी तरह बुहारा। चारपाई के नीचे वाली जगह दो-तीन बार बुहारी। फिर उसने चारपाई बिछा दी और वहीं एक ओर किंकर्तव्यविमूढ़-सी खड़ी अपनी पत्नी की ओर देखकर एक विषैली और व्यंग्य-भरी मुस्कान के साथ बिछी हुई चारपाई की ओर संकेत करते हुए कहा, "अब यहां विराजिए!"... चन्दा निगाहें झुकाए निर्विकार वहीं खड़ी रही तो उधर से पीठ मोड़कर वह फिर कमरा बुहारने में जा लगा।

वह मेज़ के नीचे बैठकर कन्धे के ज़ोर से उसका एक पाया उठाकर उसके नीचे से फर्श साफ कर रहा था, जब उसकी सास अपनी बेटी से मिलने आ गई। अपने दामाद को कमरा बुहारते और बेटी को एक ओर चुपचाप खड़ी देखकर उसने ड्योढ़ी ही से कहा, "तेरा मर्द कमरा साफ करे और तू चुपचाप खड़ी देखे बेटी, यह क्या अच्छी बात है!"

इससे पहले कि चन्दा कुछ कहती, चेतन ने व्यंग्य और विष से

बुझी हंसी के साथ कहा, "अच्छी तो नहीं है अम्मा, पर तुमने अपनी इस लाड़ली को अच्छा कुछ सिखाया भी है? झाड़ू-बुहारी यह नहीं कर सकती, बर्तन ठीक से यह नहीं मल सकती, खाना-पकाना और सीना-पिरोना इसे नहीं आता, और तो और, ठीक से पहनने-ओढ़ने और कपड़ों की साज-संभाल करने की भी इसे तमीज़ नहीं। बस, यह खाना और सोना जानती है—चाहे इसे छत्तीस घण्टे सुला लो!"

चेतन वहीं मेज़ के नीचे से बमके जा रहा था कि चन्दा ने अपनी मां से अन्दर आने और चारपाई पर बैठने को कहा। मां ने अन्दर आकर अपनी बेटी के दोनों कन्धों से थाम उसे चारपाई पर बैठा दिया और स्वयं नीचे साफ फर्श पर बैठ गई।

तब चेतन मेज़ के नीचे से निकला, बांह से पत्नी को पायंते की ओर धकेलकर अपनी सास के सामने चारपाई की पट्टी पर आ बैठा और अपने क्रोध की मुहार उसने अपनी सास की ओर मोड़ दी।

"कुत्ता भी बैठता है तो पूंछ हिलाकर जगह साफ कर लेता है," उसने तीखे व्यंग्य से कहा, "लेकिन तुम्हारी लाड़ली साहबज़ादी धूल-भरे गन्दे फर्श पर रेशमी साड़ी पहने बैठने में नहीं हिचकती। जब यह दिनों-हफ्तों अपनी और अपने कपड़ों की सफाई नहीं करती तो यह कमरे और रसोई क्या साफ करेगी! लड़की को दूसरे घर भेजना था तो कुछ सिखाकर तो भेजा होता कि न इसे तकलीफ होती, न उस कमबख्त को, जिसके पल्ले इसे बांध दिया है।"

उसकी सास अपने झुर्रियों वाले चेहरे को उसकी ओर उठाकर नीम-अंधी आंखों से उसे देखती हुई दोनों हाथ जैसे फरियाद की सूरत में उठाए हुए बोली, "हमने तो बेटा, अपनी तरफ से सब कुछ सिखाया है···"

चेतन ने उसे बात नहीं खत्म करने दी। उसने बायें हाथ से पत्नी की मैली-चीकट धोती का आंचल खींचकर अपनी सास की नीम-अंधी आंखों में झोंकते हुए कहा, "यह देखो, यही सिखाया है तुमने इसे! ऐसी मैली-चीकट धोती तो मेहतरानियां भी नहीं पहनतीं!"

"बेटा, इसके पास धोतियां कम हैं। स्कूल जाती हैं, घर का काम करती है, बार-बार बदल नहीं पाती। बाप ने लाड़-प्यार में पाला है। रोज़-रोज़ कपड़े इसने कभी नहीं धोए···'

चेतन के सिर खून सवार हो गया। बात चूंकि सच्ची थी, उसके कलेजे जा लगी। तमककर वह उठा और बोला, 'तो कोई गवर्नर ढूंढ़ते अपनी इस लाड़ली के लिए, जिसके पास बंगला होता, धोबी होते; दाइयां और नौकरानियां होतीं, जो तुम्हारी लाड़ली को नहलातीं कपड़े पहनातीं और इसका साज-श्रृंगार करतीं। क्यों मुझ गरीब के पल्ले बांध दिया इस बेचारी को?"

और वह कमरे में घूमता हुआ वाही-तबाही बकता और कहनी-अनकहनी बातें कहता रहा।

उसकी सास कुछ नहीं बोली। वह घुटनों पर कोहनियां रखे और हाथों में सिर दिए अपने दामाद की मल्लाहियां सुनती रही।

बोल-बोलकर चेतन थक गया, पर चुप होने से पहले क्रोध के उस तूफान में उसने मन की बात सीधे कह डाली। अपनी सास के सिर पर खड़े होकर हवा को तर्जनी के टहोके देता हुआ वह बोला, "जब तुम्हें ही मेरी इज़्ज़त का खयाल नहीं और तुम उसी शहर में, जहां तुम्हारा दामाद अखबार का एडीटर और जाना-माना कहानी-लेखक है, एक सेठ का चौका-बर्तन करने लगी हो और उसके लाख इशारे करने पर भी नहीं समझीं तो तुम्हारी बेटी ही क्या समझेगी! आदमी रात को मैला कपड़ा धोकर डाल देता है और सुबह साफ-सुथरा पहन लेता है। घर में लोग चने चबाते हैं और बाहर कहते हैं कि हम बादाम खाते हैं। तुम लोग तो सब होते-सोते मेरी इज़्ज़त लेने पर तुले हो।"

बकते-झकते चेतन का गला सूख गया था, होंठों पर पपड़ियां जम गई थीं, मुंह पर फिचकू आ गया था। जब वह एकदम थक गया और उसके कोसनों और उलाहनों का खज़ाना खाली हो गया और न उसकी पत्नी सनकी, न सास तो वह फिर झाड़ू लेकर मेज़ के नीचे जा बैठा और कन्धे से उसके पाये उठाकर धूल साफ करने लगा।

उसकी सास अपनी बेटी से न जाने क्या दु:ख-सुख की बातें करने आई थी; लेकिन बात करना तो दूर, बैठना भी उसके लिए मुश्किल हो गया। घुटनों पर हाथ रखकर वह उठी।

तभी चन्दा ने भरे गले से कहा, "मां, आज से तुम यहां फिर कभी न आना।"

उसकी आवाज़ में न जाने कैसी भर्राहट थी कि मेज़ का एक कोना कन्धे से उठाए-उठाए चेतन की निगाहें उधर उठ गईं।

उसकी सास डेवढ़ी में निकल गई थी। चन्दा निर्विकार वहीं बैठी थी और आंसू खामोश उसके गालों पर बह रहे थे।

21

हफ्ते बाद ही इतवार की शाम को चार-साढ़े चार बजे के करीब चेतन अपनी पत्नी को लेकर अपनी सास से मिलने जा रहा था।

चेतन ने यह निर्णय अचानक नहीं लिया था, वरन् उसके इस निर्णय के पीछे सात दिन का घोर आत्ममन्थन, यन्त्रणा, भटकन और अपने अहं से पार पाने की वह तकलीफदेह कोशिश थी, जिसने उसके दिन-रात बींध दिए थे। उसके निर्णय के पीछे उसकी पत्नी भी थी, जिसके अन्दर की खूबसूरती का कोई न कोई नया रूप अजाने ही उसकी आंखों के आगे खुल जाता और उसे चकित बना जाता।

गोविन्द गली को जाते-जाते जब वह ज़रा आगे-आगे चला जा रहा था और उसकी पत्नी बदस्तूर पीछे चली आ रही थी, पिछले सप्ताह की तमाम घटनाएं एक-एक कर उसके आगे आने लगीं।

...उस दिन अपनी पत्नी और सास पर नाराज़ होने के बाद वह घर नहीं रुका था। चन्दा की आंखों से मूक बहते आंसुओं को देखकर यद्यपि उसका क्रोध हवा हो गया था, लेकिन न तो उसने सान्त्वना का ही एक शब्द उससे कहा था, न अपने कृत्य की सफाई दी थी। झाड़ू-बुहारी खत्म करके, नहा-धो, कपड़े बदल वह घर से निकल गया था और कहता गया था कि वह दफ्तर जा रहा है, खाना वहीं खा लेगा, चन्दा फिक्र न करे और खुद भी खा ले। मन हो तो विद्यालय जाए, वरना छुट्टी कर ले।

वह घर से निकला तो बिना इधर-उधर देखे सीधा चलता चला गया। क्रोध में वह घर से जल्दी निकल आया था। उसका दफ्तर अभी खुला न था। वह यूं ही अनारकली का चक्कर

लगाने निकल गया था। उसे न खुलती दुकानों से गरज़ थी, न जहां-तहां उड़ती धूल से और न इधर से उधर जाने वालों से। घर से चलने के बाद लगातार उसकी आंखों के सामने उसकी पत्नी की झिलमिलाती आंखें और उसके गालों पर बहते आंसू आते रहे थे। अपना वह क्रोध उसे नितान्त पाशविक लगता रहा था और मन ही मन वह अपने से उलझता, बिना इधर-उधर देखे, घर से चला आया था। अपने-आपसे बराबर उलझते हुए उसने लस्सी का गिलास पिया था और उसी मनःस्थिति में वह अनारकली में चला जा रहा था।

वह जानता था कि उसे चन्दा पर गुस्सा नहीं है। उसे अपनी सास पर गुस्सा था। सच पूछा जाए तो उसे सास पर भी नहीं, उस सारी की सारी परिस्थिति पर गुस्सा था। पागलखाने से आने के बाद वह पिंजरे में बन्द शेर की तरह छटपटाता रहा था। उसका दिमाग बेहद परेशान और तना रहा था और आखिर उस तनाव को बरदाश्त न कर सकने के कारण वह अन्ततः फट पड़ा था। अपनी नसों पर से उसका अधिकार एकदम उठ गया था और वह क्रोध की बहिया में तिनके-सा बह गया था—नितान्त विवश और निरुपाय।

चन्दा की वे मूक, मर्माहत, उदास पनियारी आंखें चेतन के सीने में दूर तक उतर गई थीं और उसका वह इतने दिनों से जमा हुआ और आखिर फट पड़ने वाला दुर्वार क्रोध उन आंखों से निकलकर चुपचाप उसके गालों पर बहती हुई उन दो बूंदों से एकदम पानी-पानी हो गया था। उस क्रोध की जगह आ गई थी, वही पुरानी करुणा—अपनी और चन्दा, दोनों की स्थिति पर···

तभी चेतन की सोच ने दूसरा मोड़ ले लिया।—यदि चन्दा का पिता पागल हो गया है; उसकी मां अपने जेठ की रोटियों पर पड़े रहने के बदले स्वाभिमान से जीने और अपने पति की सेवा करने के लिए लाहौर आकर नौकरी करने लगी है तो इसमें बेचारी चन्दा का क्या कुसूर है?···आत्मग्लानि और पश्चात्ताप का मारा चेतन बार-बार यही सोचने लगा।···वह तो कथाकार और कवि है। उसे तो अपनी सास के इस साहस और स्वाभिमान की प्रशंसा करनी चाहिए और वह अपने उस निम्नमध्यवर्गीय, टुच्चे अहं का मारा, उन मां-बेटी की ज़िन्दगी हराम किए जा रहा है। उसकी

सास झूठ नहीं बोलती, धोखाधड़ी, चोरी-चकारी नहीं करती, तन नहीं बेचती, अपने दो हाथों के श्रम से वह पति-सेवा के लिए पैसे जुटाती है और तीन मील की मंज़िल मारकर उसे देखने जाती है। जेठ अथवा उसके बेटे-बेटियों की दया-माया पर रहने के बदले अपने छोटे से अहं की लौ को जिलाए रखकर, स्वाभिमान से जीने और (कितनी भी निष्फल क्यों न हो) अपने पति को स्वस्थ बनाने की वह उसकी कोशिश, क्या श्लाघ्य और स्तुत्य नहीं है? क्या चेतन को इस कर्मठता की प्रशंसा नहीं करनी चाहिए, इसपर गर्व नहीं करना चाहिए? अपने दामाद के झूठे अहं और झूठी प्रतिष्ठा की रक्षा के लिए यदि अपने पति को उस बेबसी में अकेला और निराश्रित छोड़कर वह वापस बस्ती गज़ां चली जाए और जेठ-जेठियों की गुलामी करे तो क्या यह अच्छा होगा? क्या चेतन को उसे उस स्थिति में पहुंचाने के कारण शर्म न आएगी?

अपनी पत्नी के उस मूक विरोध ने, जो भरए हुए स्वर में कहे गए उस एक वाक्य में छिपा था, चेतन को अन्तर् तक मथ दिया था।

वह एक वाक्य चेतन को एक ज़बरदस्त तमाचे की तरह अपने मुंह पर लगा महसूस हुआ था—इस एक वाक्य से जाने-अनजाने चन्दा ने उसकी तमाम मल्लाहियों का जवाब देकर उसे चुप करा दिया था।

अनारकली का एक पूरा चक्कर लगा कर चेतन अपने दफ्तर पहुंचा था। दफ्तर खुल गया था। अभी सिर्फ मैनेजर और चपरासी आए थे। मैनेजर को 'नमस्कार' करता हुआ वह अपने कमरे में जाकर बैठ गया। कागज़ और तख्ती उसने अपने सामने रखी और सुबह की कष्टप्रद घटना को अपने दिमाग से एकदम निकालकर वह तड़के सोची हुई कहानी लिखने लगा।

उसने पूरा एक पैरा लिख लिया और आगे सोचने के लिए कुर्सी पर पीछे को झुक गया, लेकिन तभी शिमले के उस पहाड़ी गांव की जगह चन्दा की वही पनियारी आंखें और उसके गालों पर खामोश बहते हुए आंसू उसके सामने आ गए और वह आत्म-ग्लानि और पश्चात्ताप से भर आया।

उसकी कहानी कहीं पीछे छूट गई थी और वह आत्ममन्थन

के उन्हीं भंवरों में डूबने-उतराने लगा था।

जब—बार-बार ज़ोर लगाकर वह उबरा और फिर उन्हीं भंवरों में डूब गया, सिर को झटककर उसने बार-बार कहानी को आगे बढ़ाने की कोशिश की और चार पंक्तियां भी नहीं लिखी गईं और डेढ़-दो घण्टे वह बेकार बैठा झख मारता रहा, तो वह झल्लाकर उठा था। उसने मैनेजर से जाकर कहा था कि उसके सिर में सख्त दर्द है, वह कहानी लिखने जा रहा था, पर घर ही से लिखकर लाएगा, वे महाशयजी को बता दें, और तख्ती साथ ही लिए हुए वह दफ्तर से नीचे उतर आया था।

जब ढाई-तीन के करीब वह घर पहुंचा तो उसने देखा कि उसकी पत्नी विद्यालय नहीं गई। उसने इस बीच सारे कपड़े धो और सुखा लिए हैं और वह उन्हें इस्तरी करने का प्रयास कर रही है।

"आप दफ्तर से आज जल्दी आ गए?" चन्दा ने पूछा था।

"मेरा मन नहीं लगा," बिना उसकी ओर देखे चेतन ने उत्तर दिया था, और वह कपड़ों पर इस्तरी करने में तल्लीन हो गया था।

कपड़ों पर पानी छिड़क, उनके गोले-से बनाकर, हाथ से दबाकर उन्हें एक ओर रखते हुए अचानक उसने पूछा, "तुमने खाना खा लिया?"

"क्या आपने खा लिया?"

"दफ्तर में मेरा मन नहीं लगा। मैं चातकजी के चला गया था। वहां उनकी वही सुबह वाली मेहमान आई हुई हैं। उन्होंने ज़बरदस्ती खिला दिया।"

"मैंने भी दो बासी रोटियां खा ली थीं।"

"क्या तुम्हारा बीमार पड़ने का इरादा है?"

उसने अतिरिक्त चिन्ता-भरे स्वर में कहा, "मैं पहले ही बेहद परेशान हूं। जाओ, जाकर खाना खा लो। तीन बजने को हैं। मैं इस बीच इन सबको इस्तरी कर देता हूं। फिर घूमने चलेंगे।"

और चेतन के होंठों पर क्षमा मांगती हुई सी बड़ी हल्की सुलह-कुल[1] मुस्कान आ गई थी।

---

1. सन्धि की अपेक्षा रखने वाली

उत्तर में चन्दा उदासी से मुस्कराई थी, लेकिन उसने कुछ कहा नहीं था। वह चुपचाप खाना खाने चली गई थी।

तब चेतन ने जैसे पहली बार मार्क किया था कि उसने साड़ी-ब्लाउज़ घर में धोकर और इस्तरी करके पहन रखे हैं। बाल भी संवारे हैं और शायद मुंह पर उबटन भी मला है। बस, केवल किसी ऐसी बात की ज़रूरत थी, जो उन उदास होंठों में छिपे हुए मोती चमका दे और उनकी आभा उस चेहरे को ही नहीं, सारे घर को उद्भासित कर जाए।

लेकिन चेतन को कोई ऐसी बात न सूझी थी।

अपने पति की अशिष्टता और क्रूरता के प्रति कोई शिकायत नहीं, कोई उलाहना, कोई गिला-शिकवा नहीं—चेतन का हृदय अपनी पत्नी के इस स्वीकार, सहिष्णुता और सहनशीलता पर अनायास द्रवित हो आया और वह नम कपड़ों को बारी-बारी उठाकर, उनपर जल्दी-जल्दी इस्तरी करने लगा।

चन्दा खाना खाकर और रसोई का काम निबटाकर आ गई और चेतन इस्तरी कर चुका तो उसने चन्दा को तैयार होने के लिए कहा कि चलो, ज़रा क्रिस्टल तक घूम आएं और वापसी पर कुछ क्षण कमला के हो आएं।

लेकिन उसके इन सब सद्प्रयासों के बावजूद वह संकोच, जो पति-पत्नी के बीच आ गया था, ज़रा भी दूर नहीं हुआ था। चन्दा को तकलीफ न हो और स्वयं उसे चिल्लाने का अवसर न मिले, इसलिए वह बैठक खुद साफ करता। किचन को धोने और बर्तन साफ करने में भी वह चन्दा की मदद करता। वह कपड़े धोती तो वह इस्तरी कर देता। शाम को प्रायः रोज़ वह उसे घुमाने ले जाता। लेकिन इसपर भी एक दीवार थी, जो दोनों के बीच आ गई थी। शाम को थक-हारकर दोनों अपनी अपनी चारपाई पर सोते तो चन्दा जल्द ही नींद में बेसुध हो जाती और चेतन गई रात तक करवटें बदलता रहता। कई बार उसका मन होता, वह हल्के-से स्पर्श से उसे अपने पास बुलाए, लेकिन एक संकोच था, जो हमेशा उसका हाथ रोक लेता। चन्दा सो जाती और वह तब तक करवटें बदलता हुआ अपने से उलझता रहता, जब तक कि उसकी आंखें बरबस बन्द न हो जातीं।

चन्दा पूर्ववत् चुपचाप अपना काम किए जाती। चेतन उसके व्यवहार से ज़रा भी न जान पाया कि उसके मन में आक्रोश है अथवा उसने उस घटना के लिए उसे दिल से क्षमा कर दिया है। चन्दा की मां फिर उससे मिलने न आई थी। चेतन चाहता था, उसकी पत्नी एक बार भी इच्छा प्रकट करे और वह उसे उसकी मां से मिलाने ले जाए और अपने उस दिन के क्रोध की सफाई दे दे; लेकिन वैसी इच्छा प्रकट करना तो दूर, चन्दा ने भूले से भी कभी उस दिन की घटना का ज़िक्र न किया था और ऊपर से समतल उनकी ज़िन्दगी में अन्दर ही अन्दर एक अदृश्य खाई खिंच गई थी।

तभी एक ऐसी घटना हुई, जिससे चेतन का संकोच टूट गया और उसने अपनी पत्नी से क्षमा मांग ली और स्वयं उसे मजबूर करके उसकी मां से मिलाने चल दिया।

हुआ यूं कि जब उसने कृष्णा गली-नम्बर-1 में ये कमरे किराये पर लिए थे तो उसमें और भाई साहब में यह तय हुआ था कि चेतन मकान का किराया देगा और क्योंकि भाई साहब के लिए किराये के इकट्ठे रुपये देना मुश्किल है, इसलिए वे रोज़ के रोज़ सब्ज़ी-तरकारी और राशन की व्यवस्था कर दिया करेंगे और जब तक भाभी रहीं, यही प्रबन्ध रहा था। भाभी के जाने के बाद भी महीना-भर यही व्यवस्था चली, लेकिन दो महीने पहले भाई साहब ने कहा कि चेतन तो तेरह रुपये एक बार देकर महीने-भर के लिए छुट्टी पा लेता है और वे थोड़ा-थोड़ा करके ज़्यादा खर्च कर देते हैं। तब चेतन ने कहा था, "ठीक है, मकान का किराया आप अपने ज़िम्मे ले लीजिए और घर का खर्च मैं करूंगा।"

और तीन महीने से वह घर-खर्च चला रहा था। लेकिन भाई साहब ने मालिक-मकान को सिर्फ एक महीना किराया दिया, फिर चुप लगा गए। जब दूसरे महीने भी यही हुआ तो मालिक-मकान ने चेतन को बुलाकर कहा कि दो महीने का किराया उनके सिर चढ़ गया है। वे किराया जमा कर दें, वरना मकान छोड़ दें।

शाम को भाई साहब आए तो उसने मालिक-मकान के नोटिस की चर्चा की और किराये के रुपये देने को कहा। भाई साहब ने

जेबें झाड़ दीं कि उनके पास कानी कौड़ी भी नहीं। तब चेतन ने कहा कि उन्होंने स्वयं यह ज़िम्मेदारी अपने ऊपर ली थी, क्यों उन्होंने दो महीने किराया नहीं दिया तो भाई साहब ने कहा कि कुछ बहुत ज़रूरी औज़ार और सामान चाहिए था। जो रुपये दुकान के किराये के बाद बचे, उनकी खरीद में लग गए। औज़ार और ज़रूरी सामान न हो तो वे एक दिन भी काम नहीं कर सकते।

"लेकिन सिर पर छत न होगी तो क्या सड़क पर सोएंगे?" चेतन चिल्लाया, "आपको किराया नहीं देना था तो आपने यह ज़िम्मेदारी अपने ऊपर क्यों ली थी? आप ही को शिकायत थी, वरना मैं तो निहायत बाकायदगी से किराया दे रहा था। अब मेरे पास तो एक भी पैसा नहीं। बनिये का उधार सिर पर है और इसके अलावा मुझे पन्द्रह-बीस रुपये दूसरों के देने हैं। तीस मुझे आज-कल में 'वीर भारत' से मिलेंगे, शेष की जुगाड़ के लिए अनुवाद करना पड़ेगा। किराये के खाते में तो मैं एक पैसा भी नहीं दे सकता। और अगर हम आज ही मालिक-मकान को किराया नहीं देते तो हमें यह मकान छोड़ देना पड़ेगा।"

चेतन चिल्लाए जा रहा था, लेकिन भाई साहब चुप बने हुए थे। एक बार अपनी बात कहकर फिर उन्होंने ज़बान भी नहीं खोली। जब चेतन का क्रोध बढ़ता गया और समस्या का कोई समाधान होता दिखाई न दिया तो सहसा चन्दा ने (अपने पति से नहीं, अपने जेठ से) कहा कि वे घबराएं नहीं, रुपये का वह प्रबन्ध कर देती है।

चेतन हठात् चुप हो गया था। उसने अपनी पत्नी पर एक तेज़ निगाह डाली थी—यह कहां से रुपये दे देगी? —उसने मन ही मन सोचा। लेकिन चन्दा अन्दर के कमरे में गई। दोनों भाई उसकी प्रतीक्षा में चुप खड़े रहे। कुछ क्षण बाद वह एक मैली-सी पोटली लाई और उसे खोलकर उसने भाई साहब के सामने चारपाई पर उलट दिया—अठन्नियां, चवन्नियां, दुवन्नियां, आने, अधन्ने, पैसे—"गिन लीजिए!" उसने कहा, "मकान के किराये जितने तो होंगे ही।"

और वह ज़रा पीछे हटकर खड़ी हो गई।···

रात चेतन जब बिस्तर पर लेटा तो उसे नींद न आई थी। वह लगातार चन्दा के बारे में सोचने लगा—यह उसके बराबर

चारपाई पर लेटी हुई उसकी पत्नी, जिसे वह सीधी-सादी, फूहड़ और गंवार समझता रहा है, अन्दर से कितनी गहरी, सभ्य और सुसंस्कृत है! वह प्रायः उसका बाहर का रूप देखता रहा है। जब-जब उसके अन्तर् की झलक उसे मिली है, वह चकित रह गया है।

उसने चन्दा की ओर देखा। रज़ाई लिए हुए वह चुपचाप आंखें बन्द किए पड़ी थी। सहसा चेतन ने उसे हल्के से अपनी ओर खींचा।

चुपचाप वह उसकी चारपाई पर आ गई और बिना किसी भूमिका के, चेतन ने उस दिन की ज़्यादती के लिए उससे क्षमा मांग ली।

"उस दिन बेकार ही मेरा दिमाग खराब हो गया था," उसने कहा, "तुम रोज़-रोज़ साड़ियां कहां से बदल सकती हो! दो साल के अर्से में चार धोतियां भी तो मैं तुम्हें लाकर नहीं दे सका, और दहेज की साड़ियां कब तक चल सकती हैं! फिर तुम सफाई करो, खाना पकाओ, स्कूल जाओ, कपड़े धोओ—क्या-क्या कर सकती हो!"

"नहीं, आपका गुस्सा ठीक था।" चन्दा ने कहा, "मुझे सफाई की आदत ही नहीं। गूजरी ने पाला है, किसी सभ्य पढ़ी-लिखी मां ने मुझे भी पाला होता तो मैं सब कुछ सीख जाती।"

चेतन को शक हुआ, उसकी पत्नी उसपर व्यंग्य कर रही है और यूं उसकी ज़्यादती का बदला चुका रही है। लेकिन नहीं, उसके चेहरे अथवा उसके स्वर में कहीं व्यंग्य का आभास तक न था।

"लेकिन आप घबराइए नहीं," उसी सरलता से चन्दा ने कहा, "मैं धीरे-धीरे सब सीख जाऊंगी। आप ठीक कहते हैं। कपड़े भले ही कम हों, पर दूसरे-तीसरे धोकर साफ तो रखे ही जा सकते हैं। उस दिन अचानक चातकजी और उस लड़की के आ जाने से आपको ज़रूर बुरा लगा होगा।"

चेतन ने अपनी पत्नी को बांह में भर लिया। "नहीं, उस दिन मुझपर बेकार गुस्से का भूत सवार हो गया था। मुझे तुम्हारी मैली धोती पर गुस्सा नहीं था, मैं कौन-सा साफ रहता हूं! हफ्ता-हफ्ता वही कमीज़ और तहमद पहने रहता हूं, और मेरी नेकर लगातार पहनने से बे-क्रीज़ कच्छे जैसी दिखाई देने लगती है। नंगे बदन रहता हूं, इसलिए कपड़े उतने मैले नहीं होते, पर तुम तो

मेरी तरह नंगे बदन नहीं रह सकतीं।" कुछ क्षण रुककर उसने फिर कहा, "यह सफाई-अफाई भी सब भरी जेब के चोंचले हैं। आज मेरे पास कहीं वाफर रुपया आ जाए तो कल दर्जन-भर जोड़े सिल जाएं। हफ्ते-हफ्ते धोबी आए और हम रोज़ धोबी-धुले साफ कपड़े पहनें। गुस्सा असल में मुझे तुम्हारी मां पर था कि वह क्यों महाराजिन की नौकरी कर रही है, क्यों यहां नहीं आ जाती!"

"मां पुराने खयाल की है," चन्दा ने कहा, "मैंने एक दिन उससे यही कहा था तो वह रोने लगी थी—धीए! मैं तेरा कुझ नहीं कीत्ता, ते की मैं हुण ऐन्नी गई-गुज़री हो गई आं कि तेरे दर ते आके र'वा। मेरे हत्थ-पैर चलदे ने। रब मेतों एह पाप न करावे![1]—अब आप ही कहिए, इसके बाद मैं उसपर क्या ज़ोर देती!"

"उसे नहीं बदला जा सकता," चेतन ने जैसे इतने दिन की अपनी उलझन को सुलझाते हुए वाणी दी, "उसके लिए हमें ही बदलना होगा। मैं बेकार ही परेशान हूं कि लोग क्या कहेंगे। मैंने इतने दिन लगातार इस समस्या पर सोचा है और मैं तुम्हारी मां के इस हठ का कायल ही नहीं हो गया, बल्कि उसके लिए मेरे मन में श्रद्धा हो आई है। किसीकी दया पर ज़िन्दा रहने से कहीं बेहतर है कि आदमी अपने दो हाथों से मेहनत करे और किसीकी धौंस न सहे। यह हमारी गलती है कि हम सेठ वीरभान के यहां उससे मिलने नहीं जाते। (गलती तो सिर्फ चेतन ने की थी, चन्दा को वही रोके हुए था, पर चन्दा ने उसे नहीं टोका) तुम कल ही चलना। हम दोनों उससे मिलकर आएंगे। मैं इस तथ्य को किसीसे छिपाऊंगा भी नहीं। जो कोई इस बात पर नाक-भौं चढ़ाएगा कि मेरी सास कहीं मेहनत-मशक्कत करके दो कौर खाती है, मैं उस साले से कभी बात नहीं करूंगा।"

चन्दा अपने पति से लिपट गई थी और उसकी आंखों में खुशी के आंसू उमड़ आए थे। वह बेइख्तियार रोने लगी थी। इतने दिनों का जमाव स्नेह के हल्के-से स्पर्श से पिघलकर बह निकला था।

---

1. बच्ची, मैंने तेरा कुछ नहीं किया (यानी दिन-त्योहार पर तुझे कुछ दिया-लिया नहीं) और क्या मैं ऐसी गई-गुज़री हो गई हूं कि तेरे दर पर आकर रहूं। भगवान मुझसे यह पाप न कराए।

मन का बोझ एकदम हल्का कर देने वाली पिछली रात की सुखद, करुण स्मृतियों में चेतन गुम था कि वे गोविन्द गली पहुंच गए। उसकी पत्नी ज़रा पीछे रह गई थी। गली के मुहाने पर वह क्षण-भर को रुक गया; लेकिन वह पहले की तरह वहीं रुका नहीं रहा। अपनी पत्नी के साथ-साथ वह आगे बढ़ा। सेठ वीरभान की हवेली के पास पहुंचकर वह कुछ आगे हो गया और डेवढ़ी की सीढ़ियां चढ़कर उसने स्वयं दरवाज़े पर दस्तक दी।

22

दरवाज़ा खुला तो चेतन का हृदय ज़ोर से धड़क उठा। क्षण-भर वह चकित-सा वहीं खड़ा रह गया—डेवढ़ी के अंधेरे को जैसे अपने सौन्दर्य से प्रदीप्त करती हुई, मंझले कद की एक सुन्दर गोरी लड़की दोनों किवाड़ों पर हाथ रखे प्रश्नवाचक चंचल निगाहों से उसकी ओर देख रही थी।

चेतन क्षण-भर कुछ भी नहीं कह सका। चुपचाप वह उस लड़की के गोरे मुख और चंचल आंखों की ओर देखता रहा। फिर जब उसकी तीखी नज़र की ताब न लाकर लड़की ने आंखें झुका लीं तो उसने अस्फुट स्वर में कहा कि वह सेठ वीरभानजी के यहां रसोई करने वाली महाराजिन से मिलना चाहता है।

लड़की ने अपनी चंचल आंखें उठाकर निमिष-भर चेतन को, फिर उसके पीछे सीढ़ियों पर खड़ी चन्दा को देखा; दरवाज़े के किवाड़ पूरे खोल दिए और बिना कुछ पूछे अपने पीछे आने का संकेत करती हुई वह भाग गई। चेतन ने डेवढ़ी ही में उसकी उत्ते-जित आवाज़ सुनी···"मांजी···मांजी···देखो, कौन आए हैं!"

जैसे किसी चुम्बकीय शक्ति से खिंचता हुआ चेतन उस लड़की के पीछे डेवढ़ी पार कर आंगन की चौखट पर जा खड़ा हुआ।

वह उल्लास से, 'मांजी···मांजी···देखो, कौन आए हैं!' चिल्लाती हुई एक-एक के बदले जैसे दो-दो सीढ़ियां चढ़ती भागी जा रही थी।

तभी चेतन की सास ने जंगले पर से अपनी नीम-अन्धी आंखों से उनकी ओर देखा और चेतन ने वहीं से हाथ जोड़कर उसे प्रणाम किया। उसी क्षण वह लड़की दाईं ओर जंगले से परे किसीको सम्बो-

धित करती हुई उल्लसित स्वर में बोली कि मांजी के दामाद आए हैं और उत्तर में कुछ संकेत पाकर उसने वहीं से चेतन और उसकी पत्नी से कहा कि वे ऊपर चले आएं। इतना कहने में ही उसका मुख लज्जा से लाल हो आया।

चेतन जैसे स्वप्नचालित-सा सीढ़ियां चढ़ गया। चन्दा भी उसके पीछे गई। जब वह ऊपर पहुंचा तो उसने देखा, वह लड़की रसोईघर के आगे ही रेलिंग के कोने पर खड़ी है और चन्दा की मां भी रसोईघर से उठकर जंगले पर आ गई है।

चन्दा वहीं रसोईघर की चौखट में अपनी मां के पास जा खड़ी हुई तो उस लड़की ने चेतन को अपने पीछे आने का इशारा किया।

उसके संकेत का अनुसरण करते हुए चेतन बैठक में पहुंचा, जहां तख्त पर गलीचा बिछा था और एक लहीम-शहीम, गोरी औरत पसरी हुई थी। चेतन को देखते ही वह उठकर बैठ गई।

चेतन को वहीं एक मूढ़े पर बैठने के लिए कहकर लड़की गलियारे में भाग गई और वहीं जंगले के कोने पर जाकर रेलिंग पर कोहनियां टिकाए जा खड़ी हुई और उसे चोर आंखों से देखने लगी।

चेतन ने समझ लिया कि यही सेठानी है। इसलिए ज्योंही वह तख्त पर उठकर बैठी, मूढ़े पर बैठने से पहले चेतन ने दोनों हाथ जोड़कर उसे 'नमस्कार' किया।

"हम तो इतनी बार मांजी से कह-कहकर हार गए कि आपको बुलाएं, पर आप आए नहीं।"

और चेतन को लगा कि देखने ही में वह मोटी, भद्दी हथिनी-सी लगती है, उसकी आवाज़ तो बड़ी मीठी है।

"चन्दा ने तो कई बार कहा," चेतन बोला, "अम्मा ने भी ज़ोर दिया, लेकिन मुझे ही संकोच रहा।"

"संकोच काहे का बेटा!" सेठानी ने बड़े आदर और स्नेह-भरे स्वर में कहा, जैसे वह उसी घर का बेटा अथवा दामाद हो, "तुम समझो, यह तुम्हारा ही घर है।"

वहीं से उन्होंने उस लड़की को आवाज़ दी, "कृष्णा बेटी, चेतनजी के लिए चाय और नाश्ता लाओ।"

"नहीं बीबीजी, चाय-वाय की मुझे आदत नहीं।" चेतन ने अभिभूत स्वर में कहा, "आप कष्ट न कीजिए।"

"कष्ट काहे का बेटा," सेठानी उसी मीठे स्वर में बोली, "हम तो इतने दिन से तुम्हारी बाट देख रहे हैं। कृष्णा इतनी बार मांजी से कह चुकी है, पर मांजी ने कहा कि तुम्हें काम रहता है। रात की ड्यूटी देते हो।"

"हां, रात की ड्यूटी तो थी," चेतन को बहाना मिल गया। वह ज़रा हंसा, "अब कुछ दिन से दिन की ड्यूटी हो गई है। एक हफ्तावार अखबार का एडीटर हो गया हूं। तभी पहली फुर्सत में आया हूं।"

"यह तो बड़ी खुशी की बात है! रात की ड्यूटी में सेहत खराब हो जाती है।" सेठानी ने कहा। फिर क्षण-भर रुककर बोलीं, "हमने सुना है, तुम कहानियां लिखते हो और तुम्हारी कोई किताब भी छपी है। कृष्णा तुम्हारी किताब देखना चाहती थी।"

चेतन यह सुनकर मन ही मन बड़ा प्रसन्न हुआ, लेकिन उसने अपने चेहरे पर उस खुशी का कोई आभास नहीं आने दिया। वह हीन भाव, जो इतने दिनों से उसे बेतरह परेशान किए हुए था, एकदम हवा हो गया और वहां मूढ़े पर बैठे-बैठे अपने कलाकार के सामने वह सेठानी और उसका धन-वैभव उसे नितान्त अकिंचन लगा।

"अभी-अभी मेरी कहानियों का पहला संग्रह छपा है," चेतन ने बड़ी ऊंचाई से कहा, "उर्दू-हिन्दी के उपन्यास-सम्राट मुन्शी चन्द्रशेखर ने उसकी भूमिका लिखी है। मैं उसकी एक प्रति आपके लिए लाऊंगा।" कुछ क्षण रुककर उसने इतना और जोड़ा, "लेकिन आप लोग पढ़ पाएंगे, इसमें मुझे सन्देह है। मैं अभी तक उर्दू में लिखता रहा हूं। पिछले महीने से मैंने हिन्दी में लिखना शुरू किया है। लेकिन अभी मेरी कोई कहानी हिन्दी में नहीं छपी। छपेगी तो उसे मैं आपको पढ़ाऊंगा।"

"तुम उर्दू की पुस्तक ही दिखाना बेटा," सेठानी ने कहा, "कृष्णा उर्दू पढ़ लेती है। वह हमें भी पढ़कर सुनाएगी।"

कृष्णा ऐसी सुन्दर पाठिका को प्रशंसिका के रूप में पाने की सम्भावना मात्र से चेतन का हृदय एक अनिर्वचनीय सुख से भरपूर हो उठा और वह हवेली, जिसमें पांव तक रखने में चेतन को संकोच हो रहा था, उसे एकदम अपनी-सी महसूस होने लगी। "मैं अगली बार आऊंगा तो अपनी पुस्तक की एक प्रति ज़रूर लाऊंगा।" उसने सोत्साह कहा।

तभी कृष्णा एक ट्रे में चाय, मठरियां और उरद की पिन्नियां (छोटे लड्डू) ले आई और उसे गोल मेज़ पर रखकर और एक चंचल मुस्कराती निगाह चेतन पर डालकर भाग गई।

लेकिन चेतन की खुशी बहुत दिन नहीं रही। खिली धूप में गिरने वाली बिजली सरीखी एक घटना जैसे उसका वह सुख-संसार नष्ट कर गई।

उस शाम दफ्तर से वह कुछ पहले ही आ गया था और अकेला ही अपनी सास से मिलने गया था। हवेली पर जाकर उसने दस्तक दी तो दरवाज़ा खुलने में कुछ देर हुई और जब दरवाज़ा खुला तो डेवढ़ी में कृष्णा नहीं, उसकी सास खड़ी थी।

"कृष्णा नहीं है?" सहसा डेवढ़ी में दाखिल होते हुए उसने सास से पूछा।

उसकी सगाई हो गई है," उसकी सास ने कहा, "ऊपर लड़का आया हुआ है। चलो तुम ऊपर। सेठानी को बधाई दे देना।"

चेतन का हृदय धक् से रह गया। उसने मन ही मन सेठानी को बधाई देने के सिलसिले में कुछ वाक्य तैयार कर लिए और भारी कदमों से ऊपर पहुंचा। जंगला पार कर उस ओसारेनुमा कमरे में पैर रखते ही उसने देखा, सेठानी तख्त के बदले सरकण्डे के मूढ़े पर दोनों हाथ गोद में लिए, बड़े विनम्र भाव से बैठी है और तख्त पर उसकी जगह एक युवक पसरा हुआ है। चेतन को आते देखकर वह कोहनियों के बल ज़रा-सा उठा···

अमीचन्द! ···चेतन के अन्दर कोई ज़ोर से चीखा और एक तेज़ छुरा जैसे उसके दिल में दूर तक उतरता चला गया। क्षण-भर के लिए उसका एक पैर जंगले पर और एक कमरे में रुका रह गया और उस एक क्षण में शिमला की वह घटना उसके दिमाग में कौंध गई, जब अमीचन्द को स्कैण्डल पॉयण्ट की रेलिंग पर कोहनी टिकाए देखकर, उसने नीचे माल ही से पुकारा था—'अरे अमीचंद, तुम कहां!' और यह कहता हुआ वह सोल्लास उसकी ओर लपका था। और अमीचन्द ने निहायत ठण्डेपन से अपना हाथ उसकी ओर बढ़ाया था। डिप्टी कलेक्टर होते ही जैसे वह कहीं बहुत ऊंचाई पर जा बैठा था।

वहीं जंगले के गलियारे में वह न जाने कितनी देर खड़ा अपने

ध्यान में गुम रहता, पर दूसरे ही क्षण सेठानी ने उसे पुकारा, "आओ बेटा, आओ। इनसे कृष्णा की सगाई की है। तुम्हारे तो साथ ही पढ़ते रहे हैं। पहचानते हो न इनको ?"

खोखली-सी हंसी हंसता और उससे भी खोखले स्वर में 'क्यों नहीं, क्यों नहीं!' कहता हुआ चेतन आगे बढ़ा और उसने होने वाली सास और भावी दामाद दोनों को बधाई दी।

अमीचन्द ने वैसे ही पसरे हुए, महज़ बाईं कोहनी के बल होकर, दायां हाथ ज़रा-सा उसकी ओर बढ़ा दिया।

चेतन उससे हाथ मिलाता हुआ बेतकल्लुफी से तख्त पर बैठ गया, जिसकी वजह से अमीचन्द पसरे-पसरे ही ज़रा परे खिसक गया।

"कब की तय की है शादी ?" चेतन ने बैठते ही सेठानी से पूछा

"हम तो जल्दी चाहते हैं, पर ये मानते ही नहीं। ठाका दे दिया है। ये चाहते हैं कि कृष्णा बी० ए० कर ले तब शादी करेंगे।"

"पर इसमें तो दो-तीन साल लग जाएंगे।"

"मुझे एक डिपार्टमेण्टल इम्तिहान देना है।" जवाब अमीचन्द ने दिया था। "तैयारी करनी होगी। पास हो जाऊंगा तो देर-सवेर डिप्टी कमिश्नर हो जाऊंगा, वरना सारी उमर डिप्टी कलेक्टरी करते खत्म हो जाएगी।"

"वो तो है।" चेतन ने कहा। उसे हैरत थी कि अमीचन्द ने इतनी बात भी कैसे कर ली। शायद हीनभाव का जो एहसास उसे तुनकमिज़ाज बनाए हुए था, और जिसकी पूर्ति वह अपने हमजोलियों और मुहल्लावासियों पर रोब जमाकर किया करता था, अब पद-प्रतिष्ठा पाकर कम हो गया था। ऊंचे ओहदे पर पहुंचकर नीचे वालों के प्रति शायद वह सहृदय हो आया था।

"फिर कृष्णा की उमर भी कम है।" अमीचन्द ने कहा था।

"हां, चौदह-पन्द्रह की होगी।" और चेतन सेठानी की तरफ मुड़ा था, "क्यों बीबीजी ?"

"नहीं, सोलह की है।"

"लगती तो चौदह-पन्द्रह की है।" चेतन ने मत दिया था, "दो-तीन वर्ष रुकने में कोई हर्ज नहीं। वह भी बी० ए० कर लेगी, अमीचन्द भी इम्तिहान दे लेगा। डिप्टी कमिश्नर की बीवी के लिए

(अजाने चेतन ने उसे तभी डिप्टी कमिश्नर बना दिया) कम से कम बी० ए० तो होना ज़रूरी है। बराबर के अफसरों से मिलना-जुलना और पार्टियों में आना-जाना रहता है। बी० ए० तो उसे होना ही चाहिए।"

और वह उठा।

"बैठो बेटा अभी कुछ देर," सेठानी ने कहा था, "अभी आए और चल दिए!"

"बस, आपके दर्शन करने और मांजी का हालचाल लेने आया था।" चेतन ने कहा, "अब चलूंगा।" और वह अमीचन्द की ओर मुड़ा था।

"अच्छा भाई अमीचन्द, चल दिए।" उसने हाथ बढ़ाया, "फिर मेरी बधाई लो।"

चेतन गोविन्द गली से निकला तो उसका मन बेहद विक्षुब्ध था। नियति की यह कैसी विडम्बना थी कि जिस व्यक्ति से उसकी लगती, वही उस घर का दामाद बने, जहां उसकी सास चौका-बर्तन करती थी। घर जाने को उसका मन न हुआ। वह मैक्लोड रोड की तरफ निकल गया।

रात के दस बजने वाले थे, जब चेतन घर पहुंचा। सर्दी काफी थी, पर न उसे ठण्ड का एहसास था, न थकन का, न भूख का।

उसके बड़े भाई खा-पीकर सो गए थे। चन्दा शायद उसकी प्रतीक्षा करते-करते ऊबकर सितार बजाने लगी थी। खिड़कियां-दरवाज़े बन्द थे और सितार का मद्धिम-सा स्वर बाहर गली में सुनाई दे रहा था। चन्दा को बहुत दिन सितार सीखते नहीं हुए थे। एक ही सरगम को वह बार-बार बजा रही थी। चेतन ने जाकर दरवाज़े पर दस्तक दी तो उसने एक हाथ में सितार लिए-लिए दर-वाज़ा खोल दिया।

वह साफ धुले कपड़े पहने थी और उसके चेहर पर एक बड़ी ही प्यारी भोली मुस्कान खेल रही थी।

लेकिन पति के चेहरे पर नज़र पड़ते ही उसकी वह मुस्कान विलुप्त हो गई और उसका चेहरा उदास हो आया।

चेतन ने कोई उत्तर नहीं दिया। कमरे में जाते ही उसने कपड़े उतारे। खादी का कुर्ता और तहमद पहना और लोई का फेंटा मार-

कर बिस्तर पर बैठ गया।

"क्या बात है?"

"तुम जल्दी खाना लाओ!"

उसकी पत्नी खाना गर्म करके लाई तो चेतन रज़ाई पैरों पर लेकर लेटा हुआ था और चुपचाप छत की ओर ताक रहा था।

उसकी पत्नी ने कुर्सी पर बैठकर अपनी गोद में थाली रख ली।

"उठिए, खाना खा लीजिए।"

चेतन उठा। लपककर बाथरूम में हाथ धो आया। थाली लेकर उसने अपनी गोद में रखी और चुपचाप खाना खाने लगा।

"क्या कोई ऐसी-वैसी बात किसीसे हो गई?" चन्दा ने पूछा।

चेतन कुछ क्षण चुप रहा, फिर उसने कहा, "कृष्णा की सगाई अमीचन्द से हो गई है।"

लेकिन उस भोली नारी ने इस सूचना की अहमियत को बिलकुल नहीं समझा।

"यह तो बड़ा अच्छा है," चन्दा ने कहा, "अमीचन्द तो डिप्टी कलेक्टर है। खुश रहेगी कृष्णा।"

"खुश रहेगी!" चेतन के स्वर में प्रकट ही चिड़चिड़ाहट और कटुता थी। "सेठ वीरभान के लाड़-चाव में पली लड़की उन चपड़-कनातियों के घर जाएगी। तुम अमीचन्द की मां को नहीं जानतीं। एक ही बिस की गांठ है बीबड़ी! वह तो कृष्णा का जीना मुहाल कर देगी।"

चेतन कुछ क्षण चुप रहा। फिर उसने सिर उठाया और पत्नी की आंखों में देखते हुए बोला, "तुमने मेरी और अपनी पोज़ीशन का भी कभी खयाल किया है?"

चन्दा चुप रही।

"अमीचन्द हमारे मुहल्ले में खत्रियों का लड़का है।" चेतन ने बात जारी रखी, "और हमारे मुहल्ले के खत्री-ब्राह्मणों में हमेशा से चलती आई है। अमीचन्द की ससुराल में मेरी सास रसोई देखती है—यह खबर तो सारे मुहल्ले में आग की तरह फैल जाएगी। गोविन्द गली ही नहीं, मैं तो अपने मुहल्ले में भी कभी नहीं जा सकूंगा।"

अब चन्दा अपने पति के सुते हुए मुख का कारण समझी। पर

वह इस सिलसिले में क्या उत्तर देती!

चेतन खाना खा चुका तो चन्दा बर्तन ले गई। रसोईघर में बैठकर उसने खाना खाया। बर्तन वगैरह मलकर और रसोई बन्द करके जब वह आई तो ग्यारह बज चुके थे। उसका खयाल था कि उसका पति सो गया होगा, लेकिन चेतन चुपचाप लेटा छत की तरफ ताक रहा था।

"बत्ती बुझा दूं?"

चेतन ने सिर के इशारे से कहा कि बुझा दो।

दरवाज़े की चिटखनी लगाकर और बत्ती बुझाकर चन्दा उसके बिस्तर में आ गई। अपनी बांह पति की गर्दन के नीचे करके उसने उसे अपने सीने से लगा लिया।

"अब सो जाइए!"

चेतन ने कोई उत्तर नहीं दिया। न प्रतिरोध ही किया। वह चुपचाप अपनी पत्नी के सीने से लगा लेटा रहा। उसकी पत्नी सो गई, लेकिन उसे नींद नहीं आई।

दूर कहीं घड़ियाल ने एक का गजर बजाया, जब चेतन सहसा उठ बैठा।

चन्दा जग गई, लेकिन उठी नहीं।

"चन्दा!" उसने ज़रा-सा उसे हिलाया।

वह उठ बैठी।

चेतन ने हाथ बढ़ाकर बत्ती जला दी, "देखो," उसने कद्रे उत्तेजित स्वर में कहा, "मुझे इस स्थिति से निकलने का हल सूझ गया है।—इस वर्ष तो देर हो गई है, पर अगले वर्ष मैं लॉ-कॉलेज में दाखिल हो जाऊंगा।"

चन्दा कुछ भी नहीं समझ पाई। वह मुटर-मुटर अपने पति की ओर देखती रही।

"बात यह है," चेतन ने उसे समझाते हुए कहा, "मैं तुम्हारी मां को परेशान नहीं करना चाहता। सेठ और सेठानी उसे इज़्ज़त से रखे हुए हैं और वह बड़ी खुश है। लेकिन मैं यह भी नहीं चाहता कि केवल इसी कारण मेरी-तुम्हारी स्थिति उस घर में ज़रा भी ऑकवर्ड हो जाए। मैं दो साल में लॉ कर लूंगा और करते ही सब-जजी के कॉम्पिटिशन में बैठ जाऊंगा। मैं तुम्हें आज बता देता हूं कि

दुनिया की कोई ताकत मुझे सब-जज बनने से नहीं रोक सकती। मैं सब-जज बना तो फिर डिस्ट्रिक्ट और सेशन्ज़-जज बनकर दम लूंगा।...लॉ-कॉलेज का दाखिला जुटाने की मुश्किल है, तो जैसे पहले हम तीस रुपये महीने में काम चलाते रहे हैं, वैसे ही आठ-दस महीने और चलाएंगे और हर महीने दस रुपया बचाएंगे। बस, दाखिले के पैसे हो जाएं, किताबों और फीस का मैं कर लूंगा। बी० ए० में चाहे मुझे थर्ड डिवीज़न मिला हो, लेकिन एल० एल० बी० में न केवल मैं फर्स्ट डिवीज़न लूंगा, बल्कि डिस्टिंक्शन लेकर दिखा दूंगा।...मैं तुम्हें बता देता हूं, मुझे सब-जज बनने से कोई नहीं रोक सकता। अमीचन्द जब डिप्टी कमिश्नर की कुर्सी पर बैठेगा, तब मैं भी सेशन्ज़ जज की कुर्सी पर बैठा हूंगा।...उस सूरत में तुम्हें कृष्णा की शादी में आंख नहीं झुकानी पड़ेगी और न मैं ही मुहल्ले के लोगों से मुंह चुराऊंगा।"...उसने उत्साह में चन्दा के कन्धे को थपथपाया, "कृष्णा का पति यदि डिप्टी कलेक्टर है तो तुम्हारा पति भी सब-जज होगा।"

चन्दा ने श्रद्धा, प्रेम और विश्वासभरी आंखों से अपने पति की ओर देखा। "आप ज़रूर सब-जज हो जाएंगे," उसने कहा, "पर बड़ी देर हो गई है। अब आप सो जाइए।"

OOO